VIAGEM AO CENTRO DA TERRA

JÚLIO VERNE

VIAGEM AO CENTRO DA TERRA

TRADUÇÃO
LANA LIM

Lafonte
Brasil, 2022

Título Original: *Voyage au centre de la Terre*
Copyright © Editora Lafonte Ltda. 2022

Todos os direitos reservados.
Nenhuma parte deste livro pode ser reproduzida por quaisquer meios existentes sem autorização por escrito dos editores e detentores dos direitos.

direção editorial	**Ethel Santaella**
revisão	**Rita Del Monaco**
diagramação	**Jéssica Diniz**
capa	**Angel Fragallo**
imagem de capa	**iStock**

Dados Internacionais de Catalogação na Publicação (CIP)
(Câmara Brasileira do Livro, SP, Brasil)

Verne, Júlio, 1828-1905
  Viagem ao centro da Terra / Júlio Verne ; tradução Lana Lim. -- São Paulo : Lafonte, 2022.

  Título original: Voyage au centre de la Terre
  ISBN 978-65-5870-253-5

  1. Ficção francesa I. Título.

22-103972   CDD-843

Índices para catálogo sistemático:

1. Ficção : Literatura francesa   843

Cibele Maria Dias - Bibliotecária - CRB-8/9427

Editora Lafonte

Av. Profª Ida Kolb, 551, Casa Verde, CEP 02518-000, São Paulo-SP, Brasil – Tel.: (+55) 11 3855-2100
Atendimento ao leitor (+55) 11 3855-2216 / 11 3855-2213 – atendimento@editoralafonte.com.br
Venda de livros avulsos (+55) 11 3855-2216 – vendas@editoralafonte.com.br
Venda de livros no atacado (+55) 11 3855-2275 – atacado@escala.com.br

I

No dia 24 de maio de 1863, um domingo, meu tio, o professor Lidenbrock, voltou mais cedo para sua pequena casa situada no número 19 da Königstrasse, uma das ruas mais antigas do bairro velho de Hamburgo.

A criada Marthe deve ter pensado que estava muito atrasada, pois a comida mal começara a cozinhar.

"Bem", pensei comigo mesmo, "se meu tio, que é o mais impaciente dos homens, estiver com fome, ele vai chiar."

– Mas como, o sr. Lidenbrock já voltou? – espantou-se a criada Marthe, entreabrindo a porta da sala de jantar.

– Já, Marthe. Mas tudo bem se a comida ainda não estiver pronta, pois não são nem 2 horas ainda. Acaba de bater 1 e meia no relógio da igreja de São Miguel.

– Então por que o sr. Lidenbrock já está de volta?

– Ele deve nos contar.

– Aí está ele! Vou correr daqui. Sr. Axel, tente acalmá-lo.

E a criada Marthe retornou para seu laboratório culinário.

Fiquei sozinho. Mas tentar acalmar o mais irascível dos professores era algo que minha natureza um tanto hesitante não me permitia. Assim, fui me preparar para prudentemente subir de volta para meu quartinho, quando a porta da rua rangeu; a escada de madeira estalou sob passos pesados e o dono da casa, atravessando a sala de jantar, entrou correndo em seu escritório.

Mas só nessa rápida passagem, ele lançou sua bengala de quebra-nozes num canto, seu grande chapéu eriçado sobre a mesa e palavras estrondosas a seu sobrinho:

– Axel, siga-me!

Nem tive tempo de me mexer, e o professor já gritava comigo, em um nítido tom de impaciência:

– Como assim, não está aqui ainda por quê?

E corri para o escritório de meu temível mestre.

Otto Lidenbrock não era um homem mau, devo admitir. Mas, a menos que ocorressem mudanças improváveis, ele morreria na pele de um homem excêntrico e terrível.

Ele era professor no Johannaeum e ministrava um curso de mineralogia, durante o qual tinha constantes acessos de fúria. Não que se preocupasse com a assiduidade dos alunos, tampouco com o grau de atenção dispensada, muito menos com o desempenho; detalhes do tipo não o preocupavam. Ele ensinava "subjetivamente", para usar uma expressão da filosofia alemã: para ele, não para os outros. Era um cientista egoísta, um poço de sabedoria cuja polia rangia quando se queria tirar algo dele. Em uma palavra, um avaro.

Existem professores do tipo na Alemanha.

Meu tio, infelizmente, não gozava de grande facilidade de elocução, ao menos quando falava em público, o que é falta lamentável num orador. De fato, em suas exposições no Johannaeum, era comum o professor parar bruscamente; lutava contra uma palavra recalcitrante que se recusava a passar por seus lábios, uma dessas palavras que resistem, incham e acabam saindo sob a forma pouco científica de um palavrão. E aquilo o enfurecia.

Existem na mineralogia muitas denominações semigregas, semilatinas, difíceis de se pronunciar, nomes rudes que esfolariam os lábios de um poeta. Não quero falar mal dessa ciência, longe de mim. Mas, diante de cristalizações romboédricas, resinas retinasfálticas, gelenitas, fangasitas, molibdatos de chumbo, tungstatos de manganês e titanatos de zircônio, até a língua mais hábil pode se atrapalhar.

A cidade inteira conhecia essa perdoável fraqueza de meu tio, e as pessoas abusavam, esperando pelas passagens perigosas. Ele ficava furioso, e as pessoas davam risada, o que não é de bom tom nem mesmo entre os alemães. Então, embora sempre houvesse um grande número de ouvintes nas aulas de Lidenbrock, muitos dos que o seguiam assiduamente apareciam sobretudo para rir dos acessos de fúria do professor!

Seja como for, não me canso de dizer: meu tio era um verdadeiro cientista. Embora às vezes ele quebrasse suas amostras por testá-las muito bruscamente, nele se unia o gênio do geólogo com o olhar do mineralogista. Munido de martelo, ponteira de aço, agulha imantada, maçarico e um frasco de ácido nítrico, ele era um colosso. Com base em fratura, aspecto, dureza, fusibilidade, som, odor e gosto, ele classificava qualquer mineral sem hesitar, entre as seiscentas espécies hoje contadas pela ciência.

O nome de Lidenbrock também era bem visto entre os colégios e as associações nacionais. Humphry Davy e Humboldt, bem como os capitães Franklin e Sabine, nunca deixavam de visitá-lo quando passavam por Hamburgo. Becquerel, Ebelmen, Brewater, Dumas, Milne-Edwards gostavam de consultá-lo a respeito das questões mais instigantes da química. Essa ciência devia a ele belas descobertas, e, em 1853, foi publicado em Leipzig um *Tratado de Cristalografia Transcendente*, de autoria do professor Otto Lidenbrock, um in-fólio com gravuras que, no entanto, sequer cobriu seus custos de produção.

Some-se a tudo isso o fato de que meu tio era curador do museu mineralógico do sr. Struve, embaixador da Rússia, que abrigava uma preciosa coleção de renome na Europa.

Era esse, então, o personagem que me chamava com tanta impaciência. Pensem em um homem alto, magro, com saúde de ferro e um cabelo louro juvenil que lhe subtraía uns dez anos de seus 50. Seus grandes olhos se moviam sem parar atrás de óculos grossos; seu nariz, longo e fino, parecia uma lâmina afiada; os maldosos afirmavam que este era imantado e atraía limalha de ferro. Pura calúnia: ele só atraía o tabaco, mas em grande abundância, verdade seja dita.

Quando eu disser ainda que meu tio dava passos matemáticos de meia toesa[1] e que caminhava com os punhos firmemente cerrados, sinal de temperamento impetuoso, as pessoas saberão o suficiente para não ansiarem por sua companhia.

Ele morava em sua pequena casa na Königstrasse, metade em madeira, metade em alvenaria, de empena em treliça, que dava para um desses canais sinuosos que se cruzam no meio do bairro mais antigo de Hamburgo, felizmente poupado pelo incêndio de 1842.

É verdade que a velha casa se inclinava um pouco para a rua, com o telhado pendendo para a orelha como o boné de um estudante da Tugendbund. Seu prumo deixava a desejar, mas, no geral, ela se segurava bem, graças ao velho olmo vigorosamente fincado na fachada, que, na primavera, lançava seus botões florais pelos vitrais das janelas.

---

[1] Do francês *toise*: antiga unidade de medida utilizada na França equivalente a 1,949 metro. [N.T.]

Meu tio até que era rico, para um professor alemão. A casa e tudo que ela continha era de sua propriedade. Fazia parte do conteúdo sua afilhada Graüben, jovem virlandesa de 17 anos, a criada Marthe e eu. Em minha dupla qualidade como sobrinho e órfão, tornei-me assistente em seus experimentos.

Confesso que mordi com gosto as ciências geológicas. O sangue de mineralogista corria pelas minhas veias, e eu jamais sentia tédio na companhia de minhas preciosas pedrinhas.

Em suma, era possível viver feliz nessa pequena casa da Königstrasse, apesar da impaciência de seu proprietário. Embora seus modos fossem um tanto brutos, ele gostava de mim. Mas aquele homem não conseguia esperar, e tinha mais pressa do que a natureza.

Em abril, quando plantou pés de resedá e ipomeias em vasos de faiança, todas as manhãs ele passou a puxar as folhas para acelerar seu crescimento.

Diante de tamanha excentricidade, não havia o que fazer senão obedecer. Então foi rapidamente que entrei em seu escritório.

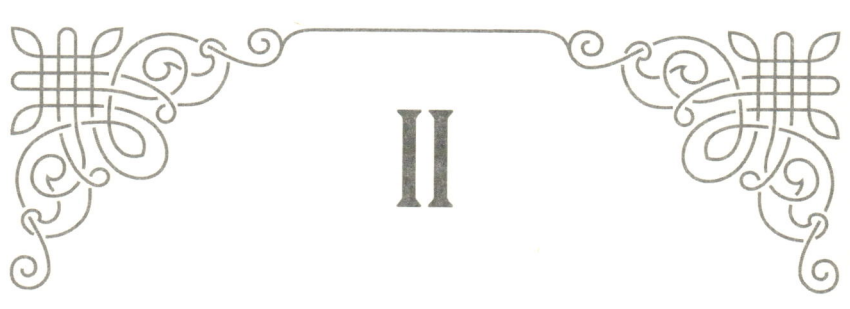

II

O escritório era um verdadeiro museu. Todas as amostras do reino mineral se encontravam ali etiquetadas na mais perfeita ordem, seguindo as três grandes divisões dos minerais: inflamáveis, metálicos e litoides.

Eu conhecia tão bem aqueles bibelôs da mineralogia! Quantas vezes, ao invés de ficar à toa com meninos de minha idade, eu não me diverti tirando a poeira de grafites, antracitos, hulhas, lignitos e turfas! E os betumes, as resinas, os sais orgânicos que deviam ser protegidos de qualquer átomo de poeira! E aqueles metais, desde o ferro até o ouro, cujo valor relativo desaparecia diante da igualdade absoluta dos espécimes científicos! E todas aquelas pedras que bastariam para reconstruir a casa da Königstrasse, incluindo um belo quarto extra, que eu aceitaria de bom grado!

Mas, ao entrar no escritório, eu nem pensava nessas maravilhas. Somente meu tio ocupava meus pensamentos. Afundado em sua enorme poltrona de veludo de Utrecht, ele considerava um livro com a mais profunda admiração.

– Que livro! Que livro! – exclamava.

Essa exclamação me lembrou de que o professor Lidenbrock também era bibliômano em seu tempo livre; mas, para ele, um livro só tinha valor se fosse impossível de encontrar, ou ao menos ilegível.

– Ora, então você não vê? – ele perguntou. – É um tesouro inestimável que encontrei esta manhã, ao fuçar na loja do judeu Hevelius.

– Magnífico! – respondi, com um entusiasmo forçado.

De fato, para que tanto barulho por um velho *in-quarto*, com capas e lombada aparentemente feitas de uma pele grosseira de vitelo, um livro amarelado com um marcador de páginas desbotado pendurado?

Mas as interjeições de admiração do professor continuaram.

– Veja só – ele dizia, perguntando e respondendo a si mesmo –, não é lindo? Sim, é admirável! E que encadernação! Ele abre com facilidade? Sim, pois permanece aberto em qualquer página! E fecha bem? Sim, a capa e as folhas ficam bem unidas, sem se soltar em nenhum lugar. E essa contracapa, que não contém uma única fissura em setecentos anos de existência? Ah, aí está uma encadernação que deixaria Bozerian, Closs ou Purgold orgulhosos!

Enquanto falava, meu tio abria e fechava sucessivamente o velho livro. O mínimo que eu podia fazer era perguntar-lhe a respeito de seu conteúdo, ainda que não estivesse nem um pouco interessado.

– E qual seria o título desse maravilhoso exemplar? – perguntei, com uma pressa entusiasmada demais para não ser fingida.

– Esta obra é o *Heimskringla*, de Snorre Turleson, o famoso autor islandês do século XII! – respondeu meu tio, empolgado. – É a crônica dos príncipes noruegueses que reinaram na Islândia.

– É mesmo? – exclamei da melhor forma que pude. – Imagino que se trata de uma tradução para o alemão?

– Bah! – retrucou prontamente o professor. – Uma tradução! E o que eu faria com uma tradução? Quem se importa com sua tradução? Esta é uma obra original em islandês, esse magnífico idioma, rico e simples ao mesmo tempo, que permite as combinações gramaticais mais variadas e inúmeras modificações de palavras!

– Como o alemão – insinuei, com satisfação.

– Sim – respondeu meu tio, dando de ombros. – Mas com a diferença de que o islandês admite os três gêneros como o grego, e declina os nomes próprios como o latim!

– Ah! – exclamei, um pouco abalado em minha indiferença. – E os caracteres desse livro são bonitos?

– Caracteres! Quem falou em caracteres, infeliz Axel? Caracteres! Ah, você acha que isto é um impresso? Seu ignorante, este é um manuscrito, um manuscrito rúnico!

– Rúnico?

– Sim! Vai pedir agora que eu explique essa palavra?

– Não farei isso – repliquei, com o tom de um homem ferido em seu amor-próprio.

Mas meu tio continuou com ainda mais entusiasmo e me apresentou, contra minha vontade, coisas que eu não fazia questão de saber.

– As runas – ele disse –, eram caracteres de escrita comuns na antiga Islândia. Seguindo a tradição, foram inventadas pelo próprio Odin! Então veja e admire, ímpio, esses tipos saídos da imaginação de um deus!

Enfim, por não ter o que responder, eu ia me prostrar, um gesto que deveria agradar tanto aos deuses como aos reis, pois tem a vantagem de nunca os constranger, quando um incidente veio a desviar o rumo da conversa.

Foi a aparição de um pergaminho sujo, que escorregou do livro e caiu no chão.

Meu tio se lançou sobre aquele pedaço de papel com uma avidez fácil de imaginar. Para ele, um documento velho, talvez fechado há tempos imemoriais dentro de um livro velho, certamente seria valioso.

– O que será isso? – exclamou.

E, ao mesmo tempo, abriu cuidadosamente sobre sua mesa um pedaço de pergaminho com 5 polegadas de comprimento e 3 de largura, no qual se estendiam, em linhas transversais, caracteres indecifráveis.

Aqui está o fac-símile exato. Faço questão de mostrar esses bizarros sinais, pois foram eles que levaram o professor Lidenbrock e seu sobrinho a se lançaram na mais estranha expedição do século XIX:

O professor considerou durante alguns instantes essa série de caracteres; depois disse, erguendo os óculos:

– É rúnico, esses tipos são absolutamente idênticos aos do manuscrito de Snorre Turleson! Mas... o que podem significar?

Como o rúnico me parecia ser uma invenção de eruditos para mistificar os pobres mortais, não fiquei bravo ao ver que meu tio não o entendia. Ao menos foi assim que me pareceu, a julgar pelo movimento de seus dedos, que começavam a se agitar terrivelmente.

— Mas isso é islandês antigo! — murmurou por entre os dentes.

E o professor Lidenbrock devia saber bem, pois parecia ser um verdadeiro poliglota. Não que ele falasse fluentemente as duas mil línguas e quatro mil dialetos usados na face da Terra, mas conhecia boa parte delas.

Portanto, diante dessa dificuldade, ele se entregaria à total impetuosidade de seu temperamento, e eu já previa uma cena violenta, quando soaram 2 horas no pequeno relógio em cima da lareira.

A criada Marthe logo abriu a porta do escritório para anunciar:

— O jantar está servido.

— Ao diabo com o jantar! — exclamou meu tio. — E ao diabo quem o fez, e quem dele comer!

Marthe retirou-se; segui seus passos e, sem saber como, fui parar na cadeira habitual na sala de jantar.

Esperei alguns instantes. O professor não veio. Era a primeira vez, até onde eu sabia, que ele faltava à solenidade do jantar. E que jantar, aliás! Sopa de salsinha, omelete de presunto com azedinha e noz-moscada, lombo de vitelo com compota de ameixas e, de sobremesa, camarões açucarados, tudo regado a um belo vinho de Moselle.

Era isso que um papel velho custaria ao meu tio. Bem, na condição de sobrinho devoto, me vi obrigado a comer por ele e até mesmo por mim. O que fiz conscientemente.

— Nunca vi isso! — dizia a criada Marthe. — O sr. Lidenbrock não vai comer!

— É inacreditável.

— Isso é presságio de algo grave! — exclamou a velha criada, aflita.

Para mim, aquilo não era presságio de nada além de uma cena assustadora, de quando meu tio descobrisse que seu jantar havia sido devorado.

Eu estava em meu último camarão, quando uma voz retumbante me arrancou das volúpias da sobremesa. Passei da sala para o escritório em um salto só.

III

– É evidente que se trata de uma escrita rúnica – dizia o professor, franzindo o cenho. – Mas existe um segredo aqui e eu descobrirei a qualquer custo.

Um gesto violento interrompeu seu pensamento.

– Fique aqui – ele acrescentou, dando um murro na mesa –, e escreva.

Em um instante eu já estava a postos.

– Agora vou ditar para você cada letra de nosso alfabeto que corresponde a um desses caracteres islandeses. Veremos no que vai dar. Mas, por São Miguel! Não vá cometer nenhum erro!

O ditado começou. Fiz o melhor que pude; as letras foram soletradas uma após a outra, e formaram a seguinte incompreensível sequência de palavras:

mm.rnlls	*esreuel*	*seecJde*
sgtssmf	*unteief*	*niedrke*
kt,samn	*atrateS*	*Saodrrn*
emtnael	*nuaect*	*rrilSa*
Atuaar	*.nscrc*	*ieaabs*
ccdrmi	*eeutul*	*frantu*
dt,iac	*oseibo*	*KediiY*

Quando terminamos, meu tio pegou prontamente a folha na qual eu acabara de escrever e a examinou com demorada atenção.

– O que isso quer dizer? – ele repetia mecanicamente.

Juro que eu não saberia dizer. Aliás, ele não me interrogou a esse respeito, e continuou falando sozinho:

– É o que chamamos de criptograma. O sentido está oculto sob letras embaralhadas propositalmente e que, dispostas do modo correto, formam uma frase inteligível! Talvez tenhamos aqui a explicação ou a indicação de uma grande descoberta!

A meu ver, não havia absolutamente nada ali, mas achei prudente guardar minha opinião para mim.

O professor pegou, então, o livro e o pergaminho e os comparou.

– Essas duas escritas não foram feitas pela mesma mão – ele disse. – O criptograma é posterior ao livro, e vejo nisso antes de tudo uma prova irrefutável. De fato, a primeira letra é um M duplo que se procuraria em vão no livro de Turleson, pois só foi incluída no alfabeto islandês no século XIV. Assim, passaram-se pelo menos duzentos anos entre o manuscrito e o documento.

Admito que aquilo me pareceu bastante lógico.

– Então sou levado a pensar – continuou meu tio – que um dos donos desse livro teria traçado esses caracteres misteriosos. Mas quem, diabos, seria esse dono? Não teria colocado seu nome em algum lugar do manuscrito?

Meu tio ergueu os óculos, pegou uma boa lente de aumento e revisou cuidadosamente as primeiras páginas do livro. No verso da segunda, a da página de rosto, ele descobriu uma espécie de mácula, que parecia uma mancha de tinta. Contudo, ao olhar de perto, era possível distinguir alguns caracteres parcialmente apagados. Meu tio entendeu que ali era um ponto interessante; então concentrou-se na mácula e, com a ajuda da lupa, conseguiu reconhecer os sinais, caracteres rúnicos que ele leu sem hesitar:

ᛚᛆᚼᛂ ᛋᛁᚱᚴᛑᛋᛋᛏᛯ

— Arne Saknussemm! — exclamou em um tom triunfante. — Mas é um nome, e um nome islandês, ainda por cima! É o nome de um cientista do século XVI, um famoso alquimista!

Olhei para meu tio com certa admiração.

— Esses alquimistas — continuou —, como Avicena, Bacon, Lúlio, Paracelso, eram os verdadeiros, os únicos cientistas de sua época. Fizeram descobertas que temos o direito de nos surpreender. Por que esse Saknussemm não teria escondido por baixo desse incompreensível criptograma alguma invenção surpreendente? Deve ser isso. É isso.

A imaginação do professor delirava com a possibilidade.

— Provavelmente — ousei responder —, mas que interesse podia ter esse cientista em esconder dessa forma alguma descoberta maravilhosa?

— Por quê? Por quê? Como vou saber? Galileu não agiu dessa forma com Saturno? Aliás, é o que veremos; descobrirei o segredo desse documento, e não vou comer nem dormir enquanto não adivinhá-lo.

"Nossa!", pensei.

— Você também não, Axel — continuou.

"Raios!", pensei. "Felizmente jantei por dois!"

— E primeiramente — disse meu tio —, é preciso encontrar a língua desse "código". Não deve ser difícil.

Com essas palavras, levantei bruscamente a cabeça. Meu tio continuou seu solilóquio.

— Nada mais fácil. Existem neste documento cento e trinta e duas letras, sendo setenta e nove consoantes e cinquenta e três vogais. Ora, é mais ou menos essa proporção que seguem as palavras das línguas meridionais, ao passo que os dialetos do Norte são infinitamente mais ricos em consoantes. Trata-se, portanto, de uma língua do Sul.

Eram conclusões bastante razoáveis.

— Mas que língua será essa?

Ali onde eu esperava um erudito, descobri um profundo analista.

— Esse Saknussemm — continuou — era um homem instruído; como ele não escrevia em sua língua materna, deve ter escolhido de preferência a língua corrente entre os espíritos cultos do século XVI, ou seja, o latim. Se eu estiver enganado, posso tentar o espanhol, o francês, o italiano, o grego e o hebraico. Mas os cientistas do século XVI geralmente escreviam em latim. Então posso dizer *a priori*: isso é latim.

Saltei em minha cadeira. Minhas lembranças de latinista se revoltaram contra a pretensão de que aquela sequência de palavras bizarras pudesse pertencer à doce língua de Virgílio.

— Sim, latim! — continuou meu tio. — Mas um latim embaralhado.

"Que bom!", pensei. "Se conseguir desembaralhar, tio, o senhor é muito perspicaz."

— Vamos examiná-lo — ele disse, pegando a folha onde eu havia escrito. — Aqui temos uma série de cento e trinta e duas letras aparentemente em desordem. Em algumas palavras, as consoantes se encontram sozinhas, como a primeira, "mrnlls"; em outras, são as vogais que abundam, como a quinta, por exemplo, "unteief", ou a penúltima, "oseibo". Mas é evidente que essa disposição não foi combinada; ela se deu *matematicamente* por uma lógica desconhecida que presidiu a sucessão dessas letras. Parece-me certo que a frase original foi escrita de forma regular, e depois embaralhada, segundo uma lei que ainda precisamos descobrir. Quem possuísse a chave desse "código" o leria com fluência. Mas qual seria essa chave? Axel, você tem essa chave?

A essa pergunta nada respondi, e com razão. Meus olhares haviam se detido em um encantador retrato pendurado na parede, o retrato de Graüben. A pupila de meu tio estava naquele momento em Altona, na casa de uma parente, e sua ausência me entristecia muito, pois, hoje posso confessar, a bela virlandesa e o sobrinho do professor se amavam com paciência e tranquilidade alemãs. Noivamos sem o conhecimento de meu tio, que era geólogo demais para entender sentimentos afins.

Graüben era uma jovem encantadora, loura de olhos azuis, de temperamento um tanto reservado e espírito um tanto sério; mas ela não me amava menos por isso. Quanto a mim, eu a adorava, se é que existe esse verbo na língua tedesca! A imagem de minha pequena virlandesa me lançou, de um instante a outro, do mundo da realidade para o dos sonhos, das lembranças.

Revi minha fiel companheira de trabalhos e prazeres. Todos os dias ela me ajudava a arrumar as preciosas pedras de meu tio e as etiquetava junto comigo. Era uma ótima mineralogista, essa srta. Graüben! Ela gostava de se aprofundar nas questões árduas da ciência. Que doces horas passamos estudando juntos, e quanto eu não invejava a sorte daquelas pedras insensíveis que ela manipulava com suas mãos encantadoras!

Depois vinha o momento da recreação, quando saíamos juntos pelas alamedas arborizadas de Alster e íamos fazer companhia ao velho moinho asfaltado, tão imponente na extremidade do lago. Conversávamos pelo caminho de mãos dadas e eu lhe contava coisas que a faziam rir; assim chegávamos à margem do

Elba, e depois de dar boa-noite aos cisnes que nadavam entre os grandes nenúfares brancos, voltávamos de barco a vapor até o cais.

Eu estava nesse ponto do meu devaneio quando meu tio, esmurrando a mesa, me trouxe violentamente de volta à realidade.

– Bem – ele disse –, parece-me que a primeira ideia que deve ocorrer a alguém para embaralhar as letras de uma frase é escrever as palavras verticalmente e não horizontalmente.

"Veja só", pensei.

– Precisamos ver o resultado disso, Axel. Rabisque uma frase qualquer nesse pedaço de papel, mas, em vez de dispor as letras umas depois das outras, coloque-as sucessivamente em colunas verticais, de maneira a agrupá-las em cinco ou seis.

Entendi o que ele quis dizer, e imediatamente escrevi de cima para baixo:

J	*m*	*n*	*e*	*G*	*e*
e	*e*	*,*	*t*	*r*	*n*
t'	*b*	*m*	*i*	*a*	*!*
a	*i*	*a*	*t*	*ü*	
i	*e*	*p*	*e*	*b*	

$$\begin{bmatrix} E & m & q & G & e \\ u & o & u & r & n \\ t & , & e & a & ! \\ e & p & n & ü & \\ a & e & a & b & \end{bmatrix}$$

— Ótimo — disse o professor, sem ler. — Agora, disponha essas palavras em uma linha horizontal.

Obedeci, e obtive a seguinte frase:

JmneGe ee,trn t'bmia! aiatü iepeb

[*EmqGe uourn t,ea! epnü aeab*]

— Perfeito! — disse meu tio, arrancando o papel de minhas mãos. — Já temos a fisionomia do velho documento; as vogais são agrupadas, assim como as consoantes, na mesma desordem. Inclusive há maiúsculas no meio das palavras, bem como vírgulas, da mesma forma que no pergaminho de Saknussemm!

Não pude deixar de achar essas considerações bastante engenhosas.

— Ora — disse meu tio, dirigindo-se diretamente a mim —, para ler a frase que você acaba de escrever, e que eu não sei qual é, bastará pegar a primeira letra de cada palavra e depois a segunda, a terceira, e assim por diante.

E meu tio, para seu grande espanto, e sobretudo para o meu, leu:

Je t'aime bien, ma petite Graüben!,

[*Eu te amo, pequena Graüben!*]

— Hein? — exclamou o professor.

Sim, sem me dar conta, como um desajeitado apaixonado, escrevi essa comprometedora frase!

— Ah! Você ama Graüben! — continuou meu tio, em um verdadeiro tom de tutor!

– Sim... Não...! – gaguejei.

– Ah! Você ama Graüben – repetiu ele, mecanicamente. – Certo, apliquemos meu procedimento no documento em questão!

Meu tio, absorto de volta em sua contemplação, já havia se esquecido de minhas imprudentes palavras. Digo imprudentes, pois a cabeça do cientista não conseguia compreender as coisas do coração. Mas, felizmente, o tamanho do desafio do documento venceu.

No momento de fazer sua experiência capital, os olhos do professor Lidenbrock lançavam raios através dos óculos; seus dedos tremeram quando ele segurou novamente o velho pergaminho; ele estava tremendamente emocionado. Por fim, ele tossiu fortemente, e com uma voz grave, enunciou sucessivamente a primeira letra, e depois a letra de cada palavra, e me ditou a seguinte série:

mmessunkaSenrA.icefdoK.segnittamurtn
ecertserrette,rotaivsadua,ednecsedsadne
lacartniiiluJsiratracSarbmutabiledmek
meretarcsilucoYsleffenSnI

Confesso que, ao terminarmos, eu estava emocionado. Aquelas letras, enunciadas uma a uma, não faziam nenhum sentido para minha cabeça; então esperei que fosse escorrer pomposamente por entre os lábios do professor uma frase de magnífica latinidade.

Mas quem poderia prever? Um violento murro abalou a mesa. A tinta jorrou, a pluma me saltou das mãos.

— Não é isso! – gritou meu tio. – Isso não faz sentido!

Então, atravessando o escritório como uma bala de canhão, desceu a escada como uma avalanche, tomou a Königstrasse e saiu em disparada.

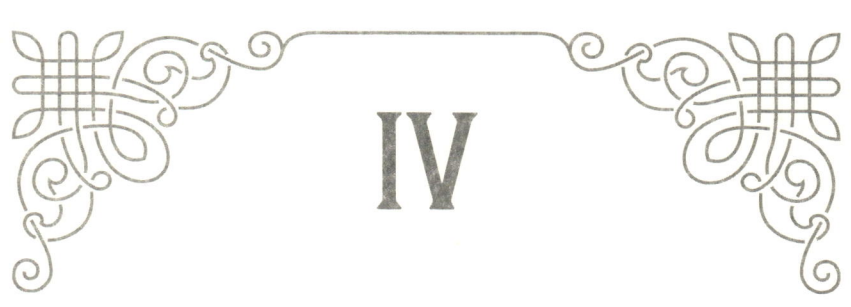

IV

– Saiu? – exclamou Marthe, acudindo ao barulho da porta da rua, que, ao bater, fez a casa inteira tremer.

– Saiu! – respondi. – De vez!

– Mas... e o almoço? – perguntou a velha criada.

– Ele não vai almoçar!

– E o jantar?

– Não vai jantar!

– Mas como? – perguntou Marthe, com as mãos aflitas.

– Não, Marthe, ele não vai mais comer, nem ninguém desta casa! Meu tio Lidenbrock deixará todos de regime até que consiga decifrar um antigo grimório que é absolutamente indecifrável!

– Jesus! Então vamos todos morrer de fome!

Não me atrevi a confessar que, com um homem tão intransigente quanto meu tio, aquele era um destino inevitável.

A velha criada, bastante alarmada, voltou para a cozinha lamentando-se.

Quando me vi sozinho, pensei em ir contar tudo para Graüben; mas como eu deixaria a casa? E se ele me chamasse? E se quisesse recomeçar aquele trabalho logogrífico, que nem o velho Édipo conseguiria decifrar? E se eu não respondesse ao seu chamado, o que aconteceria?

O mais sensato seria ficar. Um mineralogista de Besançon acabara justamente de nos enviar uma coleção de geodos silicosos para classificação. Pus-me a trabalhar. Eu separava, etiquetava, arrumava na vitrine todas aquelas pedras ocas que continham pequenos cristais.

Mas não conseguia me concentrar no trabalho; estranhamente, a questão do antigo documento me preocupava. Minha cabeça fervia, e eu me sentia pego por uma vaga inquietação. Pressentia uma catástrofe iminente.

Ao fim de uma hora, meus geodos estavam organizados. Então me permiti descansar na grande poltrona de Utrecht, de papo para o ar. Acendi meu cachimbo de cabo longo, cujo fornilho esculpido trazia uma náiade languidamente deitada; depois, me diverti acompanhando o progresso da carbonização, que foi aos poucos escurecendo completamente minha náiade. De tempos em tempos, prestava atenção esperando ouvir passos na escada. Mas não. Onde poderia estar meu tio naquele momento? Eu o imaginava correndo sob as belas árvores da estrada de Altona, gesticulando, batendo no muro com sua bengala, castigando a grama, decapitando os cardos e incomodando o descanso das cegonhas solitárias.

Voltaria triunfante ou desencorajado? Quem venceria, o segredo ou ele? Eu me perguntava e, inconscientemente, peguei a folha de papel na qual se estendia a incompreensível série de letras traçadas por mim. Repetia para mim mesmo:

"Mas o que será isso?"

Tentei agrupar aquelas letras de maneira a formar palavras. Impossível. Mesmo reunindo-as em duas, três, cinco ou seis, não obtive absolutamente nada de inteligível; havia de fato as letras de número quatorze, quinze e dezesseis que formavam a palavra inglesa *ice*, e a octogésima quarta, octogésima quinta e octogésima sexta que formavam a palavra *sir*. Por fim, no corpo do documento e na segunda e terceira linhas também notei as palavras latinas *rota, mutabile, ira, neo* e *atra*.

"Diabos", pensei, "essas últimas palavras parecem dar razão ao meu tio quanto à língua do documento! E na quarta linha também percebi a palavra *luco*, que significa 'bosque sagrado'. É verdade que na terceira aparecia a palavra *tablied*, de aspecto perfeitamente hebraico, e na última os vocábulos *mer, arc, mère* que são puramente "franceses".

Era de enlouquecer! Quatro idiomas diferentes naquela frase absurda! Que relação poderia existir entre as palavras "gelo", "senhor", "raiva", "cruel", "bosque sagrado", "mutável", "mãe", "arco" e "mar"? Somente a primeira e a última eram fáceis de aproximar; em um documento escrito na Islândia, não surpreendia um "mar de gelo". Mas daí até compreender o resto do criptograma era outra história.

Então eu me debatia contra um problema insolúvel; meu cérebro esquentava; meus olhos piscavam sobre a folha de papel; as cento e trinta e duas letras pareciam se alvoroçar ao meu redor, como os pontos prateados que flutuam no ar em volta da cabeça quando o sangue sobe violentamente.

Fui tomado por uma espécie de alucinação, sufocado, sem ar. Inconscientemente comecei a me abanar com a folha de papel, cuja frente e verso se alternavam diante de meus olhos.

Qual não foi minha surpresa quando, em uma dessas voltas rápidas, no momento em que o verso aparecia para mim, tive a impressão de ver palavras perfeitamente legíveis, palavras latinas, como *craterem* e *terrestre*!

De repente, tive um lampejo; esses únicos indícios me fizeram perceber a verdade; eu havia descoberto a chave do código. Para ler aquele documento, não era nem mesmo necessário virar a folha! Não. Tal como estava, e tal como me fora ditado, ele podia ser lido fluentemente. Todas as engenhosas combinações do professor se concretizavam; ele tinha razão quanto à disposição das letras, e tinha razão quanto à língua do documento! Faltava um "nada" para conseguir ler essa frase latina de cabo a rabo, e esse "nada" acabava de me ser trazido pelo acaso!

É claro que me emocionei! Meus olhos se encheram d'água, a ponto de eu não conseguir enxergar. Abri a folha de papel sobre a mesa. Bastava uma olhada para me tornar detentor do segredo.

Por fim, consegui me acalmar. Obriguei-me a dar duas voltas pelo quarto para tranquilizar os nervos, e voltei a me afundar na imensa poltrona.

"Vamos ler", pensei, depois de reabastecer profundamente os pulmões de ar.

Debrucei-me sobre a mesa, coloquei meu dedo sucessivamente sobre cada letra e, sem parar, sem hesitar por um único instante, pronunciei em voz alta a frase do começo ao fim.

Mas que perplexidade, que terror tomou conta de mim! Primeiro, foi como se eu tivesse sido esmurrado. O quê! O que eu acabara de descobrir já havia sido realizado! Um homem teve a audácia de penetrar!...

– Ah! – exclamei, com um salto. – De jeito nenhum! Não! Meu tio não pode saber! Ele certamente vai querer fazer o mesmo ao tomar conhecimento de tal viagem! Também vai querer experimentar! Nada poderá detê-lo! Um geólogo tão determinado! Ele partiria de qualquer forma, apesar de tudo! E me levaria com ele, e nunca mais voltaríamos! Nunca! Jamais!

Meu estado de exaltação era difícil de descrever.

"Não! Não! Não pode acontecer", pensei com determinação, "e, enquanto eu puder impedir que tal ideia venha à cabeça de meu tirano, eu o farei. Ao virar e revirar este documento, ele pode descobrir por acaso seu segredo! Vou destruí-lo".

Havia um resto de fogo na lareira. Peguei não somente a folha de papel, mas também o pergaminho de Saknussemm; com uma mão febril, eu ia jogar tudo sobre as brasas e destruir aquele perigoso segredo, quando a porta do escritório se abriu. Era meu tio.

V

Só tive tempo de recolocar sobre a mesa o infeliz documento.

O professor Lidenbrock parecia profundamente absorto. Seu pensamento obsessivo não lhe dava um instante de respiro; era evidente que durante seu passeio ele havia examinado, analisado o problema, utilizando todos os recursos de sua imaginação, e voltou para aplicar alguma combinação nova.

De fato, ele sentou-se em sua poltrona e, com a pena na mão, começou a escrever fórmulas que pareciam um cálculo algébrico.

Eu acompanhava com o olhar sua mão trêmula, sem perder um único movimento. Chegaria a algum resultado inesperado acidentalmente? Eu tremia, e sem razão, já que a verdadeira combinação, a "única", já havia sido encontrada, e assim qualquer outra tentativa seria em vão.

Durante três longas horas, meu tio trabalhou sem falar, sem levantar a cabeça, apagando, retomando, rasurando, recomeçando mil vezes.

Eu sabia bem que, se ele conseguisse ordenar as letras seguindo todas as posições relativas que elas pudessem ocupar, a frase acabaria sendo encontrada. Mas eu sabia também que apenas vinte letras já poderiam formar dois quintilhões, quatrocentos e trinta e dois quatrilhões, novecentos e dois trilhões, oito bilhões, cento e setenta e seis milhões, seiscentos e quarenta mil combinações. Ora, havia cento e trinta e duas letras na frase, e essas cento e trinta e duas letras davam um número de frases diferentes composto de pelo menos cento e trinta e três algarismos, número quase impossível de enumerar e que escapa de qualquer apreciação.

Esse meio heroico de resolver o problema me tranquilizou.

No entanto, o tempo passava. Caiu a noite e os barulhos da noite abrandaram. Meu tio, ainda curvado sobre sua tarefa, não via mais nada, nem mesmo Marthe abrindo a porta. Ele não ouviu nada, nem mesmo a pergunta da digna criada:

– O senhor vai jantar esta noite?

Marthe também teve de sair sem resposta: para mim, depois de resistir por algum tempo, fui tomado por um sono irresistível, e adormeci em uma ponta do sofá, enquanto meu tio Lidenbrock continuava calculando e rasurando.

Quando me levantei, no dia seguinte, o incansável professor ainda trabalhava. Os olhos vermelhos, a palidez, os cabelos emaranhados sob uma mão febril, as maçãs do rosto arroxeadas entregavam sua terrível luta contra o impossível. Aquelas horas deviam ter lhe rendido uma tremenda fadiga do espírito e esforço cerebral.

Na verdade, ele me deu pena. Apesar das reprimendas que me julgava no direito de fazer, fiquei um tanto comovido. O pobre homem estava tão possuído por sua ideia, que se esquecia de ficar com raiva; todas as suas forças se concentravam em um único ponto e, sem sua válvula de escape costumeira, eu temia que aquela tensão fosse fazê-lo explodir a qualquer momento.

Eu poderia, com um único gesto, uma única palavra, afrouxar aquela morsa que lhe apertava o crânio! E nada fiz.

Mas eu tinha um bom coração. Por que me mantive em silêncio naquelas circunstâncias? Pelo bem de meu tio.

"Não, não", repetia para mim mesmo, "não falarei! Eu o conheço, ele vai querer ir, nada poderia impedi-lo. Com sua imaginação vulcânica, ele arriscaria a vida para fazer aquilo que outros geólogos não fizeram. Eu me calarei, guardarei esse segredo que o acaso me levou a dominar; sua revelação mataria o professor Lidenbrock. Ele que adivinhe, se puder. Não quero me culpar um dia por tê-lo levado à perdição."

Resolvido isso, cruzei os braços e esperei. Mas eu não contava com um incidente que ocorreu algumas horas depois.

Quando a criada Marthe quis sair de casa para ir ao mercado, encontrou a porta trancada. A grande chave não estava na fechadura. Quem a teria tirado? Meu tio, evidentemente, quando voltou na véspera de sua excursão precipitada.

Teria sido de propósito? Por desatenção? Queria ele nos submeter aos rigores da fome? Aquilo me pareceu um tanto exagerado. Imagine! Marthe e eu seríamos vítimas de uma situação que não nos dizia respeito? Provavelmente, e lembrei-me de um precedente assustador. De fato, alguns anos antes, na época em que meu tio trabalhava em sua grande classificação mineralógica, ele permaneceu quarenta e oito horas sem comer, e todos na casa tiveram de se adaptar a essa dieta científica. Quanto a mim, tive cólicas estomacais nada divertidas para um rapaz de natureza tão voraz.

Pareceu-me que não haveria almoço, assim como não houve jantar na véspera. Porém, decidi ser heroico e não ceder diante das exigências da fome. Marthe levava aquilo muito a sério e a pobre se lamentava. Quanto a mim, a impossibilidade de deixar a casa me preocupava mais, e com razão. É fácil de entender por quê.

Meu tio continuava trabalhando. Sua imaginação se perdia no mundo ideal das combinações, longe da Terra, verdadeiramente fora das necessidades terrenas.

Por volta do meio-dia, senti pontadas de fome. Marthe, muito inocentemente, havia devorado na véspera os mantimentos da despensa e não restava mais nada na casa. Mas eu resisti bem. Era uma espécie de questão de honra.

Soaram 2 horas. Aquilo estava ficando ridículo, até mesmo intolerável. Meus olhos se arregalavam. Comecei a dizer para mim mesmo que estava exagerando a importância do documento; que meu tio não acreditaria naquilo, que veria ali uma simples mistificação; que na pior das hipóteses, o seguraríamos contra sua vontade, se ele tentasse se aventurar; que, afinal, ele mesmo poderia descobrir a chave do "código", e que então que meu jejum teria sido em vão.

Essas razões, que eu teria rejeitado na véspera com indignação, agora me pareciam excelentes. Aliás, até achei absurdo ter esperado tanto tempo, e decidi contar tudo.

Então eu buscava uma forma de contar que não fosse brusca demais, quando o professor se levantou, colocou o chapéu e se preparou para sair.

O quê? Deixar a casa e nos prender novamente? Jamais.

– Tio! – chamei.

Ele pareceu não me escutar.

– Tio Lidenbrock! – repeti, levantando a voz.

– Hein? – ele disse, como um homem subitamente desperto.

– A chave!

– Que chave? A chave da porta?

— Não! — exclamei. — A chave do documento!

O professor me olhou por cima dos óculos; deve ter notado algo de insólito em minha fisionomia, pois me agarrou o braço com força e, sem conseguir falar, me interrogou com o olhar. Contudo, nunca uma pergunta fora feita de modo tão claro.

Fiz um gesto afirmativo com cabeça.

Ele balançou a sua com uma espécie de pena, como se estivesse lidando com um louco.

Fiz um gesto mais categórico.

Seus olhos brilharam, sua mão se tornou ameaçadora.

Essa conversa muda naquelas circunstâncias teria interessado ao mais indiferente dos espectadores. E a verdade é que eu não ousava mais falar, com medo de que meu tio me sufocasse com abraços de alegria. Mas ele se tornou tão insistente, que precisei responder.

— Sim, essa chave!... o acaso!...

— O que está dizendo? — ele exclamou, com indescritível emoção.

— Tome — falei, entregando-lhe o papel onde eu havia escrito. — Leia.

— Mas isso não significa nada! — ele respondeu, amassando a folha.

— Nada, se começar a ler do começo, mas se começar pelo fim...

Eu nem havia terminado minha frase quando o professor deu um grito; mais do que um grito, um rugido! Acabara de ter uma revelação. Ele estava transfigurado.

— Ah, Saknussemm, genial! — exclamou. — Então você escreveu inicialmente sua frase de trás para frente!

E lançando-se sobre a folha de papel, com o olhar vidrado, a voz emocionada, ele leu o documento do começo ao fim, subindo da última letra até a primeira.

Estava escrito nos seguintes termos:

In Sneffels Yoculis craterem kem delibat
umbra Scartaris Julii intra calendas descende,
audas viator, et terrestre centrum attinges.
Kod feci. Arne Saknussemm.

O que, em mau latim, pode ser traduzido da seguinte forma:

[*Desça até a cratera do Yocul de Sneffels*
que a sombra do Scartaris vem acariciar
antes das calendas de julho,
viajante audacioso, e você chegará ao centro da Terra.
Que foi o que fiz. Arne Saknussemm.]

Tendo lido isso, meu tio saltou como se tivesse tomado um choque em uma garrafa de Leyden. Estava pleno de audácia, alegria e convicção. Ia de um lado para outro, colocava as mãos na cabeça, arrastava as cadeiras, empilhava os livros, fazia malabarismos com seus preciosos geodos, algo inacreditável, dava um murro aqui e um tapa acolá. Por fim, seus nervos se acalmaram e, como um homem esgotado, afundou novamente em sua poltrona.

– Mas que horas são? – perguntou, após alguns instantes de silêncio.

– Três horas – respondi.

– Olha só! Já passou a hora do almoço. Estou morto de fome. Vamos comer. Depois...
– E depois?
– Você fará minha mala.
– Hein? – exclamei.
– E a sua! – respondeu o implacável professor, enquanto entrava na sala de jantar.

VI

Ao ouvir aquelas palavras, senti um arrepio percorrer meu corpo. Mas contive-me, e até decidi manter a compostura. Somente argumentos científicos poderiam deter o professor Lidenbrock; e bons argumentos havia, contra a possibilidade de uma viagem como aquela. Ir ao centro da Terra! Que loucura! Reservei minha dialética para o momento oportuno, e concentrei-me no jantar.

Desnecessário relatar os xingamentos de meu tio diante da mesa vazia. Tudo foi explicado. Marthe foi liberada e correu até o mercado. Foi tão rápida, que uma hora depois minha fome já fora acalmada, e eu voltei a cair em mim.

Durante a refeição, meu tio esteve quase alegre, fazendo inofensivas piadas de cientista. Após a sobremesa, fez sinal para que eu o seguisse até o escritório.

Obedeci. Ele sentou-se em uma das pontas de sua mesa de trabalho, e eu na outra.

– Axel – ele disse com uma voz bem gentil –, você é um rapaz muito engenhoso e me fez um grande favor, quando eu estava prestes a desistir de encontrar essa combinação. Onde eu teria parado? Ninguém sabe! Jamais me esquecerei disso, meu rapaz, e você terá sua parte da glória que vamos conquistar.

"Ótimo!", pensei, "ele está de bom humor; o momento certo para discutir essa glória".

— Antes de qualquer coisa – continuou meu tio –peço que mantenha segredo absoluto, está me ouvindo? Não faltam invejosos no mundo dos cientistas, e muitos gostariam de fazer uma viagem como essa, mas só saberão quando voltarmos.

— O senhor acredita que existam mesmo tantos audaciosos assim? – perguntei.

— Certamente! Quem hesitaria em conquistar uma fama como essa? Se esse documento ficasse conhecido, um exército inteiro de geólogos correria para seguir os passos de Arne Saknussemm!

— Disso não estou tão convencido, tio. Nada prova a autenticidade desse documento.

— Como assim? E o livro dentro do qual o descobrimos?

— Bem, concordo que esse Saknussemm tenha escrito essas linhas, mas será que ele realmente realizou a viagem? E o velho pergaminho não pode ser uma mistificação?

Quase lamentei ter pronunciado essa última palavra, um pouco precipitada. O professor franziu sua grossa sobrancelha, e eu temi ter comprometido a continuidade da conversa. Felizmente não foi o que aconteceu. Meu severo interlocutor esboçou uma espécie de sorriso nos lábios e respondeu:

— É o que veremos.

— Ah! – exclamei um tanto contrariado. – Mas permita-me expor a série de objeções relativas a esse documento.

— Fale, meu rapaz, fique à vontade. Dou-lhe toda a liberdade para exprimir sua opinião. Você não é mais meu sobrinho, é meu colega. Então fale.

— Bem, primeiramente quero perguntar o que são esse Yocul, Sneffels e Scartaris, dos quais nunca ouvi falar.

— Muito fácil. Recebi há algum tempo, justamente, um mapa de meu amigo Peterman, de Leipzig, que não podia ser mais oportuno. Pegue o terceiro atlas da segunda estante da biblioteca principal, série Z, prateleira 4.

Levantei-me e, graças a essas indicações precisas, encontrei rapidamente o atlas pedido. Meu tio o abriu e disse:

— Este aqui é um dos melhores mapas da Islândia, o de Handerson, e creio que nos dará a melhor solução para todas as dificuldades.

Debrucei-me sobre o mapa.

— Veja esta ilha composta de vulcões — disse o professor —, e observe que todos eles têm o nome de Yocul. Essa palavra quer dizer "geleira" em islandês e, na latitude elevada da Islândia, a maioria das erupções se dá através das camadas de gelo. Por isso a denominação Yocul se aplica a todos os montes ignívomos da ilha.

— Certo — respondi. — Mas o que é Sneffels?

Eu esperava que para essa pergunta ele não tivesse resposta, mas estava enganado. Meu tio continuou:

— Siga pela costa ocidental da Islândia. Está vendo Reykjavik, a capital? Sim? Ótimo. Suba para os inúmeros fiordes dessas margens erodidas pelo mar, e detenha-se um pouco abaixo dos 65 graus de latitude. O que está vendo?

— Uma espécie de península parecida com um osso descarnado, com uma imensa rótula na ponta.

— É uma boa comparação, meu rapaz; mas não está vendo nada nessa rótula?

— Sim, um monte que parece ter brotado do mar.

— Ora! É o Sneffels.

— Sneffels?

— Ele mesmo, uma montanha com 5 mil pés, uma das mais notáveis da ilha, e certamente será a mais célebre do mundo, se sua cratera der para o centro da Terra.

— Mas isso é impossível! – exclamei, levantando os ombros e revoltado com tal suposição.

— Impossível? – repetiu o professor Lidenbrock, em um tom severo. – E por quê?

— Porque essa cratera evidentemente está obstruída por lava, rochas incandescentes e por isso...

— E se for uma cratera extinta?

— Extinta?

— Sim. O número de vulcões em atividade na superfície do globo atualmente não passa de trezentos, aproximadamente. Mas existe uma quantidade bem maior de vulcões extintos. Ora, o Sneffels está entre esses últimos, e sua única erupção desde os tempos históricos foi em 1219. A partir dessa época, seus rumores foram diminuindo aos poucos, e ele não faz mais parte dos vulcões ativos.

A essas afirmações categóricas eu não tinha absolutamente nada a refutar; então lancei-me contra o que ainda havia de obscuro no documento.

— O que significa essa palavra Scartaris – perguntei –, e o que fazem aqui as calendas de julho?

Meu tio parou para refletir por alguns momentos. Tive um instante de esperança, mas muito breve, pois ele logo me respondeu nestes termos:

— O que você chama de obscuro, para mim é luz. Isso prova os cuidados geniais com os quais Saknussemm quis detalhar sua descoberta. O Sneffels é formado por diversas crateras, então havia a necessidade de indicar qual delas levaria ao centro do globo. E o que fez então o sábio islandês? Ele notou que nas proximidades das calendas de julho, ou seja, por volta dos últimos dias do mês de junho, um dos picos da montanha, o Scartaris, projetava sua sombra até a abertura da cratera em questão, e o mencionou em seu documento. Seria possível imaginar uma indicação mais exata? Uma vez no cume do Sneffels, não haveria como hesitar qual caminho a ser tomado!

Decididamente meu tio tinha resposta para tudo. Vi que estava irrefutável quanto às palavras do pergaminho. Então parei de pressioná-lo a esse respeito, e, como era preciso convencê-lo antes de tudo, passei para as objeções científicas, bem mais graves, a meu ver.

– Certo – falei –, sou obrigado a convir que a frase de Saknussemm é clara e não deixa dúvidas. Admito mesmo que o documento parece ser perfeitamente autêntico. Esse cientista foi ao fundo do Sneffels, viu a sombra do Scartaris acariciar as bordas da cratera antes das calendas de julho, e chegou a ouvir em lendas de sua época que essa cratera terminava no centro da Terra. Mas quanto a ele mesmo ter chegado lá, ter feito a viagem e voltado, não! Cem vezes não!

– E por qual motivo? – perguntou meu tio, em um tom especialmente zombador.

– Todas as teorias da ciência demonstram que isso é impraticável!

– Todas as teorias dizem isso? – respondeu o professor, assumindo um ar bonachão. – Ah, essas vis teorias! Como nos estorvam, essas pobres teorias!

Vi que ele zombava de mim, mas mesmo assim continuei.

– Sim! É amplamente sabido que o calor aumenta cerca de um grau a cada setenta pés de profundidade para baixo da superfície terrestre; ora, se admitirmos essa proporcionalidade constante, com um raio terrestre de quinze léguas, a temperatura no centro seria de 2 milhões de graus. As matérias do interior da Terra se encontram então em estado de gás incandescente, pois os metais, o ouro, a platina, as rochas mais duras não resistem a tamanho calor. Portanto, tenho o direito de perguntar se é possível penetrar em um meio como esse!

– Então é o calor que o preocupa, Axel?

– Certamente. Se chegássemos a uma profundidade de 10 léguas somente, atingiríamos o limite da crosta terrestre, pois nesse ponto a temperatura já é superior a 1.300 graus.

– E você tem medo de entrar em fusão?

– Deixo para o senhor a questão – respondi com humor.

– O que eu penso é o seguinte: – respondeu o professor Lidenbrock, com ar de superioridade – nem você, nem ninguém sabe com certeza o que se passa no interior do globo, visto que se conhecem somente doze milésimos de seu raio. A ciência está sempre se aperfeiçoando, e cada teoria é incessantemente destruída por uma nova teoria. Não é verdade que antes de Fourier acreditava-se que a temperatura dos espaços planetários diminuía a cada momento, e hoje sabe-se que os maiores frios das regiões etéreas não ultrapassam os 40 ou 50 graus abaixo de zero? Por que não seria assim com o calor interno? Por que, a determinada profundidade, não atingiria ela um limite, em vez de se elevar até o grau de fusão dos minerais mais refratários?

Uma vez que meu tio colocou a questão no terreno das hipóteses, não tive o que responder.

– Pois bem, vou lhe dizer que cientistas de verdade, incluindo Poisson, provaram que se existisse um calor de 2 milhões de graus no interior do globo, os gases incandescentes provenientes das matérias fundidas adquiririam uma elasticidade tamanha que a crosta terrestre não resistiria a ela e explodiria como as paredes de uma caldeira sob a pressão do vapor.

– É a opinião de Poisson, tio, só isso.

– Certo, mas é também a opinião de outros geólogos renomados que o interior do globo não seria formado nem por gás, nem água, nem as pedras mais pesadas que conhecemos, pois nesse caso a Terra teria a metade do peso.

– Ah, com números, prova-se qualquer coisa!

– E com os fatos, meu rapaz, não se dá o mesmo? Não é verdade que o número de vulcões vem diminuindo consideravelmente desde os primeiros dias do mundo e, se existe mesmo um calor central, não podemos concluir que ele tende a diminuir?

– Tio, se entrar no campo das suposições, não tenho mais o que discutir.

– E eu digo que à minha opinião se somam as opiniões de pessoas muito competentes. Lembra-se de uma visita que recebi do célebre químico inglês Humphry Davy, em 1825?

– De forma alguma, pois só vim ao mundo dezenove anos depois.

– Pois bem, Humphry Davy veio me ver quando esteve de passagem por Hamburgo. Conversamos longamente, entre outras questões, sobre a hipótese da liquidez do núcleo interno da Terra. Ambos concordamos que essa liquidez não poderia existir, por uma razão para a qual a ciência nunca encontrou resposta.

– E qual seria? – perguntei, um tanto espantado.

– O fato de que essa massa líquida estaria sujeita, como o oceano, à atração da Lua, e consequentemente duas vezes por dia ocorreriam marés internas, levantando a crosta terrestre e provocando tremores de terra periódicos!

– Mas é evidente que a superfície do globo sofreu uma combustão, e pode-se supor que a crosta externa tenha se resfriado primeiro, ao passo que o calor se refugiou no centro.

– Errado – respondeu meu tio. – A Terra foi aquecida pela combustão de sua superfície, e não de outra forma. Sua superfície era composta de uma grande quantidade de metais, tais como potássio, sódio, que têm a propriedade de se inflamar ao contato do ar e da água. Esses metais pegaram fogo quando os vapores atmosféricos se precipitaram em forma de chuva sobre o chão, e pouco a pouco, quando as águas penetraram nas fissuras da crosta terrestre, elas determinaram novos incêndios com explosões e erupções. Por isso houve tantos vulcões nos primórdios do mundo.

– É uma hipótese engenhosa! – exclamei um tanto contrariado.

– E Humphry Davy me chamou a atenção para isso aqui mesmo, através de um experimento bem simples. Ele montou uma bola metálica feita principalmente dos metais que citei, como uma representação perfeita de nosso globo. Ao derramar um fino orvalho sobre sua superfície, esta se inflava, se oxidava e formava uma pequena montanha. Uma cratera se abria em seu topo, a erupção acontecia e passava para a bola inteira um calor que a tornava impossível de segurar com a mão.

De fato, eu começava a me abalar com os argumentos do professor, que ainda os apresentava com sua paixão e entusiasmo habituais.

– Você vê, Axel – ele acrescentou –, o estado do núcleo central levanta diferentes hipóteses entre os geólogos. Esse calor interno não é um fato provado. Para mim, ele não existe, não poderia existir. É o que veremos, aliás, e, assim como Arne Saknussemm, saberemos em que nos basear nessa grande questão.

– Pois bem! Sim – respondi, tomado por aquele entusiasmo –, veremos, se conseguirmos.

– E por que não? Talvez possamos contar com fenômenos elétricos para nos iluminar e mesmo com a atmosfera, que pode se tornar luminosa pela pressão ao nos aproximarmos do centro.

– Sim, sim! – disse. – É possível, no fim das contas.

– Isso é certo – respondeu triunfantemente meu tio. – Mas fique quieto, está me ouvindo? Não diga nada a esse respeito, e que ninguém pense em descobrir antes de nós o centro da Terra.

VII

E assim terminou aquela memorável sessão. A conversa me deixou febril. Saí perplexo do escritório do meu tio, e não havia ar suficiente nas ruas de Hamburgo para me recompor, então fui até as margens do Elba, do lado do barco a vapor que conecta a cidade à estrada de ferro de Harburgo.

Estava eu convencido do que acabara de descobrir? Não teria sido influência do professor Lidenbrock? Deveria levar a sério sua resolução de ir ao centro do maciço terrestre? Teria eu acabado de ouvir as especulações absurdas de um louco, ou as deduções científicas de um grande gênio? Em tudo isso, onde terminava a verdade, onde começava o erro?

Flutuei entre mil hipóteses contraditórias, sem conseguir me agarrar a nenhuma.

No entanto, eu me lembrava de ter sido convencido, ainda que meu entusiasmo começasse a esfriar. Mas fiquei tentado a partir imediatamente, sem nem tempo de refletir. Sim, naquele momento não teria me faltado coragem para fazer as malas.

Mas devo confessar que, uma hora depois, essa empolgação amainou. Meus nervos relaxaram, e dos profundos abismos da Terra voltei à sua superfície.

"Isso é absurdo!", pensei. "Não faz sentido! Não é uma proposta séria que se faça a um rapaz sensato. Não existe nada disso.

Dormi mal e tive um pesadelo."Nesse meio-tempo eu havia seguido as margens do Elba e contornado a cidade. Depois de subir até o porto, cheguei à estrada de Altona. Um pressentimento me conduzia e se mostrou justificado, pois logo vi minha pequena Graüben, que, com seu passo ágil, voltava bravamente a Hamburgo.

– Graüben! – gritei para ela de longe.

A jovem parou, um pouco confusa, imagino, ao ouvir seu nome sendo chamado daquela forma em uma grande estrada. Em dez passos, aproximei-me dela.

– Axel! – ela disse, surpresa. – Ah, você veio me encontrar! Que bom.

Mas ao me olhar, Graüben não pôde deixar de notar meu ar preocupado, perturbado.

– O que você tem? – ela perguntou, estendendo-me a mão.

– O que eu tenho, Graüben?

Em dois segundos e três frases, minha bela virlandesa já estava a par da situação. Ela ficou em silêncio durante alguns instantes. Seu coração palpitava igual ao meu? Não sei dizer, mas sua mão não tremia junto à minha. Demos uma centena de passos sem falar nada.

– Axel! – ela me disse, por fim.

– Minha querida Graüben!

– Será uma linda viagem.

Tive um sobressalto ao ouvir aquelas palavras.

– Sim, Axel, e digna do sobrinho de um cientista. É bom que um homem se destaque por algum grande projeto!

– O quê? Graüben, não vai me impedir de tentar uma expedição como essa?

– Não, querido Axel, e acompanharia você e seu tio de bom grado, se uma pobre moça não fosse atrapalhá-los.

– Está falando sério?

– Estou falando sério.

Ah, essas mulheres, moças, corações femininos sempre incompreensíveis! Quando vocês não são os mais tímidos dos seres, são os mais corajosos! A razão perde para vocês. O quê! Aquela criança me encorajava a participar daquela grande expedição! Ela não temeria a aventura. E me incentivava, ainda que me amasse!

Fiquei desconcertado e, por que não dizer, envergonhado.

– Graüben – continuei –, veremos se amanhã você falará dessa maneira.

– Amanhã, meu caro Axel, falarei como hoje.

Graüben e eu continuamos caminhando, de mãos dadas, mas em profundo silêncio. Estava esgotado pelas emoções daquele dia.

"Afinal de contas", pensei, "as calendas de julho ainda estão longe e, até lá, muita coisa pode acontecer para curar meu tio de sua obsessão por viajar para debaixo da terra".

A noite já havia caído quando chegamos à casa da Königstrasse. Eu esperava encontrar a casa tranquila, com meu tio deitado como de costume, e a criada Marthe dando a última espanada do dia na sala de jantar.

Mas eu não contava com a impaciência do professor. Encontrei-o aos gritos, agitado em meio a uma tropa de carregadores que descarregavam mercadorias no corredor. A velha criada não sabia o que fazer.

– Vamos, Axel! Depressa, infeliz! – gritou meu tio assim que me viu. – Sua mala ainda não está feita, meus papéis não estão em ordem, e não encontro a chave da minha bolsa de viagem. E minhas polainas que não chegam!

Entrei em choque. Faltava-me voz para falar. Com muito custo, meus lábios conseguiram articular as seguintes palavras:

– Então nós vamos?
– Sim, seu infeliz, que sai para passear em vez de ficar aqui!
– Nós vamos? – repeti, quase inaudível.
– Sim, depois de amanhã, logo cedo, pela manhã.

Não consegui ouvir mais nada, e me enfiei em meu quartinho.

Não havia mais dúvidas, meu tio acabara de passar a tarde atrás dos objetos e utensílios necessários para a viagem. O corredor estava lotado de escadas de cordas, tochas, cantis, grampos de ferro, alviões, bastões com ponta de ferro, picaretas, carga para pelo menos dez homens.

Passei uma noite horrível. No dia seguinte, ouvi me chamarem bem cedo. Eu estava decidido a não abrir a porta. Mas como resistir à doce voz que pronunciava estas palavras:

– Axel, querido?

Saí do quarto. Pensei que meu ar abatido, minha palidez, meus olhos vermelhos pela insônia teriam algum efeito sobre Graüben e fariam mudá-la de ideia.

– Ah, meu querido Axel – ela disse. – Vejo que você está melhor e que a noite o acalmou.

– Acalmou? – exclamei.

Corri para me olhar no espelho. Pois bem, minha aparência não estava tão ruim quanto eu pensava. Inacreditável.

– Axel – disse-me Graüben –, conversei bastante com meu tutor. É um cientista ousado, um homem de grande coragem, e você se lembrará de que o sangue dele corre em suas veias. Ele me contou sobre seus projetos, suas expectativas, e por que e como ele espera atingir seu objetivo. Ele conseguirá, não tenho dúvidas. Ah, querido Axel, como é bonito dedicar-se assim à ciência! A glória espera o sr. Lidenbrock e respingará em seu companheiro! Ao voltar, Axel, você será um homem igual a ele, livre para falar, livre para agir, enfim, livre para...

A jovem, enrubescendo, não terminou a frase. Suas palavras me reanimaram. Contudo, eu não queria acreditar ainda em nossa partida. Levei Graüben para o escritório do professor.

— Tio — falei —, então está decidido mesmo que vamos viajar?

— Como? Ainda está em dúvida?

— Não — eu disse, para não contrariá-lo. — Só queria saber qual o motivo da pressa.

— O tempo, oras! O tempo que foge com irreparável velocidade!

— Mas estamos ainda em 26 de maio, e até o final de junho...

— Ah! Então você acha, seu ignorante, que é fácil chegar à Islândia? Se você não tivesse me largado como um louco, eu o teria levado ao escritório da Liffender e Cia., de Copenhague. Lá você teria visto que só há uma partida de Copenhague para Reykjavik.

— É mesmo?

— É mesmo! Se esperássemos até 22 de junho, chegaríamos tarde demais para ver a sombra de Scartaris acariciar a cratera do Sneffels. Então precisamos chegar a Copenhague o mais rápido possível para ali procurar um meio de transporte. Vá fazer suas malas!

Eu não tinha o que responder. Subi de volta para meu quarto. Graüben me seguiu. Foi ela que se encarregou de arrumar, em uma pequena maleta, os objetos necessários para minha viagem. Não parecia mais abalada do que estaria se fosse um passeio por Lubeck ou Heligoland. Suas mãozinhas iam e vinham sem precipitação. Ela falava com calma, dando-me as razões mais sensatas a favor de nossa expedição. Ela me encantava, e eu sentia uma grande raiva dela. Por algumas vezes quase explodi, mas ela não prestava atenção e continuava metodicamente sua tranquila tarefa.

Por fim, a última correia da maleta foi afivelada. Desci para o térreo.

Ao longo desse dia, os fornecedores de instrumentos, de armas, de aparelhos elétricos se multiplicaram. A criada Marthe estava atarantada.

– O patrão enlouqueceu?

Fiz um sinal afirmativo.

– E ele vai levar você com ele?

Afirmei novamente.

– E para onde? – perguntou.

Apontei com o dedo para o centro da Terra.

– Para o porão? – exclamou a velha criada.

– Não – eu disse por fim –, mais embaixo!

Anoiteceu. Eu havia perdido a noção do tempo.

– Amanhã de manhã – disse meu tio –, partiremos às 6 horas em ponto.

Às 10 horas, caí na cama como uma massa inerte.

Durante a noite, meus terrores voltaram.

Passei a noite sonhando com abismos! Estava entregue ao delírio. Eu me sentia apertar pela mão vigorosa do professor, arrastado, esmagado, atolado! Caía ao fundo de insondáveis precipícios com a velocidade crescente dos corpos abandonados no espaço. Minha vida era uma queda interminável.

Levantei-me às 5 horas, esgotado pelo cansaço e pela emoção. Desci à sala de jantar. Meu tio estava sentado à mesa, devorando a comida. Eu o olhava com um sentimento de horror. Mas Graüben estava lá. Eu não disse nada. Não consegui comer.

Às 5 e meia, ouvimos um barulho de rodas na rua. Um grande carro chegava para nos levar até a estação de trem de Altona, e logo ficou lotado com a bagagem de meu tio.

– E sua mala? – ele perguntou.

– Está pronta – respondi, desanimado.

– Então desça logo com ela, ou vamos perder o trem!

Lutar contra o destino me pareceu impossível naquele momento. Subi para meu quarto e, deixando minha mala deslizar pelos degraus da escada, a segui.

Naquele momento, meu tio colocava solenemente entre as mãos de Graüben "as rédeas" de sua casa. Minha bela virlandesa mantinha sua calma habitual. Ela abraçou seu tutor, mas não conseguiu segurar uma lágrima ao roçar seus doces lábios em meu rosto.

– Graüben! – exclamei.

– Vá, meu querido Axel, vá! – ela disse. – Você deixa sua noiva, mas na volta encontrará sua esposa.

Apertei Graüben em meus braços e sentei-me no carro. Na soleira da porta, Marthe e a jovem nos acenaram um último adeus. Em seguida, os dois cavalos, incitados pelo assobio dos condutores, se lançaram a galope pela estrada de Altona.

VIII

Altona, um verdadeiro subúrbio de Hamburgo, era o terminal da estrada de ferro de Kiel que nos levaria às margens dos Belt. Em menos de vinte minutos, entrávamos no território de Holstein.

Às 6 e meia, o carro parou diante da estação. Os inúmeros pacotes de meu tio e seus volumosos artigos de viagem foram descarregados, transportados, pesados, etiquetados, carregados novamente no vagão bagageiro e, às 7 horas, estávamos sentados um de frente ao outro no mesmo compartimento. Com o silvo do vapor, a locomotiva se pôs em movimento. Partimos.

Estava eu resignado? Ainda não. No entanto, o ar fresco da manhã, os detalhes do trajeto rapidamente renovados pela velocidade do trem me distraíam de minha grande preocupação.

Quanto ao professor, era evidente que seu pensamento ultrapassava aquele comboio, lento demais para sua impaciência. Estávamos sozinhos no vagão, mas em silêncio. Meu tio examinou os bolsos e a maleta de viagem com minuciosa atenção. Notei que não lhe faltava nenhuma das peças necessárias para a execução de seus projetos.

Entre outras coisas, uma folha de papel, cuidadosamente dobrada, trazia o timbre da chancelaria dinamarquesa, com a assinatura do sr. Christiensen, cônsul em Hamburgo e amigo do professor. Aquilo nos facilitaria a obtenção de recomendações em Copenhague para o governador da Islândia.

Também reparei no famoso documento, cuidadosamente guardado no bolso mais secreto da carteira. Eu o amaldiçoei do fundo do coração e voltei a examinar a região. Era uma vasta sequência de planícies pouco interessantes, monótonas, lodosas e muito férteis: um campo muito favorável ao estabelecimento de uma ferrovia e propício a essas linhas retas tão caras às companhias de estradas de ferro.

Mas a monotonia não teve tempo de me cansar, pois, passadas três horas de nossa partida, o trem parou em Kiel, bem próximo do mar.

Com nossas bagagens sendo despachadas para Copenhague, não precisávamos nos preocupar com isso. No entanto, o professor as acompanhou com um olhar inquieto serem transportadas até o barco a vapor. Ali, desapareceram no fundo do porão.

Meu tio, em sua precipitação, havia calculado tão bem as horas de baldeação entre o trem e o barco, que nos restava um dia inteiro livre. O vapor Ellenora só partiria à noite, o que resultou em nove horas de inquietação, quando o irascível viajante mandou para o inferno a administração dos barcos e das ferrovias e os governos que toleravam tal abuso. Tive de apoiá-lo quando ele tentou persuadir o capitão do Ellenora a esse respeito, tentando obrigá-lo a acionar as máquinas imediatamente. O outro o mandou passear.

Mas em Kiel, como em qualquer outro lugar, o dia acaba passando. Depois de passear às margens verdejantes do recôncavo onde se inicia a pequena cidade, percorrer os densos bosques que a fazem parecer um ninho em um feixe de galhos, admirar os casarões, cada um com sua casinha de banho frio, enfim, depois de correr e resmungar, conseguimos chegar às 10 horas da noite.

A fumaça do Ellenora subia em torvelinhos para o céu; o convés tremia com as vibrações da caldeira. Estávamos a bordo, e éramos donos de dois leitos na única cabine do barco.

Às 10 e quinze as amarras foram soltas, e o vapor rapidamente deslizou sobre as águas escuras do grande Belt.

Era uma noite escura, de boa brisa e mar agitado. Algumas luzes da costa apareciam por entre as trevas. Mais tarde, pareceu-me que um farol intermitente piscava acima das ondas. Foi tudo o que restou em minha memória dessa primeira travessia.

Às 7 horas da manhã, atracamos em Korsor, pequena cidade situada na costa ocidental da Zelândia. Ali, saltamos do barco e pegamos outro trem que nos levaria por uma região não menos plana que os campos do Holstein.

Ainda restavam três horas de viagem até a capital da Dinamarca. Meu tio não pregara o olho durante a noite. Em sua impaciência, creio que tentava empurrar o vagão com os pés.

Por fim, ele avistou o mar.

– O Sund! – exclamou.

À nossa esquerda, vimos uma imensa construção que parecia um hospital.

– É um hospício – disse um de nossos companheiros de viagem.

"Bem", pensei, "está aí um estabelecimento onde talvez passemos o fim de nossos dias! E, por maior que seja, ainda seria pequeno demais para conter toda a loucura do professor Lidenbrock!"

Por fim, às 10 horas da manhã, chegamos a Copenhague. As bagagens foram colocadas em um carro e levadas conosco até o hotel Phoenix, na Bredgade, o que levou cerca de meia hora, pois a estação fica fora da cidade. Depois, meu tio fez uma rápida toalete e me arrastou consigo. O porteiro do hotel falava alemão e inglês, mas o professor, poliglota que era, o interrogou em bom dinamarquês, e foi em bom dinamarquês que aquele personagem lhe indicou a localização do Museu das Antiguidades do Norte.

O diretor do curioso estabelecimento, onde se encontram maravilhas que permitiriam reconstruir a história do país com suas antigas armas de pedra, seus cálices e suas joias, era um cientista, amigo do cônsul de Hamburgo, o professor Thomson.

Meu tio trazia-lhe uma elogiosa carta de recomendação. Em geral, os cientistas recebem-se mal uns aos outros, mas nesse caso foi totalmente diferente. O sr. Thomson, como homem prestativo, recebeu cordialmente o professor Lidenbrock e mesmo seu sobrinho. Desnecessário dizer que mantivemos nosso segredo diante do excelente diretor do Museu. Queríamos simplesmente visitar a Islândia como diletantes desinteressados.

O sr. Thomson colocou-se inteiramente à nossa disposição, e percorremos o cais em busca de um navio que estivesse de partida.

Eu esperava que fossem faltar meios de transporte, mas não foi o que aconteceu. Uma pequena escuna dinamarquesa, a Valkyrie, zarparia no dia 2 de junho para Reykjavik. O capitão, sr. Bjarne, se encontrava a bordo; seu futuro passageiro, em sua alegria, apertou tão forte suas mãos que quase as quebrou. O bom homem ficou um tanto espantado com a força do aperto. Achava simples ir para a Islândia, uma vez que era seu trabalho. Meu tio achava aquilo sublime. O digno capitão aproveitou o entusiasmo para nos cobrar o dobro pela passagem, mas não prestamos muita atenção a esse detalhe.

– Estejam a bordo na terça-feira, às 7 da manhã – disse o sr. Bjarne, depois de embolsar uma respeitável quantia de dólares em dinheiro. Agradecemos ao sr. Thomson pelos cuidados, e voltamos ao hotel Phoenix.

– Está tudo indo bem! Indo muito bem! – repetia meu tio.
– Que feliz acaso ter encontrado esse barco pronto para partir! Agora vamos comer, e depois visitamos a cidade.

Fomos para Kongens-Nytorv, praça irregular com dois inofensivos canhões em riste que não davam medo em ninguém. Ali perto, no número 5, havia um "restaurante" francês, de um cozinheiro chamado Vincent, onde comemos o suficiente por módicos 4 marcos cada.[2]

Depois percorri a cidade com um prazer infantil. Meu tio entregou-se ao passeio mas não viu nada, nem o insignificante palácio do rei, nem a bela ponte do século XVII que cruza o canal em frente ao Museu, nem o imenso cenotáfio de Thorvaldsen, ornado com murais horríveis e que contém as obras desse escultor, nem, em um parque muito bonito, o elegante castelo de Rosenborg, nem o admirável edifício renascentista da Bolsa, nem seu campanário formado pelas caudas entrelaçadas de quatro dragões de bronze, nem os grandes moinhos das fortalezas, cujas amplas pás se inflavam como as velas de um barco ao vento do mar.

Que deliciosos passeios teríamos feito, minha linda virlandesa e eu, do lado do porto onde navios de dois conveses e fragatas dormiam tranquilamente sob o telhado vermelho, às margens verdejantes do estreito, sob os dosséis que escondem a cidadela, cujos canhões estendem suas bocas negras por entre os galhos dos sabugueiros e dos salgueiros!

Mas infelizmente ela estava longe, minha pobre Graüben, e talvez eu nunca mais fosse vê-la novamente!

No entanto, ainda que meu tio não tivesse reparado em nenhum daqueles pontos encantadores, ele ficou bastante atordoado ao ver um certo campanário situado na ilha de Amak, que forma o bairro sudoeste de Copenhague.

Recebi a ordem de me dirigir para aquele lado; subi em uma pequena embarcação a vapor que fazia a travessia dos canais e, em alguns instantes, atracamos no cais de Dock Yard.

---

[2] Cerca de 2,75 francos [N.A.]

Depois de atravessar algumas ruas estreitas onde condenados, vestidos com calças metade amarela, metade cinza, trabalhavam sob o olhar dos guardas, chegamos em frente à Vor Frelsers Kirke (Igreja do Nosso Salvador). A igreja não oferecia nada de notável, mas seu campanário bastante elevado havia chamado a atenção do professor pelo seguinte: a partir da plataforma, uma escada externa circundava sua flecha em caracóis ao ar livre.

– Vamos subir – disse meu tio.
– Mas... e a vertigem? – repliquei.
– Uma razão a mais, precisamos nos habituar a ela.
– Mas...
– Venha, não temos tempo a perder.

Tive de obedecer. Um guarda, que permanecia do outro lado da rua, nos deu uma chave, e começamos a subida.

Meu tio ia à frente com um passo alerta. Eu o seguia com certo terror, pois eu ficava tonto com lamentável facilidade. Eu não tinha nem o porte das águias, nem seus nervos de aço.

Enquanto estávamos protegidos pela escada interna, tudo ia bem, mas após cento e cinquenta degraus comecei a sentir o ar bater em meu rosto. Havíamos chegado à plataforma do campanário. Ali começava a escada aérea, protegida por um corrimão frágil, e cujos degraus, cada vez mais estreitos, pareciam subir ao infinito.

– Não consigo! – exclamei.
– Você é medroso, por acaso? Suba! – respondeu impiedosamente o professor.

Fui obrigado a segui-lo. O ar livre me deixava tonto, eu sentia o campanário oscilar com o vento; minhas pernas bambeavam, e logo comecei a subir de joelhos, e depois de barriga. Fechei os olhos de tanta vertigem.

Por fim, meu tio puxou-me pelo colarinho e cheguei perto da cúpula.

— Olhe — ele me disse —, e olhe bem! Você precisa de *aulas de abismo*!

Tive de abrir os olhos. Eu via as casas achatadas, como se esmagadas por uma queda, entre a névoa das fumaças. Sobre a minha cabeça passavam nuvens desgrenhadas, e, por uma ilusão de ótica, elas me pareciam imóveis, enquanto o campanário, a cúpula e eu éramos puxados com fantástica velocidade. Ao longe, de um lado se estendia o campo verdejante; do outro, o mar faiscava sob um feixe de raios. O Sund se desenrolava na ponta de Helsingör, com algumas velas brancas, como asas de gaivota, e na bruma do leste ondulava a costa sombreada da Suécia. Toda aquela imensidão girava diante dos meus olhos.

No entanto, eu precisava me levantar, me endireitar e olhar. Minha primeira lição de vertigem durou uma hora. Quando finalmente pude descer e encostar os pés no pavimento sólido das ruas, eu estava todo dolorido.

— Recomeçaremos amanhã — disse meu professor.

E, de fato, durante cinco dias, retomei aquele exercício vertiginoso, e gostando ou não, fiz progressos visíveis na arte "das altas contemplações".

IX

O dia da partida chegou. Na véspera, o amável sr. Thomson nos havia trazido cartas de prementes recomendações para o conde Trampe, governador da Islândia, o sr. Pietursson, auxiliar do bispo, e o sr. Finsen, prefeito de Reykjavik. Em troca, meu tio deu-lhe os mais calorosos apertos de mão.

No dia 2, às 6 horas da manhã, nossas preciosas bagagens foram levadas a bordo da Valkyrie. O capitão nos conduziu a cabines bastante estreitas e dispostas sob uma espécie de tombadilho.

– Temos um bom vento? – perguntou meu tio.

– Excelente – respondeu o capitão Bjarne. – Um vento do Sudeste. Vamos sair do Sund com todas as velas enfunadas.

Alguns instantes mais tarde, a escuna, sob traquete, draiva, gávea e joanete, desatracou e entrou a toda vela no estreito. Uma hora depois, a capital da Dinamarca parecia afundar nas águas distantes e a Valkyrie roçava a costa de Helsingör. De tão nervoso, eu esperava ver a sombra de Hamlet errando pelo lendário terraço.

"Sublime insensato!", pensei. "Você nos aprovaria, sem dúvida! Talvez nos seguisse até o centro do globo em busca de uma solução para sua eterna dúvida!"

Mas nada apareceu nas antigas muralhas; o castelo, aliás, era muito mais jovem que o heroico príncipe da Dinamarca e servia agora como guarita de luxo para o vigia do estreito de Sund, onde passam a cada ano quinze mil navios de todas as nações.

O castelo de Kronborg logo sumiu em meio à bruma, bem como a torre de Helsinborg, que se eleva sobre a margem sueca, e a escuna inclinou-se ligeiramente sob as brisas de Kattegat.

A Valkyrie era um bom veleiro, mas com um barco a vela nunca se sabe o que pode acontecer. Ele transportava para Reykjavik carvão, utensílios domésticos, cerâmicas, vestimentas de lã e uma carga de trigo. Cinco tripulantes, todos dinamarqueses, bastavam para manobrá-lo.

– Quanto tempo dura a travessia? – perguntou meu tio ao capitão.

– Cerca de dez dias – respondeu este último –, se não encontrarmos muitas tormentas de Noroeste ao atravessarmos as ilhas Faroé.

– Mas não estamos sujeitos a atrasos consideráveis?

– Não, sr. Lidenbrock. Fique tranquilo, nós vamos chegar.

Ao anoitecer, a escuna dobrou o cabo de Skagen na extremidade norte da Dinamarca, atravessou durante a noite o Skagerrak, margeou a extremidade da Noruega atravessando o cabo Lindness e desembocou no mar do Norte.

Dois dias depois, avistamos as costas da Escócia na altura de Peterheade, e a Valkyrie se dirigiu para as ilhas Feroé, passando entre as Órcades e as Shetlands.

Nossa escuna logo foi atingida pelas ondas do Atlântico e teve de navegar contra o vento do Norte, alcançando com dificuldades as ilhas Feroé. No dia 8, o capitão reconheceu Myganness, a mais oriental dessas ilhas, e, a partir desse momento, foi direto ao cabo Portland, situado na costa meridional da Islândia.

A travessia não teve nenhum incidente digno de nota. Suportei relativamente bem as provações do mar, mas meu tio, para seu grande desgosto e vergonha ainda maior, passou mal o tempo todo.

Então ele não conseguiu conversar com o capitão Bjarne a respeito da questão do Sneffels, dos meios de comunicação e da facilidade de transporte. Teve de adiar suas explicações para a chegada e passou o tempo inteiro deitado na cabine, cujas divisórias estalavam com o balanço do navio. Verdade seja dita, ele merecia um pouco aquela sina.

No dia 11, ultrapassamos o cabo de Portland. O tempo, então aberto, permitiu uma visão do Myrdals Yocul. O cabo se compunha de um grande morro de encostas íngremes, solitário sobre a praia.

A Valkyrie se manteve a uma distância razoável da costa, acompanhando-a a oeste, passando por entre inúmeros grupos de baleias e tubarões. Logo apareceu um imenso rochedo, onde o mar espumoso batia com fúria. As ilhotas de Westman pareciam brotar do oceano, como pedras semeadas sobre uma planície líquida. A partir desse momento, a escuna recuou para conseguir contornar o cabo Reykjaness, que forma o ângulo ocidental da Islândia.

O mar, forte demais, impedia meu tio de subir ao convés para admirar aquelas costas rasgadas e açoitadas pelos ventos do Sudoeste.

Quarenta e oito horas depois, ao sair de uma tempestade que forçou a escuna a fugir com as velas recolhidas, ultrapassamos a leste a baliza da ponta de Skagen, cujas rochas perigosas se estendiam por uma grande distância sob as águas. Um piloto islandês subiu a bordo e, três horas mais tarde, a Valkyrie atracava diante de Reykjavik, na baía de Faxa.

O professor, por fim, saiu de sua cabine, um tanto pálido, um tanto alterado, mas ainda entusiasmado, e com um olhar de satisfação.

A população da cidade, especialmente interessada na chegada de um navio no qual cada um tinha algo a pegar, se aglomerava no cais.

Meu tio tinha pressa de sair de sua prisão flutuante, para não dizer seu hospital. Mas antes de deixar o convés da escuna, ele me puxou para a frente e de lá apontou para a parte setentrional da baía, uma montanha alta de dois cumes, um duplo cone coberto de neves eternas.

– O Sneffels! – ele gritou. – É o Sneffels!

Em seguida, depois de me recomendar com um gesto silêncio absoluto, ele desceu para o bote que o aguardava. Eu o segui e logo estávamos pisando o solo da Islândia.

Primeiramente apareceu um homem bem-apessoado e vestido com farda de general. Contudo, era um simples magistrado, governador da ilha, o barão Trampe em pessoa. O professor reconheceu com quem ele teria de negociar. Entregou ao governador suas cartas de Copenhague, e iniciou em dinamarquês uma conversa da qual nada entendi, e com razão. Mas dessa primeira conversa resultou o seguinte: que o barão Trampe se colocava inteiramente à disposição do professor Lidenbrock.

Meu tio foi recebido de forma bastante calorosa pelo prefeito, o sr. Finsen, não menos militar pela farda que o governador, mas igualmente pacífico de temperamento e humor.

Quanto ao auxiliar, o sr. Picturssson, ele fazia naquele momento uma visita episcopal pelo bailiado do Norte, e assim tivemos de abrir mão de sermos apresentados a ele. Mas um homem encantador, e cuja cooperação se tornou muito valiosa para nós, foi o sr. Fridriksson, professor de ciências naturais na escola de Reykjavik. Esse modesto cientista que só falava islandês e latim veio me oferecer seus serviços na língua de Horácio, e senti que nos daríamos bem. Ele foi, de fato, o único personagem com quem pude conversar durante minha estadia na Islândia.

Dos três quartos que compunham a casa, esse excelente homem colocou dois à nossa disposição, e logo nos instalamos com nossas bagagens, cujo volume espantou um tanto os habitantes de Reykjavik.

– Então, Axel – disse meu tio –, as coisas estão indo bem e o mais difícil já foi feito.

– Como assim, o mais difícil? – exclamei.

– Agora só precisamos descer!

– Visto dessa forma, o senhor tem razão; mas, enfim, depois de descermos, imagino que será preciso subir novamente, não?

– Mas isso não me preocupa muito! Vamos, não temos tempo a perder. Vou à biblioteca. Talvez ali eu encontre algum manuscrito de Saknussemm, e eu ficaria bem contente de poder consultá-lo.

– Então vou visitar a cidade nesse meio-tempo. Não pretende fazer o mesmo?

– Ah, isso não me interessa. Aqui na terra da Islândia, o interessante está embaixo, não em cima.

Saí e fui andar a esmo.

Perder-se pelas duas ruas de Reykjavik não era algo fácil. Logo, não fui obrigado a pedir informações sobre o caminho, o que, na linguagem dos gestos, possibilita muitos equívocos.

A cidade se estende por um terreno bem baixo e pantanoso, entre duas colinas. Um imenso rastro de lava a recobre de um lado e desce em declives bem suaves na direção do mar. Do outro, estende-se a vasta baía de Faxa, limitada ao norte pela enorme geleira do Sneffels, e na qual a Valkyrie era a única embarcação ancorada no momento. Normalmente, os navios pesqueiros ingleses e franceses estariam ancorados, mas naquele momento estavam em serviço nas costas orientais da ilha.

A mais longa das duas ruas de Reykjavik corre paralela à orla, onde ficam os mercadores e os comerciantes, em cabanas de madeira feitas de vigas vermelhas dispostas horizontalmente; a outra rua, situada mais a oeste, corre na direção de um pequeno lago, entre as casas do bispo e de outros personagens alheios ao comércio.

Percorri rapidamente aquelas vias monótonas e tristes. Às vezes entrevia uma nesga de relva desbotada, como um velho tapete de lã puído pelo uso, ou então algum vestígio de horta, onde escassos legumes, batatas, repolhos e alfaces teriam figurado facilmente em uma mesa liliputiana. Alguns goiveiros doentes também tentavam capturar um fiapo de sol.

Mais ou menos no meio da rua não comercial encontrei o cemitério público, cercado por um muro de terra, onde não faltava espaço. Depois, em alguns passos cheguei à casa do governador: um casebre comparado com a prefeitura de Hamburgo, mas um palácio comparado às choupanas da população islandesa.

Entre o pequeno lago e a cidade ficava a igreja, construída ao estilo protestante, em pedras calcinadas, cuja extração ficava a cargo dos próprios vulcões. Seu teto de telhas vermelhas evidentemente devia se dispersar pelos grandes ventos do Oeste, para grande prejuízo dos fieis.

Sobre uma colina vizinha, vi a Escola Nacional, onde, como descobri mais tarde por nosso anfitrião, lecionava-se o hebraico, o inglês, o francês e o dinamarquês, quatro línguas das quais eu não conhecia uma única palavra, para minha vergonha. Eu teria sido o último dos quarenta alunos do pequeno colégio, e indigno de dormir com eles naqueles armários de dois compartimentos onde os mais delicados sufocariam já na primeira noite.

Em três horas eu havia visitado não somente a cidade, mas também seus arredores. O aspecto geral era especialmente triste, sem árvores ou qualquer vegetação, por assim dizer. Em toda parte havia arestas vivas de rochas vulcânicas. As choupanas dos islandeses são feitas de terra e turfa, com paredes inclinadas para dentro, parecendo telhados colocados sobre o chão. Mas esses telhados são pradarias relativamente férteis. Graças ao calor da casa, a grama cresce ali com perfeição, e ela é cuidadosamente podada na época da fenação, sem o que os animais domésticos viriam pastar nessas casas verdejantes.

Durante minha excursão, encontrei poucos moradores. Ao voltar à rua comercial, vi a maior parte da população ocupada em secar, salgar e carregar bacalhaus, principal artigo de exportação. Os homens pareciam robustos, mas pesados, louros como alemães, de olhar pensativo, que se sentem um pouco fora da humanidade, como pobres exilados relegados a essa terra de gelo, que a natureza podia muito bem tornar esquimós, já que ela os condenava a viver no limite do círculo polar! Eu tentava em vão surpreender um sorriso em seus rostos; eles até riam às vezes, por uma espécie de contração involuntária dos músculos, mas não sorriam jamais.

Suas vestes consistiam de uma grosseira túnica de lã preta conhecida em todos os países escandinavos como vadmel, um chapéu de abas largas, calça com debruns vermelhos e um pedaço de couro dobrado à guisa de sapato.

As mulheres, de ar triste e resignado, de rosto bastante agradável, mas sem expressão, vestiam corpete e saia de vadmel escuro: as jovens usavam os cabelos trançados em guirlandas e uma pequena touca escura de tricô; as casadas envolviam a cabeça com um lenço colorido, cobrindo com uma tela de linho branco.

Após uma bela caminhada, quando entrei na casa do sr. Fridriksson, meu tio já estava ali na companhia de seu anfitrião.

X

O jantar estava pronto. Foi devorado com avidez pelo professor Lidenbrock, cujo regime forçado a bordo havia transformado seu estômago em um abismo profundo. Essa refeição, mais dinamarquesa do que islandesa, não teve nada de notável em si; mas nosso anfitrião, mais islandês que dinamarquês, me lembrava os heróis da antiga hospitalidade. Pareceu-me evidente que estávamos em sua casa mais do que ele mesmo.

A conversa se deu na língua local, que meu tio misturava com o alemão e o sr. Fridriksson com latim, para que eu pudesse entender, sobre questões científicas, como convém aos cientistas. Mas o professor Lidenbrock manteve-se na mais excessiva reserva, e seus olhos me recomendavam, a cada frase, um silêncio absoluto a respeito de nossos futuros projetos.

Inicialmente, o sr. Fridriksson perguntou ao meu tio sobre o resultado de suas pesquisas na biblioteca.

– Sua biblioteca! – exclamou este último. – Ela só tem coleções incompletas em prateleiras quase desertas.

– Mas como? – respondeu o sr. Fridriksson. – Possuímos oito mil volumes, sendo muitos deles raros e valiosos, obras em escandinavo antigo, e todas as novidades que Copenhague nos fornece a cada ano.

– De onde o senhor tirou esses oito mil volumes? Porque pelas minhas contas...

– Ah, sr. Lidenbrock, eles estão circulando pelo país. Temos gosto pelo estudo, em nossa velha ilha de gelo! Não há um único agricultor ou pescador que não saiba ler e que não leia. Acreditamos que os livros não devem mofar atrás de uma grade de ferro, longe de olhares curiosos, que seu destino é serem usados pelos olhos dos leitores. Sendo assim, esses volumes passam de mão em mão, folheados, lidos e relidos, e muitas vezes só voltam às prateleiras após um ou dois anos fora.

– Enquanto isso – respondeu meu tio, com certo rancor –, os estrangeiros...

– O que o senhor quer? Os estrangeiros têm suas bibliotecas em seus países, e a prioridade é que nossos camponeses sejam instruídos. Repito, o amor pelos estudos está no sangue islandês. Em 1816, fundamos uma Sociedade Literária que está indo bem. Cientistas estrangeiros sentem-se honrados por fazer parte dela. Ela publica livros destinados à educação de nossos compatriotas e presta reais serviços ao país. Se quiser ser um de nossos membros correspondentes, sr. Lidenbrock, ficaríamos muito honrados.

Meu tio, que já pertencia a uma centena de sociedades científicas, aceitou com uma boa vontade, que comoveu o sr. Fridriksson.

– Agora – continuou –, queiram me indicar os livros que o senhor esperava encontrar em nossa biblioteca, e talvez eu consiga contar algo a respeito.

Olhei para meu tio. Ele hesitou em responder. Aquilo dizia respeito diretamente a seus projetos. No entanto, depois de refletir, decidiu falar.

– Sr. Fridriksson – disse –, gostaria de saber se entre as obras antigas o senhor possuiria as de Arne Saknussemm.

– Arne Saknussemm? – perguntou o professor de Reykjaivk. – O senhor quer dizer, o cientista do século XVI, que foi ao mesmo tempo um grande naturalista, grande alquimista e grande explorador?

– Exato.

– Um dos gênios da literatura e da ciência islandesas?

– Isso mesmo.

– Um homem ilustre dentre todos os homens?

– Concordo.

– E cuja audácia se iguala ao gênio?

– Vejo que o conhece bem.

Meu tio transbordava de alegria só de ouvir falarem assim de seu herói. Ele devorava o sr. Fridriksson com os olhos.

– Pois bem, mas e suas obras? – perguntou.

– Ah! Não temos suas obras!

– O quê? Na Islândia?

– Não existem na Islândia, nem em nenhum outro lugar.

– E por quê?

– Porque Arne Saknussemm foi perseguido e acusado de heresia, e em 1573 suas obras foram queimadas em Copenhague pela mão do carrasco.

– Ótimo! Perfeito! – gritou meu tio, para grande espanto do professor de ciências naturais.

– Hein? – disse este último.

– Sim! Tudo se explica, tudo se encaixa, tudo está claro, e agora entendo por que Saknussemm, acusado e forçado a esconder suas geniais descobertas, teve de esconder o segredo em um criptograma incompreensível...

– Que segredo? – perguntou bruscamente o sr. Fridriksson.

– Um segredo que... do qual... – gaguejou meu tio.

– O senhor teria algum documento em particular? – continuou nosso anfitrião.

– Não. Era pura suposição minha.

– Bem – respondeu o sr. Fridriksson, que teve a bondade de não insistir, ao ver o constrangimento de seu interlocutor. – Espero que vocês não deixem nossa ilha antes de tirar uma amostra de suas riquezas mineralógicas!

– Certamente – respondeu meu tio –, mas cheguei um pouco tarde. Já passaram cientistas por aqui?

– Sim, sr. Lidenbrock. Os trabalhos dos senhores Olafsen e Povelsen executados por ordem do rei, os estudos de Troil, a missão científica de Gaimard e Robert, a bordo da corveta francesa La Recherche[3] e, recentemente, as observações dos cientistas embarcados na fragata La Reine Hortense contribuíram muito para o reconhecimento da Islândia. Mas, pode acreditar, ainda há muito a ser feito.

– O senhor acha? – perguntou meu tio com um ar bonachão, tentando moderar o brilho no olhar.

– Sim. Tantas montanhas, geleiras, vulcões para serem estudados, e tão pouco conhecidos! E nem é preciso ir tão longe. Veja aquele monte no horizonte. É o Sneffels.

– Ah! – exclamou meu tio. – O Sneffels.

– Sim, um dos vulcões mais curiosos, cuja cratera raramente é visitada.

– Extinto?

– Sim! Extinto há quinhentos anos.

---

[3] A La Recherche foi enviada em 1835 pelo almirante Duperré para encontrar vestígios de uma expedição perdida, a do sr. de Blosseville e da *Lilloise*, dos quais nunca mais se teve notícias.

– Pois bem! – respondeu meu tio, que cruzava freneticamente as pernas para não dar um pulo. – Gostaria de começar meus estudos geológicos por esse Seffel... Fessel... como é mesmo?

– Sneffels – repetiu o excelente sr. Fridriksson.

Essa parte da conversa aconteceu em latim. Entendi tudo, e fiz um esforço para manter a seriedade ao ver meu tio conter sua satisfação que transbordava por toda parte, assumindo um ar de inocência que parecia a careta de um velho diabo.

– É, suas palavras me convenceram – ele disse –, vamos tentar escalar esse Sneffels, talvez até mesmo estudar sua cratera!

– Lamento muito – respondeu o sr. Fridriksson – que meus compromissos não permitam minha ausência. Acompanharia os senhores com muito prazer e proveito.

– Ah, não, não! – respondeu com veemência meu tio. – Não queremos incomodar ninguém, sr. Fridriksson. Eu agradeço de todo o coração. A presença de um cientista como o senhor seria muito útil, mas os deveres de sua profissão...

Gosto de pensar que nosso anfitrião, na inocência de sua alma islandesa, não tenha entendido as grandes malícias de meu tio.

– Eu o aplaudo, sr. Lidenbrock, por começar a partir desse vulcão – disse. – Vocês farão uma ampla colheita de curiosas observações. Mas, conte-me, como pretendem chegar à península do Sneffels?

– Por mar, atravessando a baía. É o caminho mais rápido.

– Provavelmente, mas é impossível de fazer.

– Por quê?

– Porque não temos nenhum bote em Reykjavik.

– Raios!

– Será preciso ir por terra, margeando a costa. Será mais longo, mas mais interessante.

– Bem, vou procurar um guia.

– Justamente, tenho um a lhe indicar.
– Um homem confiável e inteligente?
– Sim, um habitante da península. É um caçador de êideres, muito hábil. O senhor ficaria contente com ele. Ele fala perfeitamente o dinamarquês.
– E quando poderei vê-lo?
– Amanhã, se quiser.
– E por que não hoje?
– Porque ele só chega amanhã.
– Então até amanhã – respondeu meu tio, com um suspiro.

Essa importante conversa terminou alguns instantes mais tarde com calorosos agradecimentos do professor alemão ao professor islandês. Durante o jantar, meu tio aprendeu coisas importantes, entre elas a história de Saknussemm, a razão de seu documento misterioso, o motivo pelo qual seu anfitrião não o acompanharia em sua expedição, e que já no dia seguinte teria um guia à sua disposição.

XI

À noite, fiz um breve passeio pela orla de Reykjavik, e voltei em tempo de deitar-me em minha cama de grossas tábuas, onde dormi um sono profundo.

Quando acordei, ouvi meu tio tagarelando na sala vizinha. Logo me levantei e apressei-me para me juntar a ele.

Ele falava em dinamarquês com um homem alto e forte, que parecia ter uma força descomunal. Seus olhos azuis, fundos em uma cabeça bem grande e bastante ingênua, pareceram-me inteligentes e sonhadores. Cabelos longos, que passariam por ruivos, mesmo na Inglaterra, caíam sobre seus ombros atléticos. Aquele nativo tinha os movimentos ágeis, mas mexia pouco os braços, como se ignorasse ou desdenhasse da linguagem dos gestos. Tudo nele revelava um temperamento de perfeita calma; não indolente, mas tranquila. Era possível sentir que ele não pedia nada a ninguém, que trabalhava como lhe convinha, e que, nesse mundo, sua filosofia não podia ser nem surpreendida, nem perturbada.

Notei as nuances desse personagem pela maneira como o islandês escutava a verborragia apaixonada de seu interlocutor. Ele permanecia de braços cruzados, imóvel em meio aos múltiplos gestos de meu tio. Para negar, sua cabeça virava da esquerda para a direita, e para baixo para afirmar, tão pouco que seus longos cabelos mal se mexiam. Era uma economia de movimentos que beirava a avareza.

É verdade que vendo aquele homem eu nunca teria adivinhado sua profissão de caçador. Este certamente não conseguiria assustar a caça, mas como conseguia atirar nela?

Tudo ficou claro quando o sr. Fridriksson me contou que aquele tranquilo personagem era somente um "caçador de êideres", ave cujas penas constituem a maior riqueza da ilha. De fato, essa plumagem se chama edredom, e não requer muitos movimentos para ser recolhida.

Nos primeiros dias do verão, a fêmea do êider, uma bonita espécie de pato, começa a construir seu ninho entre os rochedos dos fiordes[4], que recortam toda a costa. Uma vez feito o ninho, ela o forra com finas plumas que retira do ventre. O caçador, ou melhor, o negociante, chega, leva o ninho e a fêmea precisa recomeçar o trabalho. Isso continua enquanto lhe restar plumagem. Quando a fêmea está totalmente despenada, é a vez do macho de ceder suas plumas. Mas como as penas do macho são duras e grosseiras sem nenhum valor comercial, o caçador não se dá ao trabalho de roubar o leito de sua ninhada. Então o ninho é finalizado, a fêmea põe os ovos, eles são chocados e, no ano seguinte, recomeça a colheita do edredom.

Ora, como o êider não escolhe as rochas escarpadas para construir seu ninho, mas sim rochas fáceis e horizontais que vão se perder no mar, o caçador islandês conseguia exercer seu ofício sem grande agitação. Seria como um agricultor que não tivesse nem de semear, nem ceifar sua produção, somente colher.

Esse personagem sério, fleumático e silencioso indicado pelo sr. Fridriksson se chamava Hans Bjelke. Era nosso futuro guia.

Seus modos contrastavam singularmente com os de meu tio.

No entanto, eles se entenderam facilmente. Nenhum dos dois se importava muito com o preço. Um estava disposto a

---

[4] Nome dado aos golfos estreitos nos países escandinavos. [N.A.]

aceitar o que lhe ofereciam, o outro estava disposto a dar o que lhe fosse pedido. Nunca foi tão fácil concluir um negócio.

Ficou acordado que Hans nos conduziria até o vilarejo de Stapi, situado na costa meridional da península de Sneffels, ao pé do vulcão. Era preciso contar cerca de vinte e duas milhas por terra, viagem a ser feita em dois dias, na opinião de meu tio.

Mas quando ele descobriu que se tratava de milhas dinamarquesas de vinte e quatro mil pés, ele teve de refazer seus cálculos e contar, dada a inadequação dos caminhos, com sete ou oito dias de caminhada.

Quatro cavalos seriam colocados à sua disposição. Dois para carregar ele e a mim, dois outros destinados às nossas bagagens. Hans, seguindo seu costume, iria a pé. Ele conhecia perfeitamente aquela parte da costa, e prometia fazer o caminho mais curto.

Seu compromisso com meu tio não expirava com nossa chegada a Stapi. Ele permaneceria a seu serviço durante todo o tempo necessário às nossas excursões científicas ao preço de 3 risdales[5] por semana. Mas ficou expressamente combinado que essa soma seria paga ao guia todo sábado à noite, condição *sine qua non* de seu compromisso.

A partida ficou marcada para o dia 16 de junho. Meu tio quis dar ao caçador um adiantamento do trabalho, mas este recusou com uma única palavra.

– *Efter* – ele disse.

– Depois – explicou-me o professor.

Uma vez concluído o acordo, Hans retirou-se bruscamente.

– Um homem excelente – exclamou meu tio –, mas ele mal imagina o papel maravilhoso que o futuro lhe reserva.

---

[5] 16 francos e 98 centavos. [N.A.]

– Então ele nos acompanhará até...
– Sim, Axel, até o centro da Terra.

Ainda restavam quarenta e oito horas, que, para meu desgosto, tive de usar em nossos preparativos. Toda nossa inteligência foi empregada para dispor cada objeto da maneira mais prática: os instrumentos de um lado, as armas de outro, as ferramentas nesse pacote, os víveres no outro. No total, quatro grupos.

Os instrumentos incluíam:

1º Um termômetro centígrado de Eigel, graduado até cento e cinquenta graus, o que me parecia excessivo ou insuficiente. Excessivo, se o calor ambiente subisse até esse ponto, e nesse caso seríamos cozidos. Insuficiente, se fôssemos medir a temperatura de fontes ou qualquer outra matéria em fusão.

2º Um manômetro de ar comprimido, disposto de maneira a indicar pressões superiores às da atmosfera no nível do mar. De fato, o barômetro comum não seria suficiente, uma vez que a pressão atmosférica deveria aumentar proporcionalmente à nossa descida abaixo da superfície terrestre.

3º Um cronômetro de Boissonnas, rapaz de Genebra, perfeitamente regulado ao meridiano de Hamburgo.

4º Duas bússolas de inclinação e declinação.

5º Uma luneta noturna.

6º Dois aparelhos de Ruhmkorff, que, por meio de uma corrente elétrica, emitiam uma luz muito portátil, segura e pouco intrusiva.[6]

---

[6] O aparelho de Ruhmkorff consiste em uma pilha de Bunzen, acionada por meio de bicromato de potássio que não emite nenhum odor. Uma bobina de indução coloca a eletricidade produzida pela pilha em comunicação com uma lanterna de uma disposição particular. Nessa lanterna há uma serpentina de vidro a vácuo, na qual resta somente um resíduo de gás carbônico ou nitrogênio. Quando o aparelho funciona, esse gás se torna luminoso ao produzir uma luz esbranquiçada e contínua. A pilha e bobina são colocadas dentro de uma bolsa de couro que o viajante leva a tiracolo. A lanterna, colocada do

As armas consistiam de duas carabinas de Purdley More e Cia., e de dois revólveres Colt. E armas para quê? Suponho que não tínhamos nem selvagens, nem animais ferozes a temer. Mas meu tio parecia se apegar a seu arsenal como a seus instrumentos, sobretudo a uma notável quantidade de algodão-pólvora resistente à umidade, com força expansiva muito superior à da pólvora comum.

As ferramentas incluíam dois alviões, duas picaretas, uma escada de corda, três bastões com ponta de ferro, um machado, um martelo, uma dúzia de cunhas e pitões de ferro e longas cordas com nós. Aquilo formava um fardo considerável, pois a escada media 300 pés de comprimento.

Por fim, havia os mantimentos. O pacote não era grande, mas reconfortante, pois eu sabia que só em concentrados de carne e biscoitos secos ele continua o suficiente para seis meses. A parte líquida se limitava à genebra, e não havia nada de água. Mas tínhamos cantis, e meu tio contava com as fontes para enchê-los. As objeções que eu pudesse fazer a respeito de sua qualidade, temperatura ou mesmo sua ausência fracassaram.

Para completar o inventário exato de nossos artigos de viagem, eu citaria uma farmácia portátil, que continha tesouras de lâminas cegas, talas para fraturas, uma fita em fio cru, ataduras e compressas, esparadrapo, espátula para sangria – só coisas assustadoras. Além disso, havia ainda uma série de frascos contendo dextrina, álcool cicatrizante, acetato de chumbo líquido, éter, vinagre e amoníaco, todas drogas de emprego pouco

---

lado de fora, ilumina o suficiente na escuridão das profundezas, e permite que se avance, sem o risco de nenhuma explosão, em meio aos gases mais inflamáveis, e não se apaga nem mesmo dentro dos mais profundos cursos d'água. Ruhmkorff foi um hábil cientista e físico. Sua grande descoberta foi sua bobina de indução, que permite produzir eletricidade a alta tensão. Ele recebeu, em 1864, o prêmio quinquenal de 50 mil francos que a França reservou para a mais engenhosa aplicação da eletricidade. [N.A.] [N.R.]

animador. Por fim, os materiais necessários para os aparelhos de Ruhmkorff.

Meu tio teve o cuidado de não esquecer a provisão de tabaco, pólvora de caça e estopim, assim como um cinto de couro que ele usava em volta dos quadris e onde se encontrava uma quantidade suficiente de moedas de ouro, prata e papel. No grupo das ferramentas, havia seis pares de bons sapatos, impermeabilizados por uma camada de betume e borracha.

– Assim vestidos, calçados e equipados, não há nenhuma razão para não irmos longe – disse meu tio.

O dia 14 foi dedicado inteiramente a arrumar esses diferentes objetos. À noite, jantamos na casa do barão Trampe, na companhia do prefeito de Reykjavik e do dr. Hyaltalin, o grande médico da região. O sr. Fridriksson não estava entre os convivas. Descobri mais tarde que o governador e ele tiveram um desentendimento sobre uma questão administrativa e não se falavam mais. Portanto, não tive a chance de entender uma palavra do que foi dito durante aquele jantar semi-oficial. Notei somente que meu tio falou o tempo todo.

No dia 15, os preparativos foram concluídos. Foi com grande prazer que o professor recebeu de nosso anfitrião um mapa da Islândia, incomparavelmente melhor que o de Henderson: era o mapa de Olaf Nikolas Olsen, reduzido à escala de 1:480.000, e publicado pela Sociedade Literária Islandesa, a partir dos trabalhos geodésicos de Scheel Frisac e do levantamento topográfico de Bjorn Gumlaugsonn. Era um documento precioso para um mineralogista.

A última noite se passou em uma conversa íntima com o sr. Fridriksson, por quem eu sentia forte simpatia. Depois, a conversa foi sucedida por um sono bastante agitado, pelo menos da minha parte.

Às 5 horas da manhã, fui acordado pelo relincho de quatro cavalos que se agitavam sob minha janela. Vesti-me às pressas e desci para a rua. Lá, Hans terminava de carregar nossas bagagens quase sem se mexer. Contudo, ele trabalhava com uma agilidade pouco comum. Meu tio fazia mais barulho que o necessário, e o guia parecia não se preocupar com suas recomendações.

Às 6 horas estava tudo pronto, e o sr. Fridriksson apertou nossas mãos. Meu tio agradeceu-lhe em islandês pela generosa hospitalidade, com muito entusiasmo. Quanto a mim, tentei em meu melhor latim uma saudação cordial. Depois montamos e o sr. Fridriksson me lançou, junto com seu último adeus, um verso que Virgílio parecia ter feito para nós, viajantes incertos quanto ao caminho:

Et quacunque viam dederit fortuna sequamur.

[*Qualquer que seja o caminho que a fortuna nos indique, nós o seguiremos.*]

XII

Quando partimos, o tempo estava encoberto, mas firme. Sem calores cansativos, nem chuvas desastrosas. Um tempo para turistas.

O prazer de correr a cavalo por uma região desconhecida me deixava de fácil acordo quanto ao início da aventura. Eu era a pura felicidade do excursionista, feita de desejos e liberdade, e começava a me sentir parte de toda aquela história.

"Afinal", pensei, "que risco corro eu viajando para o meio de um país tão interessante, escalando uma montanha tão extraordinária, na pior das hipóteses descendo para o fundo de uma cratera extinta? É evidente que esse Saknussemm não fez mais do que isso. Quanto à existência de uma galeria que dê para o centro da Terra, isso é pura imaginação! Pura impossibilidade! Então aproveitemos o que há de bom nessa expedição, e sem reservas!"

Mal concluí esse raciocínio e já saíamos de Reykjavik.

Hans caminhava à frente, com passos rápidos, uniformes e contínuos. Os dois cavalos que levavam nossa bagagem o seguiam, sem que fosse necessário guiá-los. Meu tio e eu íamos atrás, sem fazer feio em nossas pequenas, mas vigorosas montarias.

A Islândia é uma das maiores ilhas da Europa. Ela mede 1.400 milhas de extensão e possui somente 60 mil habitantes. Os geógrafos a dividiram em quatro quartos, e precisávamos atravessar quase diagonalmente aquele que leva o nome de Região do Quadrante do Sudoeste, "*Sudvestr Fjordùngr*".

Hans, ao deixar Reykjavik, imediatamente seguiu a orla marítima. Atravessamos magras pastagens que mal chegavam ao verde; o amarelo se saía melhor. Os cumes rugosos das rochas traquíticas se apagavam no horizonte, entre as névoas do Leste. Em certos momentos, algumas placas de neve, concentrando a luz difusa, resplandeciam na vertente dos cumes ao longe. Alguns dos picos, mais aprumados, perfuravam as nuvens cinza e reapareciam acima dos vapores dançantes, semelhantes a recifes emergentes em pleno céu.

Muitas vezes essas cadeias rochosas áridas lançavam uma ponta para o mar e avançavam sobre a pastagem. Mas ainda restava lugar suficiente para passarmos. Nossos cavalos, aliás, escolhiam por instinto os lugares propícios sem nunca diminuir o ritmo. Meu tio não tinha nem mesmo o consolo de atiçar sua montaria com a voz ou a chibata; ele não podia permitir-se ser impaciente. Eu não conseguia deixar de sorrir ao vê-lo tão alto sobre seu pequeno cavalo, e, como suas longas pernas roçavam o chão, ele parecia um centauro de seis pernas.

– Bom cavalinho, bom cavalinho! – dizia. – Você vai ver, Axel, que não há animal mais inteligente que o cavalo islandês. Neves, tempestades, caminhos intransponíveis, rochedos, geleiras, nada disso o detém. Ele é corajoso, sóbrio e confiante. Nunca dá um passo em falso, nunca se desespera. Diante de qualquer rio ou fiorde, ele se lançará sem hesitar para dentro da água, como um anfíbio, até chegar à margem oposta! Se o deixarmos livre, sem apressá-lo, faremos nossas dez léguas diárias.

– Nós, sim – respondi. – Mas e o guia?

– Ah, ele não me preocupa. Essa gente caminha sem perceber, e este se mexe tão pouco que nem deve se cansar. Além disso, caso necessário eu lhe cedo minha montaria. Logo ficarei com câimbras se não fizer nenhum movimento. Os braços estão bem, mas preciso pensar nas pernas.

Mas avançávamos em bom ritmo. A região já estava quase deserta. Em pontos dispersos aparecia uma fazenda isolada, algum *boër*[7] solitário, feito de madeira, terra, pedaços de lava, como um mendigo à beira do caminho. Essas cabanas em pedaços pareciam implorar pela caridade de quem passava e, por pouco, não demos a elas alguma esmola. Nessa região, faltavam estradas e até mesmo trilhas, e a vegetação, por mais lenta que fosse, logo apagava os passos dos raros viajantes.

No entanto, essa parte da província, situada muito próxima de sua capital, estava entre as porções mais habitadas e cultivadas da Islândia. Como seriam então as regiões mais desertas do que esse deserto? Depois de percorrer meia milha, ainda não havíamos encontrado nem um agricultor na porta de sua choupana, nem um pastor com um rebanho menos selvagem que ele mesmo, somente algumas vacas e carneiros abandonados à própria sorte. Como seriam então as regiões convulsionadas, abaladas por fenômenos eruptivos, nascidas de explosões vulcânicas e comoções subterrâneas?

Estávamos destinados a conhecê-las mais tarde. Mas, ao consultar o mapa de Olsen, vi que elas eram evitadas contornando-se o sinuoso litoral. De fato, o grande movimento plutônico se concentrara sobretudo dentro da ilha. Lá, as camadas horizontais de rochas superpostas, chamadas de *trapps* em língua escandinava, as faixas traquíticas, as erupções de basalto, tufos e todos os conglomerados vulcânicos, as torrentes de lava e de pórfiro em fusão formaram uma região de horror sobrenatural. Eu já não duvidava do espetáculo que nos esperava na península

---
[7] Casa dos camponeses islandeses. [N.A.]

do Sneffels, onde os estragos de uma natureza explosiva formavam um caos formidável.

Duas horas depois de deixar Reykjavik, chegamos ao burgo de Gufunes, conhecido como *aoalkirkja* ou igreja principal. Ele não tinha nada de especial. Havia algumas casas, somente, o equivalente a uma aldeia da Alemanha.

Hans parou ali por cerca de meia hora. Repartiu nosso frugal jantar, respondeu com sim ou não às perguntas de meu tio sobre a natureza da estrada e, quando perguntamos onde ele pretendia passar a noite, respondeu somente: – *Gardär*.

Consultei o mapa para saber o que era *Gardär*. Vi um vilarejo com esse nome às margens do Hvaljörd, a quatro milhas de Reykjavik, e mostrei para meu tio.

"Quatro milhas, somente!", ele disse. "Quatro milhas das vinte e duas! Uma bela caminhada".

Ele quis fazer uma observação ao guia, que, sem lhe responder, retomou o caminho conduzindo os cavalos.

Três horas mais tarde, sempre pisoteando a grama desbotada das pastagens, foi preciso contornar o Kollafjörd, desvio mais fácil e menos longo que a travessia desse golfo. Logo entramos em um *pingstaoer*, local de jurisdição comunal, chamado Ejulberg, cujo campanário teria soado o meio-dia se as igrejas islandesas fossem ricas o suficiente para ter um relógio. Mas elas eram como seus paroquianos, que não têm relógios e os dispensam.

Os cavalos se refrescaram e depois, tomando uma orla estreita entre uma cadeia de colinas e o mar, nos levaram direto ao *aoalkirkja* de Brantar, e uma milha adiante, para Saurböer *annexia*, igreja anexa, situada na margem meridional do Hvalfjörd.

Eram 4 horas da tarde, e havíamos percorrido 4 milhas[8].

---

[8] Oito léguas. [N.A.]

O fiorde nesse ponto tinha pelo menos meia milha de largura. As ondas quebravam ruidosamente nas rochas pontudas. Esse golfo se alargava entre muralhas de rochedos, uma espécie de escarpa com um pico de 3 mil pés e notável por suas camadas escuras separadas por leitos de tufo avermelhado. Por mais inteligentes que fossem nossos cavalos, eu não tinha um bom pressentimento quanto à travessia de um verdadeiro braço de mar montado no dorso de um quadrúpede.

– Se forem inteligentes mesmo – eu disse –, eles não tentarão passar. Em todo caso, vou me encarregar de ser inteligente por eles.

Mas meu tio não queria esperar e atiçou o cavalo na direção da margem. Sua montaria farejou a última ondulação das ondas e parou. Meu tio, que tinha o próprio instinto, o pressionou a avançar. O animal se recusou novamente, balançando a cabeça. Depois de ser xingado e açoitado, o animal começou a dar coices, jogando seu cavaleiro. Por fim, o pequeno cavalo curvou-se, saindo debaixo das pernas do professor, e o deixou plantado sobre duas pedras da margem, como o Colosso de Rodes.

– Ah, bicho maldito! – exclamou o cavaleiro, subitamente transformado em pedestre e humilhado como um oficial de cavalaria que é rebaixado a soldado da infantaria.

– *Färja* – disse o guia, tocando em seu ombro.

– O quê? Uma balsa?

– *Der* – respondeu Hans, apontando para uma balsa.

– Sim! – exclamei. – É uma balsa.

– Devia ter dito, então! Muito bem, a caminho!

– *Tidvatten* – continuou o guia.

– O que foi que ele disse?

– Ele disse maré – respondeu meu tio, traduzindo a palavra em dinamarquês.

— Imagino que precisamos esperar a maré?
— *Förbida*? — perguntou meu tio.
— *Ja* — respondeu Hans.
Meu tio bateu o pé, enquanto os cavalos se dirigiam para a balsa.

Entendi perfeitamente a necessidade de aguardar um determinado instante da maré para iniciar a travessia do fiorde, em que o mar, que chegou ao seu ponto mais alto, esteja estável. Nesse momento, o fluxo e o refluxo não têm nenhuma ação sensível, e o barco não corre o risco de ser levado para o fundo do golfo ou para o meio do oceano.

O momento favorável só chegou às 6 horas da noite. Meu tio, eu, o guia, dois barqueiros e os quatro cavalos nos instalamos em uma espécie de bote bem frágil. Acostumado como eu era aos barcos a vapor do Elba, achei os remos dos condutores uma mecânica bem triste. Levamos mais de uma hora para atravessar o fiorde, mas por fim a passagem se deu sem incidentes.

Meia hora depois, chegávamos ao *aoalkirkja* de Gardär.

XIII

Já devia ser noite, mas no paralelo 65 a claridade noturna das regiões polares não devia me surpreender. Na Islândia, durante os meses de junho e julho, o Sol não se põe.

Contudo, a temperatura havia caído. Eu sentia frio e fome, sobretudo. Bendito foi o *böer* que hospitaleiramente abriu as portas para nos receber.

Era a casa de um camponês, mas, em termos de hospitalidade, não perdia para a de um rei. O dono veio nos receber estendendo a mão e, sem mais cerimônias, fez sinal para que o seguíssemos.

Seguir é a palavra certa, pois acompanhá-lo teria sido impossível. Um corredor longo, estreito e escuro dava acesso a essa habitação construída em vigas rústicas e levava a cada um dos quatro cômodos: cozinha, oficina de tecelagem, a *badstofa*, ou dormitório da família e, o melhor de todos, o quarto de hóspedes. Meu tio, com sua altura que ninguém imaginaria durante a construção da casa, bateu com a cabeça três ou quatro vezes nas saliências do teto.

Fomos levados para nosso quarto, uma espécie de grande sala com chão de terra batida e iluminado por uma janela cujos vidros eram feitos de membrana de carneiro pouco transparentes. A cama era composta de forragem seca jogada dentro de dois estrados de madeira pintados de vermelho e decorados com provérbios islandeses. Eu não esperava todo aquele conforto. Mas na casa reinava um forte odor de peixe seco, carne marinada e leite azedo, que desagradou muito a meu olfato.

Quando pusemos de lado nossos arreios, ouvimos a voz do anfitrião, que nos convidava a ir até a cozinha, único cômodo onde havia fogo, mesmo com os frios mais rigorosos.

Meu tio apressou-se a obedecer àquela amigável injunção. Eu o segui.

A lareira da cozinha era de um modelo antigo. No meio do cômodo, uma pedra servia como fogão. No teto, um buraco por onde escapava a fumaça. Essa cozinha também servia como sala de jantar.

Quando entramos, o anfitrião, como se ainda não tivesse nos visto, cumprimentou-nos com a palavra *saellvertu*, que significa "seja feliz", e veio beijar-nos no rosto.

Sua mulher, por sua vez, pronunciou as mesmas palavras, acompanhadas do mesmo ritual. Depois, com a mão direita sobre o coração, o casal fez uma profunda reverência.

Apresso-me a dizer que a islandesa era mãe de dezenove filhos, grandes e pequenos, que corriam no meio da fumaça que o fogão soltava na cozinha. A cada instante eu via uma cabecinha loura e um pouco melancólica sair daquela névoa. Parecia uma guirlanda de anjos meio encardidos.

Meu tio e eu fomos muito bem acolhidos por aquela "ninhada", e logo havia três ou quatro crianças sobre nossos ombros, o mesmo tanto em nossos joelhos e o resto entre nossas pernas. Aqueles que falavam repetiam *saellvertu* em todas as entonações imagináveis. Os que não falavam, gritavam ainda mais alto.

Esse concerto foi interrompido pelo anúncio do jantar. Naquele momento entrou o caçador, que acabara de dar de comer aos cavalos, ou seja, havia soltados pelos campos. Os pobres animais teriam de se contentar em pastar o musgo ralo das rochas, algumas algas pouco nutritivas, e no dia seguinte não deixariam de vir sozinhos retomar o trabalho da véspera.

— *Saellvertu* — disse Hans, ao entrar.

Depois, com tranquilidade e automaticamente, sem que um beijo fosse mais acentuado que o outro, ele beijou o anfitrião, a anfitriã e seus dezenove filhos.

Terminado o ritual, sentamos à mesa, em vinte e quatro pessoas, consequentemente uns sobre os outros, literalmente. Os mais sortudos tinham somente duas crianças sobre os joelhos.

No entanto, fez-se silêncio naquele pequeno mundo com a chegada da sopa, e a taciturnidade natural, mesmo entre as crianças islandesas, voltou a imperar. O anfitrião nos serviu uma sopa de líquen nada desagradável, e depois uma enorme porção de peixe seco nadando em uma manteiga azeda de vinte anos, portanto, bem preferível à manteiga fresca, segundo a ideia de gastronomia da Islândia. Junto havia *skyr*, uma espécie de leite coalhado, acompanhado de biscoitos e realçado por suco de bagas de zimbro. E por fim, como bebida, um pouco de leite misturado com água, chamado de *blanda* na região. Se essa singular comida era boa ou não, não cabe a nós julgar. Eu estava com fome e, de sobremesa, engoli até a última colherada um espesso mingau de trigo sarraceno.

Uma vez terminada a refeição, as crianças sumiram. Os adultos se sentaram ao redor do fogo onde queimava turfa, urze, esterco de vaca e ossos de peixes secos. Depois desse "aquecimento", cada grupo voltou para seus respectivos quartos. A anfitriã se ofereceu para retirar, seguindo o costume, nossas meias e calças. Mas, diante de uma recusa das mais elegantes de nossa parte, ela não insistiu e pude finalmente aconchegar-me em minha cama de forragem.

No dia seguinte, às 5 horas, nos despedimos do camponês islandês. Meu tio com muito custo o convenceu a aceitar uma remuneração adequada, e Hans fez o sinal de partida.

A cem passos de Gardär, o terreno começou a mudar de aspecto. O solo tornou-se pantanoso e menos favorável para caminhar. À direita, uma série de montanhas se estendia indefinidamente como um imenso sistema de fortificações naturais, cuja contraescarpa seguimos. Muitas vezes surgiam riachos que tínhamos de atravessar a pé, tentando não molhar demais as bagagens.

O deserto foi se aprofundando. Às vezes, uma sombra humana parecia fugir ao longe. Se os contornos da estrada nos aproximavam acidentalmente de um desses espectros, eu sentia um nojo repentino ao ver uma cabeça inchada, de pele lustrosa, sem cabelos, de chagas repulsivas que apareciam pelos furos dos trapos.

A infeliz criatura não vinha estender sua mão deformada. Pelo contrário, fugia, mas não rápido o suficiente para que Hans não a cumprimentasse com o costumeiro *saellvertu*.

– *Spetelsk* – ele disse.

– Um leproso! – repetiu meu tio.

A palavra por si só produzia um efeito repulsivo. A lepra, essa horrível enfermidade, é bastante comum na Islândia. Não é contagiosa, mas hereditária, e assim o casamento também era proibido àqueles miseráveis.

Essas aparições não alegravam a paisagem que se tornava profundamente triste; os últimos tufos de relva vinham morrer aos nossos pés. Não havia árvore nenhuma, exceto por alguns ramos de bétulas anãs que mais pareciam mato. Não havia nenhum animal exceto por alguns cavalos, que o dono não conseguia alimentar, e que erravam pelas monótonas planícies. Às vezes um falcão planava por entre as nuvens cinzentas e fugia rumo às regiões ao Sul. Deixei-me levar pela melancolia daquela natureza selvagem, e minhas lembranças me carregaram para meu país natal.

Logo foi necessário atravessar vários fiordes pequenos sem importância, e por fim um golfo de verdade. A maré, estável naquele momento, nos permitiu passar sem espera e chegar à aldeia de Alftanes, situada a uma milha de lá.

À noite, depois de atravessar a pé dois rios cheios de trutas e lúcios, o Alfa e o Heta, fomos obrigados a passar a noite em um casebre abandonado, digno de ser assombrado por todos os duendes da mitologia escandinava. Certamente o gênio do frio o elegera como domicílio, e ele aprontou das suas durante a noite inteira.

O dia seguinte não apresentou nenhum incidente em especial. Ainda o mesmo solo pantanoso, a mesma monotonia, a mesma fisionomia triste. À noite, já havíamos atravessado metade da distância a ser percorrida, e dormimos na a*nnexia* de Krösolbt.

No dia 19 de junho, durante cerca de uma milha, um terreno de lava se estendeu sob nossos pés. Aquela disposição do solo é chamada de *hraun* na região. A lava enrugada na superfície ganhava a forma de cabos ora estendidos, ora enrolados sobre si mesmos. Uma torrente imensa descia das montanhas vizinhas, vulcões atualmente extintos, mas cujos detritos foram testemunhas da violência passada. No entanto, algumas fumaças de fontes quentes despontavam aqui e ali.

Faltava-nos tempo para observar aqueles fenômenos. Precisávamos andar. O solo pantanoso logo ressurgiu sob as patas de nossas montarias, pontuado por pequenos lagos. Rumávamos para o Oeste, naquele momento. Tínhamos de fato contornado a grande baía de Faxa, e o duplo cume branco do Sneffels despontava entre as nuvens a menos de cinco milhas.

Os cavalos andavam bem, e não se detinham pelas dificuldades do solo. Já eu começava a ficar muito cansado. Meu tio mantinha-se firme e forte, como no primeiro dia. Não pude deixar de admirá-lo, bem como ao caçador, para quem aquela expedição parecia um simples passeio.

No sábado, 20 de junho, às 6 horas da noite, chegamos a Büdir, vilarejo situado à beira-mar, e o guia pediu seu pagamento devido. Meu tio acertou com ele. Foi a própria família de Hans, ou seja, seus tios e primos, que nos ofereceu a hospedagem. Fomos bem recebidos e, sem abusar das gentilezas daquela brava gente, eu descansaria ali da fadiga da viagem. Mas meu tio, que não precisava descansar, não entendeu dessa forma, e no dia seguinte tivemos de carregar novamente nossos bons animais.

O solo ressentia-se da proximidade da montanha, cujas raízes de granito saltavam da terra, como as de um velho carvalho. Contornamos a imensa base do vulcão. O professor não o perdia de vista. Ele gesticulava, como se o desafiando, e dizia: "É esse o gigante que vou domar!" Por fim, após vinte e quatro horas de caminhada, os cavalos pararam sozinhos à porta do presbitério de Stapi.

XIV

Stapi é um vilarejo formado por cerca de trinta casebres construído sobre a lava, sob os raios de Sol refletidos pelo vulcão. Ele se estende no fundo de um pequeno fiorde encravado dentro de uma muralha, gerando um efeito bastante estranho.

Sabemos que o basalto é uma rocha escura de origem ígnea, com formas regulares que surpreendem por sua distribuição. Aqui, a natureza procede geometricamente e trabalha à maneira humana, como se manejasse o esquadro, o compasso e o prumo. Se em todos os outros lugares ela faz arte com suas grandes massas jogadas sem ordem, seus cones mal esboçados, suas pirâmides imperfeitas, com uma bizarra sucessão de linhas, aqui, querendo dar o exemplo da regularidade, e precedendo os arquitetos dos primeiros tempos, ela criou uma ordem severa, que nem os esplendores da Babilônia, nem as maravilhas da Grécia conseguiram superar.

Eu ouvira falar na Calçada dos Gigantes na Irlanda e da Gruta de Fingal em uma das Hébridas, mas o espetáculo de uma substrução basáltica ainda não havia se apresentado aos meus olhos.

Mas ali em Stapi esse fenômeno se dava em todo seu esplendor.

A muralha do fiorde, como toda a costa da península, se compunha de uma sequência de colunas verticais, com 30 pés de altura. Aquelas hastes retas e de proporção perfeita sustentavam uma arquivolta feita de colunas horizontais que formavam uma semi-abóbada acima do mar. Em certos intervalos, e sob esse implúvio natural, o olhar surpreendia aberturas ogivais de um desenho admirável, através das quais as ondas vinham se precipitar, formando espumas. Alguns pedaços de basalto, arrancados pela fúria do oceano, jaziam sobre o solo como escombros de um templo antigo, ruínas eternamente jovens, que passavam séculos sem serem corroídas.

Era essa a última etapa de nossa viagem terrestre. Hans nos levou até lá com inteligência, e tranquilizei-me um pouco pensando que ele continuaria nos acompanhando.

Ao chegar à porta da casa do pároco, uma cabana simples e baixa, não mais bela nem confortável que a de seus vizinhos, vi um homem colocando as ferraduras em seu cavalo, de martelo na mão e avental de couro na cintura.

– *Saellvertu* – disse-lhe o caçador.

– *God dag* – respondeu o ferreiro, em um dinamarquês perfeito.

– *Kyrkoherde* – disse Hans, voltando-se para meu tio.

– O pároco? – repetiu este último. – Axel, parece que esse valente homem é o pároco!

Durante esse tempo, o guia colocou o *kyrkoherde* a par da situação. Este, suspendendo seu trabalho, deu uma espécie de grito que provavelmente usava entre cavalos e comerciantes de cavalos, e logo uma grande megera saiu da cabana. Se ela não media 6 pés de altura, era quase isso.

Eu temia que ela fosse dar aos viajantes o beijo islandês. Mas não foi o que aconteceu, e não foi com muito boa vontade que ela nos convidou a entrar em sua casa.

O quarto dos hóspedes me pareceu o pior do presbitério, estreito, sujo e infecto. Mas tivemos de nos contentar com ele, pois o pároco não parecia praticar a antiga hospitalidade. Antes do fim do dia, vi que estávamos lidando com um ferreiro, um pescador, um caçador, um carpinteiro e não com um ministro do Senhor. É verdade que era um dia da semana. Talvez fosse diferente aos domingos.

Não quero falar mal desses pobres padres, que, afinal de contas, são bem miseráveis. Recebem do governo dinamarquês um tratamento ridículo e recebem um quarto do dízimo de sua paróquia, o que não chega a uma soma de 60 marcos[9]. Daí a necessidade de trabalhar para viver. Mas, ao pescar, caçar, ferrar cavalos, a pessoa acaba adquirindo os modos, o tom e os hábitos dos caçadores, pescadores e outras pessoas um tanto rudes. Naquela mesma noite, percebi que nosso anfitrião não tinha a sobriedade entre suas virtudes.

Meu tio entendeu rápido com que tipo de homem ele estava lidando. Em vez de um valente e digno estudioso, tinha diante de si um camponês lento e grosseiro. Decidiu então começar o mais rápido possível sua grande expedição e deixar para trás aquele tratamento pouco hospitaleiro. Ignorando seu cansaço, resolveu passar alguns dias na montanha.

Assim, os preparativos para a partida foram feitos já no dia seguinte à nossa chegada a Stapi. Hans contratou os serviços de três islandeses para substituir os cavalos no transporte das bagagens, mas, uma vez no fundo da cratera, esses nativos teriam de dar meia-volta e nos deixar sozinhos. Esse ponto ficou perfeitamente claro.

---

[9] Moeda de Hamburgo, cerca de 30 francos. [N.A.]

Nessa ocasião, meu tio teve de informar ao caçador que sua intenção era prosseguir com o reconhecimento do vulcão até os últimos limites.

Hans limitou-se a inclinar a cabeça. Ir para lá ou para outro lugar, enfiar-se nas entranhas da ilha ou percorrê-la, não fazia a menor diferença. Quanto a mim, distraído até então pelos incidentes da viagem, havia me esquecido um pouco do futuro, mas agora sentia a emoção voltar. O que fazer? Se fosse para tentar resistir ao professor Lidenbrock, teria sido em Hamburgo, e não ao pé do Sneffels.

Uma ideia, entre todas, me perseguia. Uma ideia assustadora e feita para abalar nervos menos sensíveis que os meus.

"Vejamos", pensei, "vamos escalar o Sneffels. Certo. Vamos visitar sua cratera. Muito bem. Outros já o fizeram e não morreram. Mas não é só isso. Se surgir um caminho para descer até as entranhas da terra, se o infeliz do Saknussemm tiver dito a verdade, vamos nos perder no meio das galerias subterrâneas do vulcão. Ora, nada garante que o Sneffels esteja extinto. Quem garante que não há uma erupção em preparação? Só porque o monstro está dormindo desde 1229, quer dizer que ele não pode acordar? E, se ele acordar, o que será de nós?"

Aquilo exigia um esforço de reflexão, e foi o que fiz. Não conseguia dormir sem sonhar com erupções. Só que o papel de escória me parecia brutal demais para representar.

Por fim, não aguentei mais. Decidi submeter o caso a meu tio o mais diretamente possível, e na forma de uma hipótese perfeitamente irrealizável.

Fui procurá-lo. Comuniquei meus temores, e recuei para deixá-lo explodir à vontade.

– Estava pensando nisso – ele respondeu simplesmente.

O que significavam aquelas palavras? Então ele ia ouvir a voz da razão? Será que pensava em suspender seus planos? Seria bom demais para ser verdade.

Após alguns instantes de silêncio, durante os quais não me atrevi a interrogá-lo, ele retomou, dizendo:

– Estava pensando nisso. Desde que chegamos a Stapi, tenho me preocupado com a grave questão que você acaba de levantar, pois não podemos agir com imprudência.

– Não mesmo! – respondi com veemência.

– Faz seiscentos anos que o Sneffels está mudo, mas ele pode voltar a falar. As erupções são sempre precedidas por fenômenos perfeitamente conhecidos. Então perguntei aos habitantes da região, estudei o solo, e posso afirmar, Axel, que não haverá erupção.

Diante dessa afirmação, fiquei perplexo e não consegui responder.

– Está duvidando? – disse meu tio. – Muito bem, siga-me!

Obedeci mecanicamente. Ao sair do presbitério, o professor tomou um caminho reto que se afastava do mar por uma abertura na muralha basáltica. Logo estávamos em campo aberto, se é que se pode chamar assim um amontoado imenso de dejeções vulcânicas. A região parecia esmagada sob uma chuva de pedras enormes, *trapp*, basalto, granito e todas as rochas piroxênicas.

Eu via fumaças subindo pelos ares em diferentes pontos. Aqueles vapores brancos chamados *reykir*, em islandês, vinham de fontes termais, e indicavam, pela violência, a atividade vulcânica do solo. Aquilo parecia justificar meus temores, e por isso foi um baque quando meu tio me disse:

– Está vendo toda essa fumaça, Axel? Pois bem, elas provam que não temos de temer a fúria do vulcão!

– Como assim? – gritei.

– Guarde bem o seguinte – disse o professor. – Na iminência de uma erupção, essas fumaças redobram sua atividade e desaparecem complemente durante o fenômeno, pois os fluidos elásticos, como não têm mais a tensão necessária, tomam o caminho das crateras em vez de escapar pelas fissuras do globo. Se então esses vapores se mantêm em seu estado habitual, sem aumento de energia, se adicionarmos a essa observação o fato de que o vento, a chuva, não são substituídos por um ar pesado e calmo, é possível afirmar que não haverá uma erupção tão cedo.

– Mas...

– Já basta. Quando a ciência se pronuncia, só podemos nos calar.

Voltei ao presbitério com o rabo entre as pernas. Meu tio havia me derrotado com argumentos científicos. Mas eu ainda tinha uma esperança, de que quando chegássemos ao fundo da cratera, fosse impossível descer mais por não haver uma galeria, apesar de todos os Saknussemm do mundo.

Passei a noite seguinte tendo pesadelos, nos quais do meio de um vulcão e das profundezas da Terra, eu era lançado ao espaço sideral na forma de uma rocha eruptiva.

No dia seguinte, 23 de junho, Hans nos esperava com seus companheiros carregados de mantimentos, ferramentas e instrumentos. Dois bastões com ponta de ferro, dois fuzis, duas cartucheiras estavam reservadas para meu tio e eu. Hans, como homem precavido, havia acrescentado à nossa bagagem um odre cheio, que, junto com nossos cantis, garantiria água para oito dias.

Eram 9 horas da manhã. O pároco e sua grande megera esperavam em frente à porta. Imaginei que quisessem nos dar o último adeus do anfitrião ao viajante. Mas a despedida assumiu a inesperada forma de uma conta inacreditável, onde era cobrado até mesmo o ar da casa pastoral – um ar infecto, ouso dizer.

Aquele digno casal nos extorquia como um hospedeiro suíço, cobrando um alto preço por sua hospitalidade superestimada.

Meu tio pagou sem barganhar. Um homem que partia para o centro da Terra não se preocuparia com alguns risdales.

Acertada essa questão, Hans deu o sinal de partida, e alguns instantes depois deixamos Stapi.

XV

O Sneffels tem 5 mil pés de altura. Seu cone duplo termina em uma faixa traquítica que se destaca do sistema orográfico da ilha. De nosso ponto de partida, não era possível ver seus dois picos se desenharem contra o fundo acinzentado do céu. Tudo que eu conseguia ver era uma enorme calota de neve cobrindo a testa do gigante.

Andávamos em fila atrás do caçador, subindo por caminhos estreitos onde duas pessoas não conseguiriam andar lado a lado. Logo, qualquer conversa se tornava quase impossível.

Para além da muralha basáltica do fiorde de Stapi, havia um solo de turfa herbácea e fibrosa, resíduos da antiga vegetação dos pântanos da península. O aglomerado desse combustível ainda inexplorado bastaria para aquecer durante um século toda a população da Islândia. Essa vasta turfeira, medida a partir do fundo de certos barrancos, tinha 70 pés de altura e apresentava sucessivas camadas de detritos carbonizados, separadas por lâminas de tufo vulcânico.

Como legítimo sobrinho do professor Lidenbrock, e apesar de minhas preocupações, eu observava com interesse as curiosidades mineralógicas espalhadas por aquele vasto gabinete de história natural. Ao mesmo tempo, repassava mentalmente toda a história geológica da Islândia.

Essa ilha, tão curiosa, evidentemente emergira do fundo das águas em uma época relativamente moderna; talvez continuasse até se elevando, por movimentos imperceptíveis. Sendo assim, só podemos atribuir sua origem à ação dos fogos subterrâneos. Nesse caso, portanto, a teoria de Humphry Davy, o documento de Saknussemm, as afirmações de meu tio, tudo isso cairia por terra. Essa hipótese me levou a examinar atentamente a natureza do solo, e logo me dei conta da sucessão dos fenômenos que presidiram a formação da ilha.

A Islândia, absolutamente privada de qualquer terreno sedimentar, se compõe unicamente de tufo vulcânico, ou seja, um aglomerado de pedras e rochas de textura porosa. Antes da existência dos vulcões, ela era feita de um maciço basáltico, lentamente elevado acima das águas pela pressão das forças centrais. O fogo interno ainda não havia irrompido para fora.

Mais tarde, contudo, uma grande fenda se abriu diagonalmente, do sudoeste ao noroeste da ilha, por onde espalhou pouco a pouco toda a massa traquítica. O fenômeno ocorria então sem violência. A vazão era enorme e as matérias fundidas, expelidas pelas entranhas do globo, estendiam-se tranquilamente por vastos lençóis ou massas onduladas. Nessa época apareceram os feldspatos, os sienitos e os pórfiros.

Mas, graças a esse derrame, a espessura da ilha aumentou consideravelmente, junto com sua força de resistência. É possível imaginar a quantidade de fluidos elásticos que se acumularam em seu interior, quando ela não oferecia mais nenhuma saída, após o resfriamento da crosta traquítica. Chegou um momento em que a potência mecânica desses gases foi tanta que eles levantaram a pesada crosta, abrindo grandes chaminés. Por isso o vulcão surge da elevação da crosta, e a cratera é subitamente perfurada no topo do vulcão.

Os fenômenos eruptivos sucederam então os fenômenos vulcânicos. Através das aberturas recém-formadas escaparam primeiro as dejeções basálticas, cujos mais maravilhosos espécimes foram-nos oferecidos à vista pela planície que atravessávamos naquele momento. Caminhávamos sobre aquelas pesadas rochas cinza-escuro que o resfriamento havia moldado como prismas de base hexagonal. Ao longe se via um grande número de cones achatados, outrora bocas ignívomas.

Uma vez esgotada a erupção basáltica, o vulcão, cuja força crescia a partir das crateras extintas, deu passagem às lavas e aos tufos de cinzas e escórias, cujo longo rastro eu via sobre seus flancos, como uma opulenta cabeleira.

Tal foi a sucessão de fenômenos que constituíram a Islândia, todos provenientes da ação de fogos internos, e era loucura supor que a massa interna não permanecesse em um eterno estado de incandescente liquidez. Loucura ainda maior era a pretensão de chegar ao centro da Terra!

Isso me confortava quanto ao resultado de nossa aventura, enquanto rumávamos para o ataque do Sneffels.

O caminho foi ficando cada vez mais difícil, mais íngreme. Os pedaços de rocha se soltavam, e era necessário ter uma atenção cada vez mais escrupulosa para evitar quedas perigosas.

Hans avançava tranquilamente, como se estivesse sobre um terreno uniforme. Às vezes ele desaparecia por trás dos grandes blocos, e o perdíamos de vista momentaneamente. Então um assobio agudo saía de seus lábios, indicando a direção a seguir. Ele também parava com frequência, recolhia pedaços de rocha e os dispunha de forma que pudessem ser reconhecidos, formando pontos de referência com o intuito de indicar o caminho de volta. A precaução em si era boa, mas os acontecimentos futuros a tornaram inútil.

Três exaustivas horas de caminhada nos levaram somente até a base da montanha. Ali, Hans fez sinal para pararmos, e compartilhamos um jantar frugal. Meu tio comia em bocadas duplas para terminar mais rápido. Mas essa parada para comer era também uma parada de descanso, então ele teve de esperar pela boa vontade do guia, que deu o sinal para a continuação uma hora depois. Os três islandeses, tão taciturnos quanto seu colega caçador, não disseram uma única palavra e comeram sobriamente.

Começamos então a escalar as encostas do Sneffels. Seu cume nevado, devido a uma ilusão de ótica comum nas montanhas, me parecia muito próximo, mas seriam horas até alcançá-lo! Sem falar no cansaço! As pedras que não eram ligadas por nenhum cimento de terra ou grama, balançavam sob nossos pés e despencavam sobre a planície com a rapidez de uma avalanche.

Em certos pontos, os flancos do morro formavam com o horizonte um ângulo de 36 graus, pelo menos. Era impossível escalá-los, e aquelas subidas pedregosas foram vencidas com dificuldade, com auxílio de nossos bastões e ajuda mútua.

Devo dizer que meu tio permanecia perto de mim o máximo possível. Não me perdia de vista e, em mais de uma ocasião, seu braço me forneceu um sólido apoio. Ele provavelmente tinha o senso inato de equilíbrio, pois não vacilava. Os islandeses, ainda que carregados, subiam com uma agilidade de montanheses.

Ao ver a altura do Sneffels, pareceu-me impossível que pudéssemos atingir o cume de onde estávamos, se o ângulo de inclinação das encostas não se fechasse. Felizmente, depois de uma hora de esforços e fadigas, no meio do vasto tapete de neve que se formava sobre o dorso do vulcão, uma espécie de escada se revelou inesperadamente, facilitando nossa subida. Ela era formada por uma torrente de pedras cuspidas pelas erupções, conhecidas em islandês como *stinâ*. Se essa torrente não tivesse sido detida em sua queda pela disposição dos flancos da montanha, ela teria se precipitado para o mar e formado novas ilhas.

Tal como estava, ela nos foi muito útil. A inclinação das encostas aumentava, mas os degraus de pedra permitiam que subíssemos com tanta facilidade e até rapidez, que, ao ficar um momento para trás enquanto meus companheiros continuavam subindo, eu os vi se tornarem microscópicos com a distância.

Às 7 horas da noite já havíamos subido os dois mil degraus da escada, de cujo topo víamos uma saliência da montanha, uma espécie de base sobre a qual se apoiava o cone propriamente dito da cratera.

O mar estava a 3.200 pés abaixo de nós. Ultrapassamos o limite das neves perpétuas, bem pouco elevado na Islândia em decorrência da umidade constante do clima. Fazia um frio violento, e o vento soprava com força. Eu estava esgotado. O professor viu que minhas pernas recusavam-se a funcionar e, apesar de impaciente, decidiu parar. Fez sinal para o caçador, que sacudiu a cabeça dizendo:

– *Ofvanför*.

– Aparentemente precisamos subir mais – disse meu tio.

Depois ele perguntou a Hans o motivo da resposta.

– *Mistour* – respondeu o guia.

– *Ja, mistour* – repetiu um dos islandeses, assustado.

– O que é essa palavra? – perguntei, preocupado.

– Veja – disse meu tio.

Olhei em direção à planície. Uma imensa coluna de pedras-pomes pulverizada, areia e poeira elevava-se em caracol como um tornado. O vento a empurrava sobre o flanco do Sneffels, ao qual nos agarramos. Aquela cortina opaca estendida em frente ao Sol projetava uma grande sombra sobre a montanha. Se esse tornado se inclinasse, ele inevitavelmente nos enlaçaria em seus turbilhões. O fenômeno, bastante comum quando o vento sopra das geleiras, tem o nome de *mistour* em islandês.

— *Hastigt, hastigt* — gritou nosso guia.

Sem saber dinamarquês, entendi que precisávamos seguir Hans o mais rápido possível. Este começou a contornar o cone da cratera, mas de viés, de maneira a facilitar a caminhada. O tornado logo quebrou contra a montanha, que estremeceu com o choque. As pedras pegas no redemoinho voaram em chuva como numa erupção. Felizmente estávamos na vertente oposta e protegidos de qualquer perigo. Sem a precaução do guia, nossos corpos teriam sido dilacerados, reduzidos a pó, jogados ao longe como produto de algum meteoro desconhecido.

No entanto, Hans não julgou prudente passar a noite nos flancos do cone. Continuamos nossa subida em ziguezague. Os mil e quinhentos pés que restavam a vencer exigiram quase cinco horas. Os desvios, os vieses e as contramarchas somavam pelo menos três léguas. Não aguentava mais, e sucumbi ao frio e à fome. O ar, um pouco rarefeito, não era suficiente para meus pulmões.

Por fim, às 11 horas da noite, em plena escuridão, chegamos ao cume do Sneffels. Antes de abrigar-me no interior da cratera, tive tempo de ver "o Sol da meia-noite" no seu ponto mais baixo, projetando seus raios pálidos sobre a ilha adormecida aos meus pés.

XVI

O jantar foi rapidamente devorado e o pequeno grupo instalou-se do melhor jeito que conseguiu. A cama era dura, e o abrigo, pouco sólido, situação bem difícil a cinco mil pés cima do nível do mar. No entanto, meu sono foi particularmente tranquilo durante essa noite, uma das melhores que havia passado em muito tempo. Nem mesmo sonhei.

No dia seguinte, acordamos quase congelados por um vento muito cortante, aos raios de um belo Sol. Deixei minha cama de granito e fui desfrutar do magnífico espetáculo que se apresentava diante de meus olhos.

Eu estava no topo de um dos dois picos do Sneffels, o do Sul. De lá, minha vista alcançava a maior parte da ilha. A perspectiva, comum a todas as grandes alturas, fazia as margens se destacarem, enquanto as partes centrais pareciam se afundar. Era como se um daqueles mapas em relevo de Helbesmer estivesse aberto sob meus pés. Eu via os vales profundos cruzando-se em todos os sentidos, os precipícios abrindo-se como poços, os lagos virando poças, os rios virando riachos. À minha direita sucediam-se as inúmeras geleiras e os múltiplos picos, alguns deles enfeitados com leves fumaças. As ondulações dessas montanhas infinitas, que suas camadas de neve pareciam tornar espumantes, lembravam a superfície de um mar agitado. Se eu virasse para o oeste, via o oceano estendendo-se majestosamente como uma continuação daqueles picos ondulados. Onde terminava a terra começavam as águas, de forma quase indiscernível aos meus olhos.

E assim eu mergulhava naquele grandioso êxtase proporcionado pelos altos cumes, dessa vez sem vertigem, pois finalmente começava a me acostumar com aquelas sublimes contemplações. Meu olhar admirado se banhava na transparente irradiação dos raios solares. Esquecia quem eu era, onde estava, para viver a vida dos elfos ou dos silfos, imaginários habitantes da mitologia escandinava. Eu me embriagava da volúpia das alturas, sem pensar nos abismos nos quais meu destino em breve me mergulharia. Mas fui trazido de volta à realidade com a chegada do professor e de Hans, que se juntaram a mim no cume.

Meu tio, virando-se para o oeste, apontou para um leve vapor, uma bruma, algo parecido com terra que dominava a linha das ondas.

– É a Groenlândia – ele disse.

– Groenlândia? – indaguei com espanto.

– Sim, estamos a trinta e cinco léguas de lá, e, durante o degelo, os ursos brancos chegam até a Islândia, levados pelos gelos do Norte. Mas pouco importa. Estamos no topo do Sneffels, onde há dois picos, um ao Sul e outro ao Norte. Hans vai nos dizer por qual nome os islandeses chamam este onde estamos agora.

Uma vez formulada a pergunta, o caçador respondeu:

– *Scartaris*.

Meu tio me lançou um olhar triunfante.

– À cratera! – clamou.

A cratera do Sneffels era como um cone invertido, cujo orifício podia ter meia légua de diâmetro. Sua profundidade devia ter cerca de 2 mil pés. Imagine o estado de um recipiente como esse, quando cheio de trovões e chamas. O fundo do funil não devia medir mais do que 500 pés de circunferência, de tal forma que suas inclinações bastante suaves permitiam chegar facilmente à sua parte inferior. Involuntariamente, comparei aquela cratera a um bacamarte, e a comparação me assustou.

"Descer para dentro de um bacamarte", pensei, "sendo que ele pode estar carregado e disparar com qualquer choque... isso é coisa de maluco".

Mas eu não tinha como recuar. Hans, com ar de indiferença, reassumiu a frente do grupo. Eu o segui sem dizer uma palavra.

Para facilitar a descida, Hans foi traçando no interior do cone elipses muito alongadas. Era necessário caminhar no meio de rochas eruptivas, sendo que algumas, abaladas em suas cavidades, se precipitavam até o fundo do abismo. A queda produzia reverberações de ecos de uma estranha sonoridade.

Certas partes do cone formavam geleiras internas, e nesses pontos Hans só avançava com extrema precaução, sondando o solo com seu bastão para descobrir as fissuras. Em algumas passagens duvidosas, tornou-se necessário nos amarrarmos uns aos outros com uma longa corda, caso algum de nós tropeçasse e assim pudesse se apoiar nos companheiros. Essa solidariedade era algo prudente, mas não excluía todos os perigos.

No entanto, e apesar das dificuldades da descida por encostas que o guia não conhecia, o trajeto se deu sem acidentes, exceto pela queda de um pacote de cordas que escapou das mãos de um dos islandeses e tomou um atalho até o fundo do abismo.

Chegamos ao meio-dia. Levantei a cabeça e vi o orifício superior do cone, no qual se enquadrava um pedaço do céu em uma circunferência singularmente reduzida, mas quase perfeita.

Somente em um ponto se destacava o pico do Scartaris, que se afundava na imensidão.

No fundo da cratera abriam-se três chaminés, pelas quais, nos períodos de erupções do Sneffels, o núcleo central expelia suas lavas e vapores. Cada uma dessas chaminés tinha cerca de 100 pés de diâmetro. Elas estavam lá escancaradas sob nossos pés. Não consegui olhar para baixo. Já o professor Lidenbrock fez uma rápida análise de sua disposição, ofegante, correndo de um lado para outro, gesticulando e dizendo palavras incompreensíveis. Hans e seus companheiros, sentados sobre pedaços de lava, somente observavam. Eles evidentemente achavam que ele era louco.

De repente, meu tio deu um grito. Achei que ele tivesse pisado em falso e caído em um dos três abismos. Mas não. Eu o vi, com os braços estendidos e as pernas abertas, de pé, em frente a uma rocha de granito no centro da cratera, como um enorme pedestal feito para a estátua de um Plutão. Uma pose de estupefação, mas que logo deu lugar a uma enorme alegria.

– Axel! Axel! – chamou. – Venha!

Corri. Nem Hans, nem os islandeses se mexeram.

– Veja! – disse-me o professor.

E, compartilhando sua estupefação, senão sua alegria, li na face ocidental do bloco, em caracteres rúnicos meio corroídos pelo tempo, aquele nome mil vezes maldito:

ᛏᚨᚾᚠ ᛋᛁᚱᚨᚻᛋᛋᛏᛪ

– Arne Saknussemm! – exclamou meu tio. – Continua duvidando?

Não respondi, e voltei consternado a meu banco de lava. A evidência era esmagadora.

Nem sei quanto tempo fiquei daquele jeito, mergulhado em minhas reflexões. Tudo que sei é que, ao erguer a cabeça, vi meu tio e Hans sozinhos no fundo da cratera. Os islandeses haviam sido dispensados, e agora desciam as encostas do Sneffels de volta a Stapi.

Hans dormia tranquilamente ao pé de uma rocha, sobre uma torrente de lava onde improvisou uma cama para si. Meu tio andava em círculos no fundo da cratera, como um bicho selvagem pego em uma armadilha. Não tive vontade nem forças para me levantar e, seguindo o exemplo do guia, deixei-me adormecer dolorosamente e pensei ter ouvido barulhos ou sentido tremores nas encostas da montanha.

E assim se passou essa primeira noite no fundo da cratera.

No dia seguinte, um céu cinza, nublado e pesado se abateu sobre o alto do cone. Chamou-me menos a atenção a escuridão do abismo do que a ira que tomou conta do meu tio.

Entendi o motivo, e um resto de esperança me veio ao coração. Eis o porquê.

Dos três caminhos abertos sob nossos pés, apenas um deles fora seguido por Saknussemm. Segundo o cientista islandês, seria necessário reconhecer a particularidade assinalada no criptograma, de que a sombra do Scartaris vinha acariciar suas bordas nos últimos dias do mês de junho.

Era possível, de fato, considerar esse pico agudo como o gnômon de um imenso relógio solar, cuja sombra em determinado dia marcava o caminho para o centro da Terra.

Ocorre que, sem Sol, não haveria sombra. Consequentemente, nada de indicação. Estávamos no dia 25 de junho. Se o céu permanecesse encoberto durante seis dias, seria preciso adiar a observação para outro ano.

Nem tento descrever a impotente ira do professor Lidenbrock. O dia se passou e nenhuma sombra veio se estender sobre a frente da cratera. Hans não saía do lugar, mas ele devia se perguntar o que esperávamos, se é que ele se perguntava alguma coisa! Meu tio não me dirigiu a palavra uma única vez. Seus olhares, invariavelmente voltados para o céu, se perdiam em sua cor cinza e enevoada.

Nada ainda no dia 26, quando uma chuva misturada à neve caiu durante o dia todo. Hans construiu uma cabana com pedaços de lava. Adquiri um certo prazer em seguir com o olhar as milhares de cascatas improvisadas sobre os flancos do cone, cujo ensurdecedor murmúrio aumentava com cada pedra.

Meu tio não se continha mais. Era o suficiente para tirar do sério o mais paciente dos homens, pois era verdadeiramente como morrer na praia.

Mas o céu sempre mistura às grandes dores as grandes alegrias, e ele reservara ao professor Lidenbrock uma satisfação igual aos seus desesperadores aborrecimentos.

No dia seguinte o céu continuava encoberto, mas no domingo, 28 de junho, antepenúltimo dia do mês, com a mudança da Lua veio a mudança do tempo. O Sol despejou seus raios em abundância dentro da cratera. Cada montículo, cada rocha, cada pedra, cada aspereza recebeu sua parte do generoso eflúvio, projetando instantaneamente uma sombra sobre o chão. Dentre todas, a do Scartaris se desenhou como uma aresta viva e pôs-se a girar imperceptivelmente na direção do astro radiante.

Meu tio girava com ela.

Ao meio-dia, em seu período mais curto, ela veio roçar suavemente a borda da chaminé central.

– É ali! – exclamou o professor – É ali! Rumo ao centro do globo! – acrescentou em dinamarquês.

Olhei para Hans.
– *Forüt!* – disse tranquilamente o guia.
– Avante! – respondeu meu tio.
Era 1 hora e treze minutos da tarde.

XVII

Começava a viagem de verdade. Até então, a fadiga havia superado as dificuldades, mas agora estas iriam verdadeiramente brotar sob nossos pés.

Eu ainda não havia olhado para dentro daquele poço insondável onde iria penetrar. O momento havia chegado. Ainda podia me resignar à aventura ou me recusar a tentá-la. Mas eu teria vergonha de recuar diante do caçador. Hans aceitava tão tranquilamente a aventura, com tanta indiferença e despreocupação, que eu enrubescia com a ideia de ser menos valente que ele. Sozinho, eu teria desfiado uma série de argumentações. Mas, na presença do guia, calei-me. Lembrei-me de minha bela virlandesa e aproximei-me da chaminé central.

Já disse que ela media 100 pés de diâmetro, ou 300 pés de circunferência. Debrucei-me sobre uma rocha e olhei. Fiquei de cabelos em pé. A sensação de vazio tomou conta de mim. Senti meu centro de gravidade se deslocar e a vertigem subir à cabeça como uma embriaguez. Nada mais inebriante que essa atração pelo abismo. Eu ia cair. Uma mão me segurou. Era Hans. Decididamente, faltavam-me mais "aulas de abismo" na Frelsers-Kirke de Copenhague.

No entanto, por menos que tivesse arriscado meu olhar para dentro daquele poço, consegui perceber sua estrutura. Suas paredes, quase verticais, apresentavam inúmeras saliências que facilitariam a descida. Mas ainda que tivesse uma escada, faltava o corrimão. Uma corda presa ao orifício teria bastado para nos sustentar, mas como soltá-la, uma vez que estivéssemos embaixo?

Meu tio empregou um meio bem simples para contornar essa dificuldade. Ele desenrolou uma corda da espessura de um polegar com 400 pés de comprimento. Soltou primeiro metade, depois a enrolou em volta de um bloco de lava saliente e jogou a outra metade de volta para dentro da chaminé. Cada um de nós podia então descer reunindo na mão as duas metades da corda que não se desenrolaria. Uma vez que tivéssemos descido duzentos pés, seria mais fácil puxá-la de volta soltando um pedaço e puxando outro com força. Depois, recomeçaríamos esse exercício *ad infinitum*.

– Agora – disse meu tio, depois de terminar esses preparativos –, vamos nos ocupar das bagagens. Elas serão divididas em três fardos, e cada um de nós levará um nas costas. Falo somente dos objetos frágeis.

O audacioso professor evidentemente não nos incluía nessa última categoria.

– Hans – continuou –, vá se encarregar das ferramentas e parte dos víveres. Você, Axel, de um terço dos víveres e das armas. Eu me encarregarei do resto dos víveres e dos instrumentos delicados.

– Mas e as roupas, e esse tanto de cordas e escadas, quem descerá com elas?

– Elas descerão sozinhas.

– Como assim? – perguntei, muito espantado.

– Você vai ver.

Meu tio gostava de medidas drásticas e sem hesitar. Sob ordens suas, Hans reuniu em um único pacote os objetos que não eram frágeis, e esse pacote, solidamente amarrado, foi jogado dentro do abismo.

Ouvi o sonoro estrondo produzido pelo deslocamento das camadas de ar. Meu tio, debruçado sobre o abismo, seguia com um olhar satisfeito a descida de suas bagagens, e só se endireitou depois de perdê-las de vista.

– Bem – ele disse. – Agora é nossa vez.

Pergunto a qualquer homem de boa-fé se seria possível ouvir tais palavras sem estremecer!

O professor prendeu às costas o pacote de instrumentos. Hans pegou o de ferramentas, e eu o das armas. A descida começou na seguinte ordem: Hans, meu tio e eu. Ela se deu em profundo silêncio, perturbado somente pela queda dos pedregulhos que caíam dentro do abismo.

Deixei-me escorregar, por assim dizer, apertando freneticamente a corda dupla com uma mão, enquanto com a outra eu me apoiava usando meu bastão com ponta de ferro. A ideia de que o ponto de apoio viesse a me faltar me obcecava. Aquela corda parecia-me frágil demais para aguentar o peso de três pessoas. Procurei usá-la o menos possível, operando milagres de equilíbrio sobre as saliências de lava que meu pé tentava agarrar como se fosse uma mão.

Quando um daqueles degraus escorregadios balançava sob os pés de Hans, ele dizia com sua voz tranquila:

– *Gif akt!*

– Cuidado! – repetia meu tio.

Após meia hora, chegamos à superfície de uma rocha fortemente presa na parede da chaminé.

Hans puxou a corda por uma de suas pontas, e a outra foi para cima. Depois de ultrapassar o rochedo superior, voltou a cair arrastando pedaços de pedra e lava, trazendo consigo uma espécie de chuva, ou melhor, de granizo, muito perigoso.

Ao me debruçar sobre nosso estreito platô, notei que ainda não se conseguia ver o fundo do buraco.

A manobra da corda recomeçou, e meia hora depois havíamos descido mais duzentos pés.

Não sei se algum geólogo fanático teria tentado estudar, durante aquela descida, a natureza dos terrenos que o cercavam. Quanto a mim, eu nem me preocupava. Que fossem pliocênicos, miocênicos, eocênicos, cretaceanos, jurássicos, triásicos, permianos, carboníferos, devonianos, silurianos ou primitivos. Mas o professor provavelmente vinha fazendo suas observações e tomando notas, pois em uma das paradas ele me disse:

– Quanto mais avanço, mais confiança tenho. A disposição desses terrenos vulcânicos corrobora totalmente a teoria de Davy. Estamos em pleno solo primordial, solo onde se produziu a operação química dos metais que se inflamam ao contato com o ar e a água. Eu rejeito completamente a teoria de um calor central. Aliás, é o que vamos ver.

Ainda a mesma conclusão. Compreensível que eu não me animasse a discutir. Meu silêncio foi entendido como um assentimento, e a descida recomeçou.

Ao fim de três horas, eu ainda não conseguia ver o fundo da chaminé. Quando erguia a cabeça, eu via o orifício diminuir sensivelmente. Suas paredes, devido à ligeira inclinação, tendiam a se aproximar, e aos poucos ia escurecendo.

Mas continuávamos descendo. Parecia-me que as pedras que se soltavam das paredes desapareciam com uma reverberação mais abafada e que estavam chegando mais rapidamente ao fundo do abismo.

Como tive o cuidado de anotar com exatidão nossas manobras de corda, pude ter a noção exata da profundidade atingida e do tempo decorrido.

Havíamos repetido quatorze vezes aquela manobra que durava cerca de meia hora. Foram, portanto, sete horas, mais quatorze pausas de quinze minutos, ou três horas e meia. No total, dez horas e meia. Partimos a uma hora, então deviam ser 11 horas naquele momento.

Quanto à profundidade à qual havíamos chegado, as quatorze manobras de uma corda de 200 pés davam 2.800 pés.

Naquele momento, ouvimos a voz de Hans:

– *Halt*! – ordenou.

Parei bruscamente quando estava prestes a acertar a cabeça de meu tio com os pés.

– Chegamos – disse este.

– Onde? – perguntei, deslizando para perto dele.

– No fundo da chaminé perpendicular.

– Então não há outra saída?

– Sim, parece haver uma espécie de corredor que dobra para a direita. Veremos isso amanhã. Agora vamos comer e depois dormir.

A escuridão ainda não era completa. Abrimos o saco de provisões, comemos e nos acomodamos do melhor jeito possível em um leito de pedras e pedaços de lava.

Já deitado de costas, abri os olhos e vi um ponto brilhante na extremidade daquele longo tubo de 3.000 pés, que se transformava em uma gigantesca luneta.

Era uma estrela sem qualquer cintilação e que, segundo meus cálculos, devia ser a Beta da Ursa Menor.

Depois caí num sono profundo.

XVIII

Às 8 horas da manhã, um raio de sol veio nos despertar. As mil facetas de lava das paredes o coletavam em sua passagem e o espalhava como uma chuva de faíscas.

A claridade era forte o bastante para que conseguíssemos distinguir os objetos ao redor.

– E então, Axel, que tal? – disse meu tio, esfregando as mãos. – Já passou alguma vez uma noite tão tranquila como essa em nossa casa na Königstrasse? Sem barulho de charretes, sem gritos de vendedores, sem berros de barqueiros!

– Certamente, estamos bem mais tranquilos no fundo deste poço. Mas é justamente essa calma que tem algo de assustador.

– Francamente! – exclamou meu tio. – Se você já está assustado agora, como será mais tarde? Ainda não entramos nem uma polegada nas entranhas da Terra.

– O que está querendo dizer?

– Quero dizer que atingimos somente o solo da ilha! Esse longo tubo vertical, que termina na cratera do Sneffels, para mais ou menos ao nível do mar.

– Tem certeza disso?

– Absoluta. Consulte o barômetro, você vai ver!

De fato. O mercúrio, depois de subir aos poucos no instrumento ao longo de nossa descida, parou em 29 polegadas.

– Está vendo? – continuou o professor. – Temos somente a pressão de uma atmosfera ainda. Mal posso esperar para trocar o barômetro pelo manômetro.

Aquele instrumento de fato se tornaria inútil para nós, assim que o peso do ar ultrapassasse sua pressão calculada ao nível do mar.

– Mas não é preocupante essa pressão sempre crescente?

– Não. Desceremos lentamente, e nossos pulmões se acostumarão a respirar um ar mais comprimido. Os aeronautas sofrem de falta de ar ao subirem às camadas superiores. No nosso caso, talvez tenhamos até demais, mas prefiro assim. Não percamos tempo. Onde está o pacote que entrou na montanha antes de nós?

Lembrei-me então que o havíamos procurado em vão na noite anterior. Meu tio perguntou para Hans, que, depois de olhar atentamente com seus olhos de caçador, respondeu:

– *Der huppe!*

– Lá em cima.

De fato, o pacote estava pendurado em uma saliência do rochedo, a uma centena de pés acima de nossa cabeça. O ágil islandês subiu a parede como um gato e, em poucos minutos, o pacote estava conosco.

– Agora vamos comer – disse meu tio. – Mas vamos comer como quem pode ter uma longa jornada pela frente.

O biscoito e a carne seca foram regados a alguns goles de água com genebra.

Depois da refeição, meu tio sacou do bolso uma caderneta de anotações. Ele pegou sucessivamente seus instrumentos e anotou os seguintes dados:

Segunda-feira, 1º de julho.
Cronômetro: 8h17 da manhã.
Barômetro: 29 p. 7 l.
Termômetro: 6°.
Direção: L.-S.-L.

Fornecida pela bússola, essa última observação se aplicava à galeria escura.

– Agora, Axel, vamos mergulhar de verdade nas entranhas da Terra! – exclamou o professor com entusiasmo. – Este é o momento exato em que começa nossa viagem.

Dito isso, meu tio pegou com uma mão o aparelho de Ruhmkorff pendurado no pescoço. Com a outra, conectou a corrente elétrica à serpentina da lanterna, e uma luz bem forte dissipou as trevas da galeria.

Hans segurava o segundo aparelho, que também foi acionado. Essa engenhosa aplicação da eletricidade nos permitia avançar por mais tempo ao criar um dia artificial, mesmo entre os gases mais inflamáveis.

– Avante! – disse meu tio.

Cada um pegou sua trouxa. Hans encarregou-se de empurrar o pacote de cordas e roupas e entramos na galeria, comigo por último.

No momento de mergulhar naquele corredor escuro, ergui a cabeça e vi, uma última vez, através do imenso tubo, o céu da Islândia, "que eu provavelmente nunca mais voltaria a ver".

A lava, na última erupção de 1229, havia aberto uma passagem através daquele túnel, forrando o interior com um revestimento espesso e brilhante. A luz elétrica se refletia ali, centuplicando sua intensidade.

Toda a dificuldade do trajeto consistia em não escorregar rápido demais sobre uma inclinação de cerca de 45 graus.

Felizmente, a erosão em certos pontos e algumas bolhas faziam as vezes de degraus, e só precisávamos descer deixando nossa bagagem correr presa por uma longa corda.

Mas o que servia de degrau para nossos pés se tornava estalactite em outras paredes. A lava, porosa em determinados pontos, apresentava pequenas bolhas arredondadas. Cristais de quartzo opaco, ornados de límpidas gotas de vidro e suspensos como lustres, pareciam se acender à nossa passagem. Era como se os gênios do abismo iluminassem seu palácio para receber os hóspedes da Terra.

— Isso é magnífico! — exclamei sem querer. — Que espetáculo, tio! Veja só as nuances da lava, que vão do vermelho escuro ao amarelo brilhante em degradês imperceptíveis! E esses cristais que parecem globos luminosos!

— Agora sim, Axel! — respondeu meu tio. — Achou isso esplêndido, meu rapaz? Você verá muitos outros, espero. Andemos, andemos!

Seria mais preciso dizer "escorreguemos", pois descíamos sem esforço os trechos de inclinação. Era o *facilis descensus Averni* de Virgílio. A bússola, que eu consultava com frequência, indicava a direção do sudeste com imperturbável rigor. Essa torrente de lava não desviava nem para um lado, nem para o outro. Tinha a inflexibilidade da linha reta.

No entanto, o calor não aumentava de forma perceptível, o que corroborava as teorias de Davy, e mais de uma vez consultei o termômetro com espanto. Duas horas após a partida, ele continuava a marcar somente 10 graus, ou seja, um aumento de quatro graus. Isso me autorizava a pensar que nossa descida era mais horizontal do que vertical. Quanto a conhecer exatamente a profundidade atingida, nada mais fácil. O professor media com precisão os ângulos de desvio e inclinação do trajeto, mas guardava para si o resultado de suas observações.

À noite, por volta das 8 horas, ele deu o sinal de parada. Hans logo se sentou. As lâmpadas foram penduradas em uma saliência de lava. Estávamos em uma espécie de caverna onde não faltava ar, pelo contrário; algumas brisas chegavam até nós. Qual seria a causa? A qual agitação atmosférica atribuir sua origem? Era uma questão que não procurei resolver naquele momento. A fome e o cansaço me deixaram incapaz de raciocinar. Uma descida de sete horas consecutivas não se faz sem um grande esforço. Eu estava esgotado. A palavra *halt*, portanto, foi agradável de ouvir. Hans colocou algumas provisões sobre um bloco de lava e todos comemos com apetite. No entanto, uma coisa me preocupava: nossa reserva de água já estava pela metade. Meu tio pretendia repô-la nas fontes subterrâneas, mas até então não havíamos encontrado nenhuma. Não pude deixar de chamar sua atenção para esse fato.

– Essa ausência de fontes o surpreende? – perguntou.

– Certamente, e chega a me preocupar. Só temos água para mais cinco dias.

– Fique tranquilo, Axel. Estou dizendo que vamos encontrar água, e mais do que queremos.

– Quando?

– Quando tivermos saído deste invólucro de lava. Como você quer que as fontes jorrem através destas paredes?

– Mas talvez a lava se estenda por grandes profundidades. Parece-me que ainda não avançamos muito verticalmente.

– O que o faz pensar isso?

— Se tivéssemos avançado muito para dentro da crosta terrestre, o calor seria mais forte.

— Segundo sua teoria — respondeu meu tio. — E o que indica o termômetro?

— Nem 15 graus, o que representa um aumento de somente nove graus desde nossa partida.

— Muito bem. Conclua.

— A minha conclusão é a seguinte: segundo as observações mais exatas, o aumento da temperatura no interior da Terra é de um grau a cada 100 pés. Mas certas condições locais podem alterar esse número. Assim, em Yakutsk, na Sibéria, notaram que o aumento de um grau ocorria a cada 36 pés. Isso evidentemente depende da condutibilidade das rochas. Eu diria também que, nos arredores de um vulcão extinto, e através do gnaisse, notaram que a elevação da temperatura era de um grau somente a cada 125 pés. Então adotemos essa última hipótese, que é a mais favorável, e calculemos.

— Calcule, meu rapaz.

— Muito fácil — falei, anotando números em minha caderneta. — Novecentos e vinte e cinco pés dariam mil cento e vinte e cinco pés de profundidade.

— Nada mais exato.

— E então?

— E então que, segundo minhas observações, chegamos a 10 mil pés abaixo do nível do mar.

— Será possível?

— Sim, a menos que os números não sejam mais números!

Os cálculos do professor estavam exatos. Já havíamos ultrapassado em seis mil pés as maiores profundidades já atingidas pelo homem, como a das minas de Kitzbühel, no Tirol, e de Württemberg, na Boêmia.

A temperatura, que deveria estar em 80 graus naquele ponto, era de no máximo 15. Era uma singularidade a se pensar.

XIX

No dia seguinte, terça-feira, 30 de junho, às 6 horas, reiniciamos a descida.

Continuamos seguindo a galeria de lava, uma verdadeira rampa natural, suave como planos inclinados que ainda substituem a escada nas casas antigas. Foi assim até meio-dia e dezessete minutos, momento exato em que alcançamos Hans, que acabava de parar.

– Ah! – exclamou meu tio. – Chegamos à extremidade da chaminé.

Olhei ao meu redor. Estávamos no meio do cruzamento de dois caminhos escuros e estreitos. Qual deveríamos tomar? Difícil saber.

No entanto, não querendo hesitar nem na minha frente, nem na frente do guia, meu tio apontou para o túnel do leste, e logo estávamos nós três ali enfiados.

Aliás, qualquer hesitação perante esses dois caminhos teria se prolongado indefinidamente, pois nenhum indício poderia determinar a escolha de um dos dois. Era preciso entregar ao acaso.

Essa nova galeria tinha uma inclinação pouco perceptível, e sua constituição era bastante desigual. Às vezes uma sucessão de arcos se desdobrava à nossa frente, como as naves laterais de uma catedral gótica. Artistas da Idade Média conseguiriam estudar ali todas as formas dessa arquitetura religiosa inspirada na ogiva. Uma milha adiante, tivemos de nos curvar para não bater a cabeça nos arcos rebaixados de estilo romano, e grossas pilastras cravadas no maciço se dobravam sob as abóbadas. Em certos pontos, essa disposição dava lugar a substruções baixas que lembravam a obra de um castor, e tivemos de rastejar por passagens estreitas.

O calor se mantinha em um nível suportável. Peguei-me pensando em sua intensidade, quando as lavas vomitadas pelo Sneffels se precipitaram por esse caminho agora tão tranquilo. Imaginei as torrentes de fogo quebrando nas curvas da galeria e o acúmulo de vapores superaquecidos naquele lugar estreito!

"Espero que o velho vulcão não resolva retomar algum capricho tardio!", pensei.

Eu não dividia nenhum desses pensamentos com o tio Lidenbrock, que não teria entendido. Sua única ideia era seguir em frente. Ele andava, escorregava e até corria com uma convicção que, no fim das contas, era admirável.

Às 6 horas da noite, após uma caminhada pouco cansativa, já havíamos avançado duas léguas para o sul, mas nem um quarto de milha de profundidade.

Meu tio deu o sinal para o descanso. Comemos sem falar demais, e dormimos sem pensar demais.

Nossos preparativos para a noite eram bem simples: uma coberta de viagem onde nos enrolar, e a cama era essa. Não precisávamos temer nem frio, nem visitas inoportunas. Os viajantes que se embrenham pelos desertos da África ou pelas florestas do Novo Mundo são obrigados a fazer vigílias uns pelos outros durante as horas de sono. Mas ali, era uma solidão absoluta em completa segurança. Não precisávamos temer nada nefasto como selvagens ou animais ferozes.

Despertamos no dia seguinte revigorados e dispostos. Retomamos a viagem, seguindo um caminho de lava como na véspera. Impossível reconhecer a natureza dos terrenos que ele atravessava. O túnel, em vez de penetrar pelas entranhas do globo, tendia a se tornar totalmente horizontal. Creio ter reparado até que ele subia de volta para a superfície terrestre. Essa disposição se tornou tão manifesta por volta das 10 horas da manhã, e depois tão cansativa, que fui obrigado a moderar o passo.

– O que foi, Axel? – perguntou impacientemente o professor.

– O que foi é que não aguento mais – respondi.

– O quê? Depois de três horas de caminhada em um caminho tão fácil?

– Fácil, não digo que não seja, mas cansativo com certeza.

– Como assim? Mas só precisamos descer!

– Estamos subindo, na verdade!

– Subindo, até parece! – disse meu tio, dando de ombros.

– É verdade. Há cerca de meia hora as inclinações começaram a mudar, e se continuarem assim, certamente voltaremos à superfície da Islândia.

O professor balançou a cabeça como quem não quer ser convencido. Tentei retomar a conversa. Ele não me respondeu e deu o sinal de partida. Vi que seu silêncio era sinal de um mau humor represado.

No entanto, peguei de volta meu fardo com coragem e corri atrás de Hans, que ia à frente do meu tio. Eu procurava não ficar para trás, com medo de perder meus companheiros de vista. Tremia só de pensar em me perder nas profundezas daquele labirinto.

Além disso, o caminho ascendente foi se tornando mais difícil, e eu me consolava pensando que ele me aproximava da superfície terrestre. Era uma esperança, confirmada a cada passo.

Ao meio-dia, houve uma mudança de aspecto nas paredes da galeria. Notei que diminuía a luz elétrica refletida pelas muralhas. Depois do revestimento de lava, vinha a rocha viva. O maciço se compunha de camadas inclinadas e muitas vezes dispostas verticalmente. Estávamos em plena época de transição, em pleno período siluriano[10].

– É evidente, os sedimentos das águas formaram, na segunda era geológica, esses xistos, calcários e arenitos! – exclamei. – Demos as costas para o maciço granítico! Estamos como os habitantes de Hamburgo, que tomariam o caminho de Hannover para ir a Lübeck.

Eu devia ter guardado para mim essas observações. Mas meu temperamento de geólogo venceu a prudência, e o tio Lidenbrock ouviu minhas exclamações.

– Como é? – perguntou.

– Veja só! – respondi, mostrando-lhe a sucessão variada de arenitos, calcários e primeiros indícios de terrenos de ardósia.

– E daí?

– Chegamos a este período em que surgiram as primeiras plantas e os primeiros animais!

– Ah, você acha?

– Mas veja, examine, observe!

Fiz com que o professor passasse sua lanterna sobre as paredes da galeria. Fiquei esperando algum tipo de exclamação de sua parte, mas ele não disse palavra e continuou seu caminho.

Será que ele havia me entendido ou não? Seria por orgulho de tio e de cientista que havia se enganado ao escolher o túnel do leste, ou por querer reconhecer essa passagem até o fim? Era

---

[10] Assim chamado porque os terrenos desse período se encontram disseminados na Inglaterra, nas regiões outrora habitadas pelas tribos celtas dos siluros. [N.A.]

evidente que havíamos deixado o caminho das lavas, e que aquele só podia levar à fornalha do Sneffels.

No entanto, eu me perguntava se não estava dando demasiada importância a essa modificação de terrenos. Não estaria eu mesmo enganado? Teríamos mesmo atravessado aquelas camadas de rochas superpostas ao maciço granítico?

"Se eu tiver razão", pensei, "preciso encontrar algum vestígio de planta primitiva, e ele terá de admitir que estou certo. Vou procurar".

Não havia dado nem cem passos quando apareceram provas incontestáveis. Era esperado, pois no período siluriano os mares continham mais de mil e quinhentas espécies vegetais ou animais. Meus pés, habituados ao solo duro das lavas, levantaram de repente um pó feito de restos de plantas e conchas. Nas paredes se viam distintamente marcas de fucus e licopódios. Não tinha como o professor Lidenbrock não ver. Mas ele fechava os olhos, imagino, e continuava andando com um passo invariável.

Era uma teimosia levada ao limite. Não aguentava mais. Peguei uma concha perfeitamente conservada, que havia pertencido a algum animal semelhante ao tatuzinho de hoje. Depois fui até meu tio e disse:

– Veja só!

– Muito bem – respondeu tranquilamente –, é a concha de um crustáceo da ordem extinta dos trilobitas. Nada mais.

– Mas o senhor não conclui...?

– O mesmo que você conclui? Sim. Perfeitamente. Nós abandonamos a camada de granito e a rota das lavas. É possível que eu tenha me enganado. Mas só terei certeza do meu erro quando tiver chegado ao fim desta galeria.

– O senhor tem razão de agir assim, tio, e concordaria totalmente se não tivéssemos de temer um perigo cada vez mais ameaçador.
– Qual?
– A falta de água.
– Pois bem! Vamos racionar, Axel.

XX

De fato, precisávamos racionar. Nossas provisões só durariam mais três dias. Foi o que ficou claro naquela noite, na hora do jantar. Era uma lamentável perspectiva, mas tínhamos poucas esperanças de encontrar algum manancial naqueles terrenos da época de transição.

Durante o dia seguinte inteiro percorremos a galeria com seus intermináveis arcos. Andávamos quase sem falar. O mutismo de Hans nos contagiou.

O caminho não subia, ao menos não de forma perceptível. Às vezes parecia até mesmo descer. Mas essa tendência, pouco acentuada, não tranquilizaria o professor, pois a natureza das camadas não se modificava, e o período de transição ia se confirmando.

A luz elétrica fazia brilharem esplendidamente os xistos, o calcário e os velhos arenitos vermelhos das paredes. Parecíamos estar em uma vala aberta no meio de Devonshire, que deu seu nome a esse tipo de terreno. Magníficos espécimes de mármores revestiam as muralhas; uns de ágata cinza com veios brancos, de padrão errático, outros de cor carmim ou amarelo manchado de placas vermelhas; mais além, amostras de outros mármores vermelhos em tons escuros, onde o calcário se destacava em nuances vivas.

A maior parte desses mármores traziam marcas de animais primitivos. Mas desde a véspera a Criação havia feito um progresso evidente. Em vez dos trilobitas rudimentares, vi vestígios de uma ordem mais perfeita: entre outros, peixes ganoides e sauropterígios nos quais o olhar do paleontólogo soube descobrir as primeiras formas répteis. Os mares devonianos eram habitados por um grande número de animais dessa espécie, cujos vestígios foram depositados aos milhares sobre os rochedos recém-formados.

Tornava-se evidente que estávamos subindo a escala da vida animal, cujo topo é ocupado pelo homem. Mas o professor Lidenbrock não parecia prestar atenção a isso.

Ele esperava duas coisas: ou que um poço vertical se abrisse a seus pés e lhe permitisse retomar a descida, ou que um obstáculo o impedisse de continuar por aquele caminho. Mas a noite caiu sem que qualquer das expectativas fosse realizada.

Na sexta-feira, após uma noite em que comecei a sentir os tormentos da sede, nosso pequeno grupo voltou a mergulhar nos meandros da galeria.

Após dez horas de caminhada, notei que a reverberação de nossas lâmpadas contra as paredes diminuía singularmente. O mármore, o xisto, o calcário, os arenitos das muralhas davam lugar a um revestimento escuro e sem brilho. Em um momento em que o túnel ficou bem estreito, apoiei-me contra sua parede.

Quando retirei a mão, ela estava completamente preta. Olhei mais de perto. Estávamos no meio de uma mina de carvão.

– Uma mina de carvão! – exclamei.

– Uma mina sem mineiros – respondeu meu tio.

– Hein? Como sabe disso?

– Eu sei – respondeu o professor secamente –, e tenho certeza de que a galeria que atravessa essas camadas de carvão não foi perfurada pela mão de homens. Mas pouco me importa que seja obra da natureza ou não. Está na hora de comer, vamos.

Hans preparou alguns alimentos. Mal consegui comer, e bebi as poucas gotas de água que compunham minha ração. O cantil do guia estava pela metade, e era tudo que restava para matar a sede de três homens.

Após a refeição, meus dois companheiros deitaram-se sobre suas cobertas e encontraram no sono um remédio para a fadiga. Já eu não consegui dormir, e contei as horas até o amanhecer.

No sábado, às 6 horas, demos prosseguimento à viagem. Vinte minutos depois, chegamos a uma grande escavação. Reconheci então que a mão do homem não poderia ter cavado aquela mina de carvão. As abóbadas teriam sido escoradas, sendo que na verdade elas só estavam de pé por algum milagre de equilíbrio.

Aquela espécie de caverna contava 100 pés de largura por 150 de altura. O terreno havia sido aberto com violência por algum abalo subterrâneo. O maciço terrestre, cedendo a alguma potente pressão, se deslocou, deixando aquele amplo vazio onde habitantes da Terra penetravam pela primeira vez.

Toda a história do período carbonífero estava escrita naquelas paredes escuras, e um geólogo conseguiria facilmente seguir suas diversas fases. Os leitos de carvão estavam separados por estratos compactos de arenito e argila, como se esmagados pelas camadas superiores.

Nesse período do mundo que precedeu a era secundária, a Terra se recobriu de imensas vegetações devido à dupla ação de um calor tropical e de uma umidade persistente. Uma atmosfera de vapores envolvia o globo por todas as partes, bloqueando ainda mais os raios de Sol.

Daí a conclusão de que as altas temperaturas não provinham desse novo foco de calor. Talvez o próprio astro-rei não estivesse disposto a exercer seu papel resplandecente. Os "climas" não existiam ainda, e um calor tórrido se espalhava pela superfície inteira do planeta, do Equador até os polos. De onde vinha, então? Do interior da Terra.

A despeito das teorias do professor Lidenbrock, um fogo violento ardia lentamente nas entranhas do esferoide, e sua ação era sentida até nas últimas camadas da crosta terrestre. As plantas, privadas dos benignos eflúvios do Sol, não davam nem flores, nem perfume, mas suas raízes extraíam força vital dos terrenos escaldantes dos primeiros tempos.

Havia poucas árvores, somente plantas herbáceas, imensas relvas, samambaias, licopódios, sigilárias, asterófilos, famílias raras cujas espécies existiam aos milhares na época.

Ora, a origem da hulha era justamente aquela exuberante vegetação. A crosta elástica do globo obedecia aos movimentos da massa líquida que ela recobria, daí as fissuras e os vários afundamentos. As plantas, arrastadas para o fundo das águas, foram formando aos poucos depósitos consideráveis.

Então veio a ação da química natural; no fundo dos mares, primeiro as massas vegetais viraram turfa. Depois, graças à influência dos gases, e sob o fogo da fermentação, sofreram uma mineralização completa.

E foi assim que se formaram essas imensas camadas de carvão que um consumo excessivo deve esgotar, em menos de três séculos, se os povos industriais não tomarem cuidado.

Essas reflexões me vinham à cabeça enquanto eu considerava as riquezas carboníferas acumuladas naquela porção do maciço terrestre, que certamente nunca seriam descobertas. A exploração dessas minas recuadas exigiria sacrifícios grandes demais. Além disso, não haveria porquê, uma vez que existe hulha distribuída por toda a superfície terrestre, em um grande número de regiões. Pelo que eu via daquelas camadas intactas, elas ficariam intactas até o fim dos tempos.

Entretanto nós andávamos, e eu era o único de meus companheiros a esquecer a extensão do caminho para me perder em meio a considerações geológicas. A temperatura permanecia a mesma desde nossa passagem pelo meio das lavas e dos xistos. Mas meu olfato sentiu um pronunciado cheiro de protocarboneto de hidrogênio. Reconheci imediatamente, naquela galeria, a presença de uma notável quantidade de fluido perigoso ao qual os mineiros deram o nome de grisu, e cuja explosão tantas catástrofes horríveis causou.

Felizmente, tínhamos a iluminação dos engenhosos aparelhos de Ruhmkorff. Se por azar tivéssemos imprudentemente explorado aquela galeria de tocha nas mãos, uma terrível explosão teria acabado com a viagem ao eliminar os viajantes.

Essa excursão mina de carvão adentro durou até a noite. Meu tio mal conseguia conter a impaciência que a horizontalidade do caminho lhe causava. A escuridão, que aumentava a cada vinte passos, impedia uma estimativa do comprimento da galeria, e comecei a achar que ela era interminável, quando, de repente, às 6 horas, um muro surgiu inesperadamente à nossa frente. Não havia nenhuma passagem nem à direita, nem à esquerda, nem em cima e nem embaixo. Havíamos chegado a um beco sem saída.

– Muito bem! Melhor assim! – exclamou meu tio. – Pelo menos sei o que esperar. Não estamos no caminho de Saknussemm, e só nos resta voltar. Vamos descansar por uma noite, e em menos de três dias teremos voltado ao ponto onde as duas galerias se bifurcam.

– Sim, se tivermos força! – disse.

– E por que não?

– Porque amanhã já não teremos mais água.

– E faltará coragem também? – perguntou o professor, olhando-me severamente.

Não me atrevi a responder.

XXI

No dia seguinte, partimos ao amanhecer. Precisávamos nos apressar. Estávamos a cinco dias de caminhada da encruzilhada.

Não me demorarei nos sofrimentos de nosso retorno. Meu tio os suportou com a raiva de um homem que não se sente o mais forte; Hans, com a resignação de sua natureza pacífica; eu, confesso, lamentando-me e desesperando-me. Não tinha ânimo contra aquela má fortuna.

Assim como eu havia previsto, a água acabou de vez no final do primeiro dia de caminhada. Nossa provisão líquida se reduziu então à genebra. Mas aquela bebida infernal queimava a garganta, e eu não aguentava nem mesmo vê-la. Eu sentia o tempo abafado, e a fadiga me paralisava. Por mais de uma vez, quase desmaiei. Nesses momentos fazíamos pausas, e meu tio ou o islandês faziam o possível para me reconfortar. Mas eu já via que o primeiro reagia mal contra a extrema fadiga e as torturas vindas da privação de água.

Por fim, na terça-feira, 8 de julho, chegamos rastejando e semimortos ao ponto de junção das duas galerias, onde permaneci como uma massa inerte, deitado sobre o solo de lava. Eram 10 horas da manhã.

Hans e meu tio, apoiados na parede, tentaram roer alguns pedaços de biscoito. Longos gemidos escapavam de meus lábios entumescidos. Cai num sono profundo.

Depois de algum tempo, meu tio aproximou-se de mim e me levantou em seus braços:

– Pobre criança! – ele murmurou com um tom sincero de piedade.

Fiquei comovido com aquelas palavras, uma vez que não estava acostumado com manifestações de ternura do áspero professor. Segurei suas mãos trêmulas nas minhas. Ele entregou os pontos, olhando para mim. Seus olhos estavam marejados.

Eu o vi então pegando o cantil pendurado ao seu lado. Para meu grande espanto, ele o aproximou de meus lábios.

– Beba – ele disse.

Será que eu havia ouvido direito? Meu tio estaria louco? Olhei para ele com um ar confuso. Não queria entender.

– Beba – repetiu.

E, levantando seu cantil, ele o esvaziou entre meus lábios.

Ah, que alegria infinita! Um gole d'água veio umedecer minha boca ardente, um único, mas o suficiente para resgatar em mim a vida que se esvaía.

Uni as mãos em um gesto de agradecimento ao meu tio.

– Sim, um gole! O último! Ouviu bem? O último! Eu o havia guardado cuidadosamente no fundo de meu cantil. Por vinte, cem vezes, tive de resistir ao desejo de beber! Mas reservei para você, Axel.

– Tio! – murmurei, enquanto meus olhos se enchiam de lágrimas.

– Sim, pobre criança, eu sabia que ao chegar a esta encruzilhada você cairia semimorto, e guardei minhas últimas gotas de água para reanimá-lo.

– Obrigado! Obrigado! – exclamei.

Minha sede pouco foi saciada, mas consegui recuperar um pouco de minhas forças. Os músculos da garganta, até então contraídos, relaxaram, e meus lábios desincharam. Eu já conseguia falar.

– Muito bem – eu disse –, agora só temos uma decisão a tomar. Como estamos sem água, temos de voltar.

Enquanto eu falava, meu tio evitava me olhar. De cabeça baixa, seus olhos fugiam dos meus.

– Precisamos voltar – exclamei – e retomar o caminho do Sneffels. Que Deus nos dê forças para subir até o topo da cratera!

– Voltar? – disse meu tio, como se respondesse mais a si mesmo do que a mim.

– Sim, voltar, e sem perder um instante.

Houve um momento de silêncio bastante longo.

– Quer dizer, Axel – continuou o professor em um tom estranho –, que essas gotas de água não lhe devolveram a coragem e a energia?

– Coragem, sim!

– Vejo você abatido como antes, e ainda com palavras de desespero!

Com que tipo de homem eu estava lidando, e que planos passavam por aquela mente audaciosa?

– Não me diga que o senhor...?

– Desistir desta expedição, no momento em que tudo indica seu sucesso? Jamais!

– Então temos de nos resignar à morte?

– Não, Axel, não! Vá. Não quero que morra! Hans vai acompanhá-lo. Deixe-me sozinho!

– Deixá-lo sozinho?

— Deixe-me, já disse! Comecei esta viagem e irei até o fim, ou não voltarei. Vá embora, Axel, vá!

Meu tio falava com extrema exaltação. Sua voz, suave por um instante, voltou a se tornar dura e ameaçadora. Ele lutava com sinistra energia contra o impossível! Eu não queria abandoná-lo no fundo daquele abismo, mas por outro lado, meu instinto de preservação me levava a fugir.

O guia acompanhava a cena com sua costumeira indiferença. Mas ele entendia o que se passava entre seus dois companheiros: nossos gestos indicavam bem o caminho diferente para onde cada um de nós tentava arrastar o outro. Mas Hans parecia se interessar pouco à questão na qual sua existência estava em jogo, pronto para partir dado o sinal, e pronto para ficar se assim seu mestre quisesse.

Como eu queria que ele pudesse me entender naquele instante! Minhas palavras, meus gemidos, minha entonação, teriam vencido sua frieza. Eu o faria entender os perigos dos quais ele não parecia suspeitar. Quem sabe nós dois conseguiríamos convencer o teimoso professor? Se necessário, nós o levaríamos à força até o topo do Sneffels!

Aproximei-me de Hans. Pus a mão sobre a sua, e ele não se mexeu. Mostrei a ele o caminho da cratera. Ele permaneceu imóvel. Minha expressão ofegante entregava todas as minhas angústias. O islandês mexeu levemente a cabeça e apontou tranquilamente para meu tio:

— *Master* — ele disse.

— Patrão? — exclamei. — Seu louco! Não, ele não é dono da sua vida! Precisamos fugir! E arrastá-lo conosco! Está me entendendo?

Agarrei Hans pelo braço. Queria obrigá-lo a se levantar. Eu lutava com ele. Meu tio interveio.

— Calma, Axel — ele disse. — Você não conseguirá nada desse impassível servidor. Então escute o que tenho a lhe propor.

Cruzei os braços, olhando meu tio de frente.

— A falta de água — ele disse — é o único obstáculo para a realização de meus planos. Nessa galeria do leste, feita de lava, xisto, hulha, não encontramos uma única molécula líquida. É possível que tenhamos mais sorte ao seguirmos o túnel do oeste.

Eu balançava a cabeça com um ar de profunda incredulidade.

— Escute-me com atenção até o fim — continuou o professor, forçando a voz. — Enquanto você estava deitado, imóvel, fui reconhecer a distribuição desta galeria. Ela penetra diretamente nas entranhas da Terra e, em poucas horas, nos levará até o maciço granítico. Lá devemos encontrar uma abundância de fontes. A natureza da rocha assim indica, e o instinto se alinha com a lógica para corroborar minha convicção. Vou lhe propor o seguinte: quando Colombo pediu três dias à sua tripulação para encontrar as terras novas, sua tripulação, doente e assustada, atendeu ao seu pedido, e ele descobriu um novo mundo. Eu, o Colombo destas regiões subterrâneas, só estou lhe pedindo mais um dia. Passado esse tempo, se eu não tiver encontrado a água que nos falta, juro que voltaremos à superfície da Terra.

Apesar de minha irritação, fiquei emocionado com aquelas palavras e com a violência que meu tio usava consigo mesmo para falar daquele jeito.

— Está bem! — exclamei. — Façamos como quiser, e que Deus recompense sua energia sobre-humana. Só restam algumas horas para tentar a sorte. Avante!

XXII

Dessa vez a descida recomeçou pela outra galeria. Hans andava à frente, como de costume. Ainda não havíamos dado cem passos quando o professor, passando sua lâmpada junto às muralhas, exclamou:

– Veja, são os terrenos primitivos! Estamos no caminho certo! Em frente, em frente!

Quando a Terra foi se resfriando pouco a pouco em seus primórdios, a diminuição de seu volume produziu na crosta deslocamentos, rupturas, retrações e fendas. O corredor onde estávamos era uma dessas fissuras e foi por onde, no passado, o granito eruptivo se derramou. Suas milhares de curvas formavam um inextricável labirinto através do solo primordial.

À medida que íamos descendo, a sucessão de camadas que compunham o terreno primitivo aparecia com mais nitidez. A geologia considera esse terreno primitivo a base da crosta mineral, e reconhece que ele é composto de três camadas diferentes de xisto, gnaisse e micaxisto, assentadas sobre essa rocha inabalável chamada granito.

Ora, nunca os mineralogistas haviam encontrado circunstâncias tão maravilhosas para estudar a natureza *in loco*. Tudo o que a sonda, máquina inteligente e brutal, não conseguia trazer sobre sua textura interna à superfície do globo, nós íamos estudar com os próprios olhos, tocar com nossas mãos.

As camadas de xisto, coloridas de belas nuances de verde, eram atravessadas por sinuosos veios metálicos de cobre e manganês com alguns vestígios de platina e de ouro. Eu pensava naquelas riquezas enfiadas nas entranhas da Terra, das quais a ganância humana jamais desfrutaria! Os tremores dos primórdios enterraram esses tesouros de forma tão profunda que nem a picareta, nem o aluvião conseguiriam arrancar de seu túmulo.

Depois do xisto vinha o gnaisse, de estrutura estratiforme, notável pela regularidade e pelo paralelismo de suas folhas, e em seguida o micaxisto, disposto em grandes lâminas realçadas pelo cintilar da mica branca.

A luz dos aparelhos, refletida pelas pequenas facetas da massa rochosa, cruzava seus jatos de fogo sob todos os ângulos, e eu me imaginava viajando dentro de um diamante oco, no qual os raios se partiam em milhares de faíscas.

Por volta das 6 da tarde, aquela festa de luzes diminuiu sensivelmente, chegando quase a cessar. As paredes assumiram um tom cristalizado, mas escuro. A mica se misturou de forma mais íntima ao feldspato e ao quartzo para formar a rocha por excelência, a pedra mais dura de todas, a que sustenta, sem ser esmagada, os quatro níveis de terreno do globo. Estávamos murados dentro da imensa prisão de granito.

Eram 8 horas da noite e ainda não tínhamos água. Eu sofria terrivelmente. Meu tio caminhava à frente, sem querer parar, de ouvidos atentos para tentar surpreender ruídos de alguma fonte. Em vão.

Contudo, minhas pernas recusavam-se a me levar. Eu resistia às minhas torturas para não obrigar meu tio a parar. Teria sido para ele desesperador, pois o dia terminava, o último que lhe restava.

Por fim, minhas forças me abandonaram. Soltei um grito e caí.
– Socorro! Estou morrendo!

Meu tio voltou. Ele olhou para mim e cruzou os braços, depois soltou palavras surdas pela boca:

– É o fim de tudo!

Um assustador gesto de fúria foi a última coisa que vi, e fechei os olhos.

Quando tornei a abri-los, vi meus dois colegas imóveis e enrolados em seus cobertores. Estariam dormindo? Quanto a mim, eu não conseguia pregar o olho. Sofria demais, sobretudo com a ideia de que meu mal não teria remédio. As últimas palavras de meu tio não saíam da minha cabeça. "É o fim de tudo!", pois em tal estado de fragilidade não se podia nem mesmo pensar em voltar à superfície do globo.

Seria uma légua e meia de crosta terrestre! Era como se aquela massa toda pesasse sobre meus ombros. Sentia-me esmagado e esgotava-me em esforços violentos para me virar sobre minha cama de granito.

Algumas horas se passaram. Um silêncio profundo reinava ao nosso redor, um silêncio sepulcral. Nada atravessava aquelas muralhas, das quais a mais fina devia medir cinco milhas de espessura.

No entanto, quando estava quase caindo no sono achei ter ouvido um ruído. O túnel ficou escuro. Olhei mais atentamente e pensei ter visto o islandês desaparecer, com uma lâmpada na mão.

Por que estava indo embora? Hans nos abandonava? Meu tio dormia. Quis gritar, mas minha voz não conseguia passar por entre meus lábios ressecados. A escuridão se aprofundou e os últimos ruídos acabavam de se apagar.

– Hans está nos abandonando! – exclamei. – Hans! Hans!

Gritei essas palavras para mim mesmo. Elas não iam além. No entanto, passado o primeiro momento de pavor, senti vergonha por desconfiar de um homem cuja conduta nunca tivera nada de suspeito até então. Sua partida não podia ser uma fuga. Em vez de subir pela galeria, ele a descia. Uma má intenção o teria levado para cima, não para baixo. Esse raciocínio me acalmou um pouco, e voltei a uma outra ordem de pensamento. Só um motivo grave poderia ter arrancado o tranquilo Hans de seu repouso. Será que estava prestes a descobrir algo? Teria ouvido durante o silêncio da noite algum murmúrio que não percebi?

XXIII

Durante uma hora imaginei, com meu cérebro delirante, todas as razões que poderiam ter feito o tranquilo caçador agir daquela maneira. As ideias mais absurdas se incrustaram na minha cabeça. Achei que fosse enlouquecer!

Mas, afinal, um barulho de passos surgiu das profundezas do abismo. Hans estava subindo. Uma luz trêmula começou a deslizar pelas paredes, depois passou pela abertura do corredor. Hans apareceu.

Aproximou-se de meu tio, colocou a mão sobre seu ombro e o acordou gentilmente. Meu tio se levantou.

– O que foi? – perguntou.

– *Vatten* – respondeu o caçador.

Ao que tudo indica, dores violentas inspiram qualquer um a se tornar poliglota. Eu não sabia nenhuma palavra em dinamarquês, mas intuitivamente entendi o que nosso guia estava dizendo.

– Água! Água! – exclamei batendo as mãos, gesticulando como um louco.

– Água! – repetia meu tio. – *Hvar?* – perguntou ao islandês.

– *Nedat* – respondeu Hans.

Onde? Embaixo! Eu conseguia entender tudo. Segurei e apertei as mãos do caçador enquanto ele me olhava com tranquilidade.

Os preparativos da partida não demoraram, e em pouco tempo descemos um corredor cuja inclinação atingia dois pés por toesa.

Uma hora mais tarde, já havíamos caminhado cerca de mil toesas e descido dois mil pés.

Naquele momento, ouvimos distintamente um som estranho correndo pelos flancos da muralha granítica, uma espécie de rugido surdo, como um trovão distante. Durante aquela primeira meia hora de caminhada não encontramos a fonte anunciada, e comecei a sentir minha angústia voltar. Então meu tio me contou sobre a origem dos barulhos.

– Hans não se enganou – ele disse. – O que você está ouvindo é o rumor de uma torrente.

– Uma torrente? – exclamei.

– Não há dúvidas. Há um rio subterrâneo circulando ao nosso redor!

Apressamos o passo, empolgados e esperançosos. Eu nem sentia mais o cansaço. Aquele barulho de água murmurante já me refrescava. A torrente, depois de se manter por muito tempo acima de nossa cabeça, agora corria pela parede esquerda, rugindo e saltando. Eu passava o tempo todo minha mão sobre a pedra, na esperança de encontrar sinais de umidade ou exsudação. Em vão.

Mais meia hora se passou e mais meia légua foi vencida.

Tornou-se evidente, então, que o caçador, durante sua ausência, não havia conseguido prolongar suas buscas para além daquele ponto. Guiado por um instinto particular aos montanheses e aos hidróscopos, ele "sentiu" a torrente através da rocha, mas certamente não havia visto o precioso líquido nem saciado sua sede.

Logo vimos que se continuássemos caminhando, nos afastaríamos da torrente, cujo murmúrio parecia diminuir.

Demos meia-volta. Hans parou no exato ponto em que a torrente parecia estar mais próxima.

Sentei-me perto da muralha, enquanto as águas corriam a dois pés de mim com extrema violência. Mas um muro de granito ainda nos separava.

Sem pensar, sem me perguntar se haveria algum meio de obter aquela água, senti um primeiro momento de desespero.

Hans olhou para mim e pensei ter visto um sorriso se esboçar em seus lábios.

Ele levantou-se e pegou a lanterna. Eu o segui. Ele dirigiu-se para a muralha e fiquei olhando. Colou o ouvido contra a pedra seca e a auscultou lentamente, com o maior cuidado. Entendi que ele buscava o ponto exato em que a torrente mais fazia barulho. Encontrou-o na parede lateral esquerda, a três pés acima do chão.

Que emoção senti! Não me atrevi a adivinhar o que o caçador queria fazer! Mas tive de compreendê-lo e aplaudi-lo, e enchê-lo de carinhos, quando o vi pegar sua picareta para atacar a rocha.

– Estamos salvos! – exclamei. – Salvos!

– Sim – repetia meu tio freneticamente –, Hans tem razão! Ah, que bravo caçador! Nunca teríamos encontrado isso!

Concordo! Uma ideia dessas, por mais simples que fosse, nunca nos teria ocorrido. Nada mais perigoso do que atacar com uma picareta aquele alicerce do globo. E se tudo desmoronasse? E se a torrente, ao atravessar a rocha, nos engolisse? Eram riscos nada impossíveis, mas o medo de desmoronamento ou de inundação não podia nos deter, e nossa sede era tão intensa que por ela teríamos escavado até o leito do oceano.

Hans pôs-se a trabalhar de um jeito que nem eu, nem meu tio teríamos conseguido. Nossas mãos impacientes teriam estourado a rocha com golpes precipitados. O guia, pelo contrário, calmo e moderado, foi aos poucos desgastando a rocha com uma série de pequenos golpes, perfurando uma abertura de meio pé de largura. Eu ouvia o barulho da torrente aumentar e já imaginava a bendita água jorrando sobre meus lábios.

A picareta logo entrou dois pés na muralha de granito. Já passava de uma hora de trabalho, e eu me contorcia de impaciência! Meu tio queria atacar com tudo. Tentei contê-lo, e ele já estava agarrando sua picareta quando ouvimos um assobio. Um jato d'água se esguichou pela muralha e bateu na parede oposta.

Hans, meio atordoado pelo choque, não conteve um grito de dor. Entendi o motivo quando mergulhei as mãos no jato líquido e também gritei: a água fervia.

– Água a cem graus! – exclamei.

– Tudo bem, ela vai esfriar – respondeu meu tio.

O corredor se enchia de vapores, enquanto um riacho se formava e ia se perder nas sinuosidades subterrâneas. Logo depois pudemos beber nosso primeiro gole.

Ah, que delícia! Que volúpia incomparável! Que água era aquela? De onde vinha? Pouco importava. Era água, e mesmo quente ela devolvia ao coração a vida prestes a fugir. Eu bebia sem parar, sem nem mesmo sentir o gosto.

Foi só depois de um minuto de deleite que percebi:

– Mas é água ferruginosa!

– Excelente para o estômago – respondeu meu tio –, de alta mineralização! Eis uma viagem digna de Spa ou Toeplitz!

– Ah, como é boa!

– É verdade, uma água que brota a duas léguas abaixo da terra. Tem um gosto de tinta nada desagradável. Uma bela fonte que Hans nos propiciou! Por isso proponho dar seu nome a este riacho salvador.

— Muito bem! — exclamei.

E o nome *Hans-bach* logo foi adotado. Hans não sentiu orgulho por isso. Depois de refrescar-se moderadamente, agachou-se em um canto com sua calma habitual.

— Agora — falei —, não podemos deixar essa água se perder.

— Mas por quê? — respondeu meu tio. — Suspeito que a fonte seja inesgotável.

— E daí? Vamos encher o odre e os cantis, depois tentaremos tampar a abertura.

Resolveram seguir meu conselho. Hans tentou tampar o entalhe feito na parede com lascas de granito e estopa. Não foi tarefa fácil. Ele queimava as mãos e não conseguia. A pressão era bastante considerável, e nossos esforços eram em vão.

— É evidente que os lençóis superiores desse curso d'água estão situados a uma grande altura, a julgar pela força do jato — disse.

— Não duvido — replicou meu tio —, são mil atmosferas de pressão, se essa coluna d'água tiver 32 mil pés de altura. Mas tive uma ideia.

— Qual?

— Por que insistirmos em fechar esse buraco?

— Ora, porque...

Não consegui encontrar uma boa razão.

— Para quando nossos cantis estiverem vazios, termos certeza de que poderemos enchê-los?

— Evidente que não.

— Bem, então deixemos essa água correr. Ela descerá naturalmente e servirá para guiar e refrescar quem estiver pelo caminho.

– Bem pensado! – exclamei. – Com esse riacho como companheiro, não temos mais nenhum motivo para não termos sucesso em nossos planos.

– Ah, está pegando o espírito da coisa, meu rapaz! – disse o professor, rindo.

– Melhor, espírito e alma.

– Calma! Comecemos por descansar algumas horas.

Esqueci completamente que já era noite. O cronômetro encarregou-se de me lembrar. Em pouco tempo, suficientemente restaurados e refrescados, estavam todos dormindo profundamente.

XXIV

No dia seguinte já havíamos esquecido nossas dores passadas. Primeiro espantei-me de não ter mais sede, e me perguntei o motivo. A resposta veio com o murmúrio do riacho que corria aos meus pés.

Comemos e bebemos daquela excelente água ferruginosa. Eu me sentia revigorado e decidido a ir mais longe. Por que um homem convicto como meu tio não teria sucesso, com um guia cuidadoso como Hans e um sobrinho "determinado" como eu? Eram ideias belas como essas que passavam pela minha cabeça! Se me propusessem voltar ao cume do Sneffels, eu teria recusado com indignação.

Mas, felizmente, só precisávamos descer.

– Vamos! – exclamei, despertando com minha empolgação os velhos ecos do globo.

A caminhada recomeçou na quinta-feira às 8 horas da manhã. O corredor de granito, com suas sinuosas voltas, apresentava ângulos inesperados e lembrava um labirinto. Mas, de forma geral, sua direção principal era sempre para o sudeste. Meu tio consultava constantemente sua bússola, com o maior cuidado, para acompanhar o caminho percorrido.

A galeria avançava quase horizontalmente, com duas polegadas de inclinação a cada toesa, no máximo. O riacho corria sem pressa, murmurando sob nossos pés. Eu o comparava a algum espírito familiar que nos guiava Terra adentro, e com a mão eu acariciava a tépida náiade cujos cantos acompanhavam nossos passos. Meu bom humor assumia um viés mitológico.

Já meu tio, "o homem das verticais", praguejava contra a horizontalidade do trajeto. Seu caminho se alongava indefinidamente e, em vez de deslizar ao longo do raio terrestre, para usar sua expressão, seguia pela hipotenusa. Mas não tínhamos escolha, e enquanto estivéssemos nos encaminhando para o centro, por mais devagar que fosse, não tínhamos do que nos queixar.

Além disso, de tempos em tempos as inclinações se acentuavam. A náiade se punha a degringolar rugindo, e descíamos mais profundamente junto com ela.

No geral, naquele dia e no seguinte, caminhamos muito horizontalmente e pouco na vertical.

Na sexta-feira à noite, 10 de julho, segundo nossos cálculos, devíamos estar trinta léguas a sudeste de Reykjavik e a uma profundidade de duas léguas e meia.

Sob nossos pés abriu-se então um poço bastante assustador. Meu tio não se conteve e bateu palmas, calculando a declividade.

– Eis quem nos levará longe – exclamou –, e com facilidade, pois as saliências da rocha formam uma verdadeira escada!

As cordas foram esticadas por Hans de maneira a evitar qualquer acidente. A descida começou. Não ouso chamá-la de perigosa, pois já estava familiarizado com esse tipo de exercício.

Aquele poço era uma fenda estreita aberta no maciço, do tipo que se chama de "falha". Ela evidentemente havia sido produzida pela contração do alicerce terrestre, na época de seu resfriamento. Se outrora ela serviu de passagem para as matérias eruptivas vomitadas pelo Sneffels, não sei dizer como estas não deixaram ali nenhum vestígio. Descíamos por uma espécie de parafuso que poderia ter sido feito por um humano.

A cada quarto de hora fazíamos uma pausa para esticar as pernas e descansar. Sentávamos em alguma saliência, com as pernas balançando, e conversávamos enquanto comíamos. A sede era saciada no riacho.

Desnecessário dizer que, naquela falha, o *Hans-bach* formava uma cascata apesar do volume. Mas era mais do que suficiente para aplacar nossa sede. Além disso, com as declividades menos acentuadas, ele inevitavelmente retomaria seu pacífico curso. Naquele momento ele me lembrava meu digno tio, com sua impaciência e sua ira, enquanto pelos declives suaves era a pura tranquilidade do caçador islandês.

Nos dias 6 e 7 de julho, seguimos as espirais dessa falha, penetrando ainda duas léguas para dentro da crosta terrestre, o que dava quase cinco léguas abaixo do nível do mar. Mas no dia 8, por volta do meio-dia, a falha adquiriu uma inclinação muito mais suave na direção do sudeste, de cerca de quarenta e cinco graus.

O caminho se tornou fácil e de uma perfeita monotonia. Era difícil ser diferente, uma vez que não havia qualquer variação na paisagem que marcasse nossa viagem.

Por fim, na quarta-feira, dia 15, chegamos a sete léguas abaixo da terra e a cerca de cinquenta léguas do Sneffels. Apesar do cansaço, nossa saúde se mantinha em um estado tranquilizador, e a farmácia da viagem permanecia intacta.

Meu tio verificava de hora em hora as indicações da bússola, do cronômetro, do manômetro e do termômetro, as mesmas que ele publicou no relato científico da viagem. Dessa forma, ele conseguia facilmente ficar a par da situação. Quando ele me falou que estávamos a uma distância horizontal de cinquenta léguas, não consegui conter uma exclamação.

– O que foi? – ele perguntou.
– Nada, só estou fazendo uma reflexão.
– Qual, meu jovem?
– É que se seus cálculos estiverem corretos, não estamos mais sob a Islândia.
– Você acha?
– É fácil confirmar.
Tirei minhas medidas com o compasso sobre o mapa.
– Não estava enganado – eu disse. – Nós passamos do cabo Portland, e essas cinquenta léguas a sudeste nos colocam em alto-mar.
– Sob alto-mar – corrigiu-me meu tio, esfregando as mãos.
– Então o oceano está acima de nossas cabeças? – exclamei.
– Ora, Axel, nada mais natural! Não há minas de carvão em Newcastle que avançam por baixo das águas?

O professor podia achar essa situação muito simples, mas a ideia de andar sob a massa das águas me preocupava. E, no entanto, pouco importava que fossem as planícies e as montanhas da Islândia suspensas sobre nossa cabeça ou as águas do Atlântico, contanto que a estrutura granítica fosse sólida. Quanto ao resto, acostumei-me prontamente a essa ideia, pois o corredor, ora reto, ora sinuoso, imprevisível tanto em suas inclinações quanto em suas curvas, mas sempre na direção do sudeste, penetrando cada vez mais, nos levava rapidamente a grandes profundidades.

Quatro dias mais tarde, na noite de sábado, 18 de julho, chegamos a uma espécie de gruta muito grande. Meu tio pagou a Hans seus três risdales semanais e ficou decidido que o dia seguinte seria de descanso.

XXV

Então foi sem a preocupação habitual de uma partida iminente que acordei no domingo de manhã. E ainda que fosse para o mais profundo dos abismos, não deixava de ser agradável. Aliás, estávamos nos acostumando com aquela vida de trogloditas. Eu nem pensava no Sol, nas estrelas, na Lua, nas árvores, nas casas, nas cidades, em todos esses supérfluos terrestres que o ser sublunar adotou como necessidade. Em nossa qualidade de fósseis, desdenhávamos dessas maravilhas inúteis.

A gruta formava uma ampla sala. Sobre seu solo granítico corria suavemente o fiel riacho. A tamanha distância da fonte, sua água não passava da temperatura ambiente e podia ser bebida sem dificuldades.

Após o desjejum, o professor quis passar algumas horas colocando em ordem suas anotações diárias.

– Primeiro – disse ele –, vou fazer cálculos para um levantamento exato de nossa localização. Quero poder traçar um mapa da viagem durante nossa volta, uma espécie de secção vertical do globo, que dará o perfil da expedição.

– Seria muito interessante, tio. Mas será que suas observações terão um grau suficiente de precisão?

– Sim. Anotei com cuidado os ângulos e as inclinações. Tenho certeza de que não me enganei. Vejamos primeiro onde estamos. Pegue a bússola e observe a direção que ela indica.

Olhei para o instrumento e, após um exame atento, respondi:
— Leste quarto sudeste.
— Ótimo! — disse o professor, anotando a observação e fazendo alguns cálculos rápidos. — Concluo que percorremos oitenta e cinco léguas desde nosso ponto de partida.
— Então estamos viajando por baixo do Atlântico?
— Perfeitamente.
— E neste momento talvez esteja ocorrendo uma tempestade, com navios sendo sacudidos sobre nossas cabeças por ondas e furacões?
— Pode ser.
— E as baleias podem estar batendo suas caudas contra as muralhas de nossa prisão?
— Fique tranquilo, Axel. Elas não conseguirão causar um abalo. Mas voltemos aos nossos cálculos. Estamos a sudeste, a oitenta e cinco léguas da base do Sneffels e, segundo minhas anotações anteriores, estimo em dezesseis léguas a profundidade atingida.
— Dezesseis léguas! — exclamei.
— Provavelmente.
— Mas é o limite extremo determinado pela ciência para a espessura da crosta terrestre.
— Não disse o contrário.
— E aqui, de acordo com a lei do aumento de temperatura, deveria haver um calor de mil e quinhentos graus.
— Deveria, meu jovem.
— E todo esse granito não poderia se manter em estado sólido e estaria em plena fusão.
— Está vendo que não é nada disso, e que os fatos, como de costume, vêm desmentir as teorias.
— Sou obrigado a concordar, mas enfim, estou surpreso.

– O que diz o termômetro?

– Vinte e sete graus e seis décimos.

– Então faltam mil quatrocentos e setenta e quatro graus e quatro décimos para que os cientistas tenham razão. Ou seja, o crescimento proporcional da temperatura é um erro. Portanto, Humphry Davy não estava enganado. Portanto, não errei ao escutá-lo. E você, o que tem a dizer?

– Nada.

A bem da verdade, eu teria muito a dizer. Eu não admitia a teoria de Davy de forma alguma, continuava acreditando na teoria do calor central, ainda que não sentisse seus efeitos. Preferia admitir, na verdade, que essa chaminé de um vulcão extinto, recoberta pelas lavas refratárias, não permitia que a temperatura se propagasse através das paredes.

Mas, sem parar para buscar novos argumentos, limitei-me a aceitar a situação tal como era.

– Tio – continuei –, seus cálculos estão exatos, mas permita-me extrair uma conclusão rigorosa deles.

– Fique à vontade, meu rapaz.

– No ponto em que estamos, sob a latitude da Islândia, o raio terrestre é de 1.583 léguas, mais ou menos?

– Mil quinhentas e oitenta e três léguas e um terço.

– Arredondemos para mil e seiscentas. De uma viagem de mil e seiscentas léguas, fizemos doze?

– Isso mesmo.

– E isso ao custo de oitenta e cinco léguas na diagonal?

– Exato.

– Em vinte dias, mais ou menos?

– Em vinte dias.

– Ora, dezesseis léguas correspondem a um centésimo do raio da Terra. Nesse ritmo, levaremos então dois mil dias ou quase cinco anos e meio para descer!

O professor não respondeu.

– Sem contar que, se uma vertical de dezesseis léguas se atinge por uma horizontal de oitenta, isso dá oito mil léguas a sudeste, levará muito tempo para chegar ao centro a partir de um ponto da circunferência.

– Para o inferno com seus cálculos! – replicou meu tio, com um gesto de raiva. – Para o inferno com suas teorias! Qual a base delas? Quem disse que esse corredor não está indo diretamente para nosso destino? Além disso, tenho um precedente, alguém já fez isto antes de mim, e onde ele teve sucesso eu também terei.

– Assim espero. Mas, enfim, eu tenho o direito...

– Tem o direito de se calar, Axel, quando quiser delirar dessa maneira.

Vi que o terrível professor ameaçava ressurgir na pele do tio, e me dei por advertido.

– E agora – continuou –, consulte o manômetro. O que ele diz?

– Uma pressão considerável.

– Certo. Está vendo que, se descemos suavemente, acostumando-nos pouco a pouco à densidade da atmosfera, não sofremos nada?

– Nada, salvo uma dor de ouvido.

– Isso não é nada, e esse mal-estar some se você coloca o ar externo em comunicação rápida com o ar interno de seus pulmões.

– Perfeito – respondi, decidido a não contrariar mais meu tio. – Chega a ser um verdadeiro prazer me sentir imerso nessa atmosfera mais densa. Notou a intensidade com que o som se propaga?

– Verdade. Um surdo acabaria conseguindo ouvir muito bem.

– Mas essa densidade certamente aumentará, não?

– Sim, de acordo com uma lei um tanto vaga. É verdade que a intensidade da gravidade diminuirá à medida que descermos. Você sabe que é na própria superfície da Terra que sua ação se faz sentir mais intensamente, e que no centro do globo os objetos não pesam mais.

– Eu sei. Mas, diga-me, esse ar não acabará adquirindo a densidade da água?

– Provavelmente, sob uma pressão de 710 atmosferas.

– E mais abaixo?

– Mais abaixo, essa densidade será ainda maior.

– Então como desceremos?

– Ora, colocando pedrinhas nos bolsos.

– Não é possível, tio, o senhor tem resposta para tudo.

– Não me atrevi a ir além no campo das hipóteses, pois ainda teria me deparado com alguma impossibilidade que teria indignado o professor.

Contudo, era evidente que o ar, sob uma pressão que poderia atingir milhares de atmosferas, acabaria passando para o estado sólido, e então, admitindo que nossos corpos conseguissem resistir, precisaríamos parar, apesar de todos os argumentos do mundo.

Mas não expus esse argumento. Meu tio teria citado de novo seu eterno Saknussemm, precedente sem valor, pois, ao dar como certa a viagem do cientista islandês, havia algo bem simples a se responder:

No século XVI, nem o barômetro nem o manômetro haviam sido inventados. Então como Saknussemm teria conseguido determinar sua chegada ao centro da Terra?

Mas guardei a objeção para mim, e esperei os acontecimentos.

O resto do dia se passou entre cálculos e conversas. Concordei o tempo todo com o professor Lidenbrock, e invejei a perfeita indiferença de Hans, que, sem buscar causas e efeitos, ia cegamente para onde o destino o levava.

XXVI

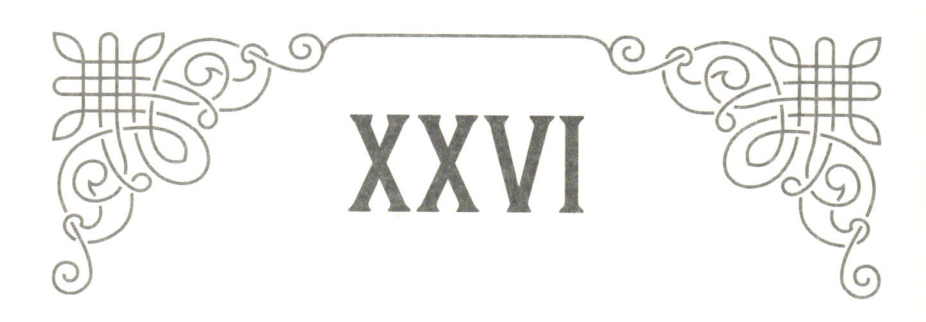

Devo admitir que até ali as coisas haviam se passado bem, e eu seria ingrato de me queixar. Se a média das "dificuldades" não aumentasse, não teria como não atingirmos nosso objetivo. E que glória seria! Estava conseguindo fazer esses argumentos à moda de Lidenbrock. Sério. Seria devido ao meio estranho onde eu me encontrava? Talvez.

Durante alguns dias, descidas mais rápidas, algumas assustadoramente íngremes, nos levaram mais a fundo para dentro do maciço interno. Em certos dias, chegamos a ganhar de uma légua e meia a duas na direção do centro. Descidas perigosas, nas quais a destreza de Hans e seu maravilhoso sangue frio foram muito úteis. Aquele impassível islandês se sacrificava com inexplicável desenvoltura, e, graças a ele, superamos mais de uma dificuldade que não teríamos conseguido sozinhos.

Seu mutismo aumentava a cada dia. Acho até que ele nos contagiava. Os objetos externos têm uma ação real sobre nosso cérebro. Quem se fecha entre quatro paredes acaba perdendo a faculdade de associação entre ideias e palavras. Muitos prisioneiros se tornam imbecis, senão loucos, pela falta de exercício das faculdades mentais.

Durante as duas semanas que se passaram desde nossa última conversa, não houve nenhum incidente digno de relato.

Só me recordo de um único evento de extrema gravidade, e com razão. Dificilmente eu me esqueceria de qualquer detalhe.

No dia 7 de agosto, nossas sucessivas descidas nos haviam levado a uma profundidade de trinta léguas. Ou seja, havia sobre nossas cabeças trinta léguas de pedras, mar, continentes e cidades. Devíamos estar então a duzentas léguas da Islândia.

Naquele dia, o túnel seguiu um plano pouco inclinado. Eu andava à frente. Meu tio levava um dos dois aparelhos de Ruhmkorff, e eu o outro. Eu examinava as camadas de granito.

De repente, ao me virar, percebi que estava sozinho.

"Bom", pensei, "andei rápido demais, ou Hans e meu tio devem ter parado no meio do caminho. É melhor juntar-me a eles. Felizmente, o caminho não era uma grande subida".

Dei meia-volta e andei durante quinze minutos. Olhei. Não havia ninguém. Chamei. Nada de resposta. Minha voz perdeu-se no meio dos ecos cavernosos que ela despertou subitamente.

Comecei a ficar preocupado. Um arrepio percorreu todo meu corpo.

– Calma – disse para mim mesmo em voz alta. – Tenho certeza de que vou reencontrar meus colegas. Não há dois caminhos! Eu estava na frente, então é só voltar para trás.

Subi por cerca de meia hora. Procurei escutar se me chamavam, e naquela atmosfera tão densa poderia escutar de longe. Um silêncio extraordinário reinava na imensa galeria.

Parei. Não conseguia acreditar que estava só. Não era possível que eu estivesse perdido, devia ser apenas um desencontro.

– Vejamos – repetia para mim mesmo –, como só há um caminho e é por onde eles seguiam, basta que eu suba mais para reencontrá-los. A menos que, ao não me verem, e tendo se esquecido de que eu estava à frente, eles tenham pensado em voltar.

Muito bem! Mesmo nesse caso, se eu me apressar vou reencontrá-los. Claro!

Eu repetia essas últimas palavras com pouca convicção. Aliás, para associar essas ideias tão simples, e reuni-las sob forma de raciocínio, precisei de muito tempo.

Fui tomado então pela dúvida. Estava eu de fato à frente? Sim. Hans me seguia, e meu tio vinha atrás. Ele chegou a parar por alguns instantes para ajeitar suas bagagens nas costas. Esse detalhe me vinha à cabeça. Deve ter sido nesse momento que tomei a dianteira.

"Além disso", pensei, "tenho um meio seguro de não me perder: um fio para me guiar nesse labirinto, inquebrável... meu fiel riacho! Só preciso acompanhar seu curso e certamente encontrarei a pista de meus companheiros".

Esse raciocínio me animou, e decidi colocá-lo em prática sem perda de tempo.

Como agradeci a previdência de meu tio, quando ele impediu o caçador de tampar o buraco feito na parede de granito! Assim a bendita fonte, depois de nos matar a sede no caminho, iria me guiar pelas sinuosidades da crosta terrestre.

Antes de começar a subir, pensei que seria bom lavar-me.

Abaixei-me então para mergulhar o rosto na água do *Hans-bach*.

Imaginem meu espanto quando vi aquele granito seco e áspero! O riacho não corria mais aos meus pés!

XXVII

Não consigo descrever meu desespero. Nenhuma palavra da língua humana traduziria meus sentimentos. Estava enterrado vivo, com a perspectiva de morrer torturado pela fome e pela sede.

Automaticamente, passei as mãos febris no chão. Como me pareceu seca aquela rocha!

Mas como eu teria abandonado o curso do riacho? Afinal, ele não estava mais lá! Entendi então a razão daquele estranho silêncio, quando tentei escutar pela última vez algum chamado de meus companheiros. Assim, no momento em que dei meus primeiros passos no caminho errado, não reparei na ausência do riacho. É evidente que naquele momento uma bifurcação da galeria se abria à minha frente, enquanto o *Hans-bach* obedecia aos caprichos de outro declive e levava meus companheiros para profundezas desconhecidas!

Mas como voltar? Não havia rastros. Meus pés não deixavam nenhuma pegada naquele granito. Quebrei a cabeça tentando encontrar a solução para aquele problema insolúvel. Minha situação se resumia a uma única palavra: perdido!

Sim! Perdido a uma profundidade que me parecia incomensurável! Aquelas trinta léguas de crosta terrestre pesavam de um jeito assustador sobre meus ombros! Eu me sentia esmagado.

Tentei levar meus pensamentos às coisas da superfície. Foi difícil. Hamburgo, a casa da Königstrasse, minha pobre Gräuben, todo aquele mundo sob o qual eu estava perdido, passou rapidamente pela minha memória desconcertada. Revi em uma vívida alucinação os incidentes da viagem, a travessia, a Islândia, o sr. Fridriksson, o Sneffels! Pensei que, na minha situação, se eu ainda mantivesse um fio de esperança seria sinal de loucura, e que era melhor então me desesperar!

De fato, que potência humana poderia me levar à superfície do globo e separar as enormes abóbadas que se escoravam acima de minha cabeça? Quem poderia me recolocar no caminho de volta e me juntar aos meus companheiros?

– Ah, tio! – exclamei, em um tom de desespero.

Foi a única palavra de censura que me veio à boca, pois imaginei o quanto o infeliz deveria estar sofrendo à minha procura.

Quando me vi assim, fora do alcance de qualquer socorro humano, incapaz de tentar o que quer que fosse pela minha salvação, pensei nos socorros do céu. As lembranças de minha infância, de minha mãe que só conheci quando pequeno, voltaram à memória. Recorri à prece, por menos direitos que eu tivesse de ser ouvido pelo Deus ao qual eu me dirigia tão tarde, e implorei com fervor.

Esse retorno à Providência divina me acalmou um pouco, e pude concentrar em minha situação todas as forças de minha inteligência.

Tinha víveres para três dias e meu cantil estava cheio. No entanto, eu não podia permanecer sozinho por muito mais tempo. Mas o que eu devia fazer, subir ou descer?

Subir, evidentemente! Sempre subir!

Dessa maneira eu chegaria ao ponto em que havia abandonado a fonte na maldita bifurcação. Lá, uma vez com o riacho aos meus pés, eu poderia ainda voltar ao cume do Sneffels.

Como não pensei naquilo antes? Evidentemente havia ali uma chance de salvação. Então o mais urgente era reencontrar o curso do *Hans-bach*.

Levantei-me e, apoiado em meu bastão, voltei a subir a galeria. A subida era bastante íngreme. Eu andava com esperança e sem dificuldades, como alguém que não tem escolha quanto ao caminho a seguir.

Durante meia hora nenhum obstáculo me deteve. Tentei reconhecer o caminho pela forma do túnel, pela saliência das rochas, pela disposição das anfractuosidades. Mas nenhum sinal particular me chamou a atenção, e logo reconheci que aquela galeria não poderia me levar à bifurcação. Não tinha saída. Deparei-me com uma parede impenetrável e caí sobre a pedra.

Fui tomado por um pavor e um desespero que não consigo descrever. Estava aniquilado. Minha última esperança acabava de se despedaçar contra aquela muralha de granito.

Perdido naquele labirinto cujas sinuosidades se cruzavam em todos os sentidos, eu não podia mais tentar uma fuga impossível. Era preciso morrer da mais assustadora das mortes! E, coisa estranha, ocorreu-me que se meu corpo fossilizado fosse encontrado algum dia, a trinta léguas nas entranhas da Terra, sérias questões científicas seriam levantadas!

Quis falar em voz alta, mas apenas sons roucos passaram por entre meus lábios ressecados. Eu ofegava.

Em meio às angústias, um novo terror tomou conta de mim. Minha lanterna havia estragado ao cair. Não tinha como consertá-la. Sua luz se esvaía e por fim me abandonaria!

Olhei a corrente luminosa encolhendo na serpentina do aparelho. Uma procissão de sombras móveis desfilou sobre as paredes que escureciam. Não me atrevia mais a fechar as pálpebras, temendo perder um único átomo que fosse daquela claridade fugidia! A cada instante parecia que ela ia desaparecer, e que eu seria tomado pelo "breu".

Por fim, um último brilho tremulou dentro da lanterna. Eu o segui, aspirei-o com o olhar, concentrei sobre ele toda a força dos olhos, como a última sensação de luz que eles teriam, e imergi em imensas trevas.

Que grito terrível soltei! Na superfície terrestre, no meio das noites mais profundas, a luz jamais nos abandona inteiramente. Ela é difusa, sutil. Mas, por menor que ela seja, a retina acaba por percebê-la. Ali, não. A sombra absoluta fazia de mim um cego na mais pura acepção da palavra.

Então minha mente se perdeu. Levantei-me, com os braços para frente, dolorosamente tentando tatear. Preparei-me para fugir, precipitando meus passos ao acaso naquele inextricável labirinto, sempre descendo, correndo pela crosta terrestre como um habitante das falhas subterrâneas, que chama, grita, berra, e em breve seria morto nas saliências das rochas, caindo e me levantando ensanguentado, buscando beber aquele sangue que me inundava o rosto, e sempre esperando que alguma parede imprevista viesse oferecer à minha cabeça um obstáculo para se arrebentar!

Para onde me levava aquela corrida maluca? Jamais saberei. Após várias horas, provavelmente por exaustão, caí como uma massa inerte junto à parede, e perdi qualquer noção de existência!

XXVIII

Quando recobrei a consciência, meu rosto estava molhado, mas molhado de lágrimas. Quanto tempo durou aquele estado de inconsciência, não sei dizer. Não tinha mais meios de medir o tempo. Nunca havia me sentido tão só, tão abandonado!

Com a queda, eu havia perdido muito sangue. Sentia-me inundado por ele! Como lamentava não ter morrido "e ainda ter de passar por isso!" Não queria mais pensar. Espantei os pensamentos e, vencido pela dor, rolei para perto da parede oposta.

Eu já sentia chegar um novo desmaio, e, com ele, a aniquilação suprema, quando ouvi um violento barulho. Lembrava uma longa trovoada, e ouvi as ondas sonoras se perderem pouco a pouco nas longínquas profundezas do abismo.

De onde viria aquele barulho? Provavelmente de algum fenômeno no seio do maciço terrestre, como a explosão de algum gás ou a queda de algum alicerce do globo!

Fiquei atento para ver se o barulho se repetia. Um quarto de hora se passou. O silêncio reinava na galeria, e eu não ouvia nem mesmo as batidas do meu coração.

De repente meu ouvido, encostado por acaso contra a parede, captou palavras vagas, incompreensíveis, distantes. Estremeci.

"Estou alucinando!", pensei.

Não estava. Ao ouvir com mais atenção, escutei de fato um murmúrio. De tão fraco, não conseguia entender o que era dito, mas tinha certeza de que estavam falando.

Por um instante temi que aquelas palavras fossem minhas, trazidas pelo eco. Talvez eu tivesse gritado sem saber? Fechei firmemente a boca e encostei novamente meu ouvido contra a parede.

"Sim, estão falando, estão falando!"

E avançando mais alguns passos junto à parede consegui ouvir mais distintamente. Consegui entender palavras vagas, estranhas, incompreensíveis. Elas chegavam a mim como palavras pronunciadas em voz baixa, sussurradas, por assim dizer. A palavra *förlorad* foi repetida várias vezes, em um tom dolorido.

O que significaria? Quem teria dito aquilo? Meu tio ou Hans, claro. Mas se eu os ouvia, então eles também poderiam me ouvir.

– Socorro! – gritei com todas as minhas forças. – Socorro!

Eu escutei e procurei na sombra alguma resposta, um grito ou suspiro. Nada. Alguns minutos se passaram. Um mundo de pensamentos brotou na minha cabeça. Pensei que meu fiapo de voz não conseguiria chegar até meus companheiros.

Só podem ser eles – repeti para mim mesmo. – Quem mais estaria enfiado a trinta léguas abaixo da terra?

Tentei ouvir novamente. Fui passando o ouvido pela parede e encontrei um ponto preciso em que as vozes pareciam chegar ao seu nível máximo de intensidade. Ouvi novamente a palavra *förlorad*, e depois aquela trovoada que havia me tirado de meu torpor.

"Não", pensei. "Não é pelo maciço que essas vozes estão passando. A parede é feita de granito, nem o barulho de uma explosão se ouviria por ela! Esse barulho está chegando pela própria galeria! Deve haver um efeito de acústica muito particular!"

Tentei escutar novamente e dessa vez, consegui! Ouvi meu nome distintamente jogado no espaço!

Seria a voz do meu tio? Ele conversava com o guia e a palavra *förlorad* era em dinamarquês!

Então entendi tudo. Para ser ouvido, eu precisava falar junto àquela muralha que serviria para conduzir minha voz como o fio de ferro conduz a eletricidade.

Mas eu não tinha tempo a perder. Se meus companheiros se afastassem alguns passos, o fenômeno da acústica seria perdido. Então aproximei-me da parede e pronunciei as seguintes palavras, da forma mais nítida possível:

"Tio Lidenbrock!"

Esperei na maior ansiedade. O som não tem uma rapidez extrema. A densidade das camadas de ar não aumenta sua velocidade, somente sua intensidade. Alguns segundos, que mais pareciam séculos, se passaram, e por fim as seguintes palavras chegaram aos meus ouvidos:

...

– Axel! Axel! É você?

...

– Sim, sou eu! – respondi.

...

– Meu pobre rapaz, onde está você?

...

– Perdido na mais profunda escuridão!

...

– E sua lanterna?

...

– Apagou.

...

– E o riacho?

...

– Sumiu.

...

– Axel, meu pobre Axel, coragem!

...

– Espere um pouco, estou esgotado. Não tenho mais forças para responder. Mas fale comigo!

...

– Coragem – repetiu meu tio. – Não fale, me escute. Procuramos por você subindo e descendo a galeria. Não conseguimos encontrá-lo. Ah, como chorei, meu jovem! Enfim, como imaginei que você ainda estava no caminho do *Hans-bach*, voltamos a descer dando tiros de fuzil. Agora, embora nossas vozes possam se reunir, por puro efeito de acústica, nossas mãos não podem se encostar. Mas não se desespere, Axel! Já é alguma coisa podermos nos falar!

...

Durante esse tempo, refleti. Uma certa esperança, ainda vaga, me voltava ao coração. Para começar, era importante saber de uma coisa. Então aproximei a boca da parede e disse:

...

– Tio?

...

– Sim, querido? – ele respondeu alguns instantes depois.

...

– Preciso saber primeiro qual a distância que nos separa.

...

– Isso é fácil.

...
– Está com seu cronômetro?
...
– Estou.
...
– Então pegue. Pronuncie meu nome e marque o segundo exato em que falar. Eu repetirei, e será preciso observar o momento exato de chegada de minha resposta.
...
– Certo, e a metade do tempo entre minha pergunta e sua resposta indicará o tempo que minha voz leva para chegar até você.
...
– É isso, tio.
...
– Está pronto?
...
– Estou.
...
– Então preste atenção, vou pronunciar seu nome.
...
Encostei o ouvido contra a parede, e assim que a palavra "Axel" chegou a mim, respondi imediatamente "Axel", e esperei.
...
– Quarenta segundos – disse meu tio. – Passaram-se quarenta segundos entre as duas palavras. Então o som leva vinte segundos para subir. Ora, a mil e vinte pés por segundo, isso dá vinte e quatro mil pés, ou uma légua e meia e um oitavo.
...

– Uma légua e meia! – murmurei.
...
– É possível, Axel!
...
– Mas subindo ou descendo?
...
– Descendo, pelo seguinte: chegamos a um amplo espaço onde desemboca um grande número de galerias. Essa que você seguiu certamente o trará para cá, pois parece que todas essas fendas e fraturas do globo se irradiam em torno da imensa caverna onde estamos. Então levante-se e recomece o caminho. Ande, arraste-se se for preciso, deslize pelas rampas íngremes, e será recebido por nossos braços no fim do caminho. Avante, meu rapaz, avante!

Aquelas palavras me reanimaram.
...
– Adeus, tio! – gritei. – Estou indo. Nossas vozes não poderão mais se comunicar assim que eu deixar este ponto. Então adeus!
...
– Até logo, Axel! Até logo!

Foram as últimas palavras que ouvi. Essa surpreendente conversa feita através da massa terrestre, a mais de uma légua de distância, terminou nessas palavras de esperança! Fiz uma oração de agradecimento a Deus, pois ele me havia conduzido por aquela imensa escuridão até o único ponto, talvez, em que a voz de meus companheiros poderia ter chegado a mim.

Esse espantoso efeito de acústica se explicava facilmente pelas leis da física, devido à forma do corredor e à condutibilidade da rocha. Há muitos exemplos dessa propagação de sons não perceptíveis nos espaços intermediários. Lembro-me de muitos lugares em que esse fenômeno foi observado, entre outros, dentro da galeria interna do domo de Saint-Paul em Londres, e sobretudo no meio de curiosas cavernas da Sicília, latomias situadas perto de Siracusa, sendo a mais maravilhosa delas conhecida pelo nome de Orelha de Dionísio.

Essas lembranças me voltaram à mente e vi claramente que, como a voz de meu tio chegava até a mim, não existia nenhum obstáculo entre nós. Ao seguir o caminho do som, eu logicamente chegaria como ele, se não me faltassem forças no caminho.

Então me levantei. Eu me arrastava mais do que andava. A rampa era bastante íngreme, então me deixei deslizar.

A velocidade da descida logo cresceu para uma proporção assustadora, e ameaçava tornar-se uma queda. Mas eu não tinha mais forças para parar.

De repente, faltou-me o chão sob meus pés. Senti que rolava quicando sobre as saliências de uma galeria vertical, um verdadeiro poço. Bati com a cabeça em uma rocha pontuda e perdi a consciência.

XXIX

Quando voltei a mim, estava em meio a uma penumbra, deitado sobre grossas cobertas. Meu tio procurava em mim um resto de vida. Ao meu primeiro suspiro, ele pegou minha mão. Quando abri os olhos, ele deu um grito de alegria.

– Está vivo! Ele está vivo! – gritou.

– Estou – respondi com um fiapo de voz.

– Meu jovem! – disse meu tio, apertando-me contra o peito. – Você está salvo!

Fiquei muito comovido com o tom daquelas palavras, e mais ainda com seus cuidados. Mas foi necessário passar por tamanha provação para provocar no professor um desabafo como esse.

Hans chegou naquele momento e viu que meu tio segurava minha mão. Ouso afirmar que seus olhos expressaram um grande contentamento.

– *God dag* – ele disse.

– Bom dia, Hans, bom dia – murmurei. – E agora, tio, pode me dizer onde estamos agora?

– Amanhã, Axel, amanhã. Hoje você ainda está muito fraco. Envolvi sua cabeça com compressas que não podem sair do lugar. Então durma, garoto, e amanhã você saberá tudo.

– Mas queria saber pelo menos que horas são. Que dia é hoje?

– São 11 da noite e hoje é domingo, 9 de agosto. E não permito que me pergunte mais nada antes do dia 10 deste mês.

Na verdade, eu me sentia bem fraco. Meus olhos fecharam-se involuntariamente. Eu precisava de uma noite de descanso. Então me permiti adormecer com esse pensamento de que meu isolamento havia durado quatro longos dias.

No dia seguinte, quando acordei, olhei ao meu redor. Minha cama, feita com todas as cobertas da viagem, estava instalada em uma encantadora gruta, decorada com magníficas estalagmites, de solo recoberto por areia fina. Ali reinava uma meia-luz. Não havia nenhuma tocha ou lanterna acesa, mas uma inexplicável claridade vinda de fora penetrava por uma abertura estreita da gruta. Também ouvi um murmúrio vago e indefinido, como ondas quebrando na praia, e às vezes ventos uivantes.

Pensei se eu estava de fato acordado ou se estava sonhando; ou ainda se meu cérebro, abalado com a queda, não estaria ouvindo barulhos puramente imaginários. Mas meus olhos e ouvidos não poderiam estar enganados a esse ponto.

– É um raio de Sol entrando por essa fenda na rocha! – pensei. – Por isso o barulho de ondas! Por isso o silvo dos ventos! Estou enganado, ou voltamos à superfície? Meu tio teria desistido da expedição? Ou será que a concluiu com sucesso?

Eu me fazia essas insolúveis perguntas, quando o professor entrou.

– Bom dia, Axel! – ele disse alegremente. – Aposto que está se sentindo bem!

– Certamente – disse, ajeitando-me entre as cobertas.

– Natural, pois você dormiu tranquilamente. Hans e eu nos revezamos para tomar conta de você, e vimos que sua melhora foi sensível.

— De fato, sinto-me revigorado, e prova disso é que ficarei honrado de comer o que quiserem me servir!

— Você vai comer, garoto, agora que a febre foi embora. Hans passou em suas feridas algum unguento secreto dos islandeses, e elas cicatrizaram maravilhosamente. Esse nosso caçador é um homem é tanto!

Enquanto falava, meu tio foi preparando alguns alimentos que devorei, contrariando suas recomendações. E durante esse tempo o bombardeei com perguntas que ele se apressou a responder.

Soube então que minha providencial queda me levou justamente para a extremidade de uma galeria quase perpendicular. Como cheguei no meio de uma torrente de pedras, sendo que a menor delas era grande o suficiente para me esmagar, concluímos que uma parte do maciço havia deslizado junto comigo. Então aquele assustador veículo havia me transportado até os braços de meu tio, onde caí sangrando e desfalecido.

— De verdade — ele disse —, é inacreditável que você não tenha morrido milhares de vezes. Mas, pelo amor de Deus! Não nos separemos mais, pois corremos o risco de nunca mais nos vermos.

"Não nos separemos mais!" Então a viagem ainda não tinha terminado? Arregalei os olhos, o que provocou imediatamente a pergunta:

— O que foi, Axel?

— Tenho uma pergunta... quer dizer que estou mesmo são e salvo?

— Está.

— Estou com todos os membros intactos?

— Certamente.

— E a cabeça?

— Sua cabeça, salvo por algumas contusões, está perfeitamente no lugar, sobre seus ombros.

– Certo... mas temo que meu cérebro esteja meio perturbado.
– Perturbado?
– Sim. Não voltamos então à superfície da Terra?
– Certamente que não!
– Então devo estar louco, pois estou vendo a luz do dia, ouvindo o barulho do vento e do mar!
– Ah, é só isso?
– Pode me explicar?
– Não vou explicar nada, pois é inexplicável. Mas você vai ver e entender que a ciência geológica ainda não deu sua última palavra.
– Então vamos sair! – exclamei, levantando-me bruscamente.
– Não, Axel, não! O ar livre pode lhe fazer mal.
– Ar livre?
– Sim, o vento está muito forte. Não quero que você se exponha assim.
– Mas garanto que estou me sentindo muito bem.
– Tenha um pouco de paciência, garoto. Uma recaída nos deixaria encrencados, e não podemos perder tempo, pois a travessia pode ser longa.
– Travessia?
– Sim. Descanse por hoje, e amanhã embarcaremos.
– Embarcaremos?
Essa última palavra me fez dar um pulo.
O quê? Embarcar! Então tínhamos um rio, um lago e um mar à nossa disposição? Havia um navio ancorado em algum porto interno?

Minha curiosidade foi atiçada ao máximo. Meu tio tentou em vão me acalmar. Quando viu que minha impaciência seria pior para mim do que satisfazer minha curiosidade, ele cedeu.

Troquei-me rapidamente. Por excesso de precaução, enrolei-me em um dos cobertores e saí da gruta.

XXX

A princípio, não vi nada. Meus olhos, desacostumados com a luz, fecharam-se bruscamente. Quando consegui reabri-los, fiquei mais estupefato do que maravilhado.
– Mas isso é mar! – exclamei.
– Sim, o mar Lidenbrock. – respondeu meu tio. – E gosto de pensar que nenhum navegador disputará a honra de tê-lo descoberto e o direito de batizá-lo com o próprio nome!

Um vasto lençol d'água, começo de um lago ou de um oceano, se estendia para além de onde a vista conseguia alcançar. A margem, quase toda recortada, oferecia às últimas ondulações das ondas uma areia fina, dourada e salpicada com minúsculas conchas onde viveram os primeiros seres da Criação. As ondas quebravam ali com um murmúrio sonoro característico dos meios fechados e amplos. Uma leve espuma fugia ao sopro de um vento moderado, e alguns respingos batiam no meu rosto. Sobre essa areia ligeiramente inclinada, a cerca de 100 toesas da orla, vinham morrer os contrafortes de rochedos enormes que subiam a uma altura incomensurável. Alguns deles, rasgando as margens com suas arestas agudas, formavam cabos e promontórios corroídos pela fúria da ressaca. Mais além, o olhar seguia sua massa nitidamente perfilada contra o fundo enevoado do horizonte.

Era um verdadeiro oceano, com o contorno errático de margens terrestres, mas desértico e de um aspecto assustadoramente selvagem.

Se meus olhos conseguiam enxergar tão longe naquele mar, é porque uma luz "especial" iluminava os menores detalhes. Não a luz do Sol, com seus feixes brilhantes e a irradiação esplêndida de seus raios, nem o luar pálido e vago do astro das noites, que não passa de um reflexo sem calor. Não. O poder iluminador dessa luz, sua difusão trêmula, sua brancura clara e seca, sua baixa temperatura, seu brilho superior ao da Lua, evidentemente apontava uma origem puramente elétrica. Era como uma aurora boreal, um fenômeno cósmico contínuo, que preenchia aquela caverna capaz de conter um oceano.

A abóbada suspensa acima de minha cabeça – o céu, por assim dizer – parecia feita de grandes nuvens, vapores móveis e cambiantes, que, por efeito da condensação, deviam, por vezes culminar em chuvas torrenciais. Imaginei que com uma pressão tão forte da atmosfera, a evaporação da água não pudesse ocorrer. No entanto, por alguma razão física que eu ignorava, havia grandes nuvens suspensas no ar. Mas naquele momento "o tempo estava firme". As camadas elétricas produziam deslumbrantes jogos de luz sobre nuvens muito elevadas. Sombras vivas se desenhavam em suas volutas inferiores e, muitas vezes, entre duas camadas separadas, um raio muito intenso deslizava até nós. Mas, em suma, não era o Sol, uma vez que faltava calor em sua luz. O efeito era triste e extremamente melancólico. No lugar de um firmamento brilhante de estrelas, eu sentia por cima daquelas nuvens uma abóbada de granito que me esmagava com todo seu peso, e aquele espaço não bastaria, por maior que fosse, para a passagem do menor dos satélites.

Lembrei-me então da teoria de um capitão inglês que comparava a Terra a uma grande esfera oca, em cujo interior o ar se mantinha luminoso devido à sua pressão, enquanto dois astros, Plutão e Proserpina, traçavam ali suas misteriosas órbitas. Seria verdade?

Estávamos realmente presos dentro de uma enorme escavação. Não conseguíamos avaliar nem sua largura, uma vez que a margem se estendia a perder de vista, nem seu comprimento, pois a vista logo era interrompida por uma linha do horizonte um tanto indistinta. Já a altura devia passar de várias léguas. Onde essa abóbada apoiava seus contrafortes de granito? O olhar não conseguia alcançar. Mas havia ali uma nuvem suspensa na atmosfera, cuja elevação devia ser de duas mil toesas, altitude superior à dos vapores terrestres, e provavelmente graças à considerável densidade do ar.

A palavra "caverna" evidentemente não consegue descrever aquele lugar imenso. Mas as palavras da língua humana não bastam para quem se aventura pelos abismos do globo.

Ademais, eu não sabia com qual fato geológico explicar a existência de uma escavação como essa. Seria produto do resfriamento do globo? Eu conhecia bem certas cavernas famosas por relatos de viajantes, mas nenhuma tinha dimensões como aquelas.

A gruta de Guáchara, na Colômbia, visitada por Humboldt, não havia revelado o segredo de sua profundidade ao cientista que a explorou por um espaço de dois mil e quinhentos pés, mas ela provavelmente não se estendia muito além disso. A imensa caverna de Mammoth, no Kentucky, de fato tinha proporções gigantescas, uma vez que sua abóbada se elevava a quinhentos pés acima de um lago insondável, e que viajantes a percorreram durante mais de dez léguas sem chegar ao fim. Mas o que eram essas cavidades, perto daquela que eu admirava naquele instante, com seu céu de vapores, irradiações elétricas e um vasto mar fechado entre suas paredes? Minha imaginação se sentia impotente diante daquela imensidão.

Eu contemplava todas essas maravilhas em silêncio. Faltavam-me palavras para descrever minhas sensações. Era como se estivesse assistindo, em algum planeta longínquo, como Urano ou Netuno, a fenômenos alheios à minha natureza "terráquea". Para falar de sensações novas eram necessárias palavras novas, e minha imaginação não as fornecia. Eu olhava, pensava e admirava com uma estupefação misturada a uma certa dose de temor.

Aquele espetáculo imprevisto devolveu ao meu rosto uma cor mais saudável. Eu estava me tratando pelo espanto, e me curando com essa nova terapia. Além disso, a vivacidade de um ar muito denso me reanimava, ao fornecer mais oxigênio aos pulmões.

Não é difícil imaginar que, após um confinamento de quarenta e sete dias dentro de uma galeria estreita, era uma alegria infinita poder aspirar aquela brisa carregada de úmidas emanações salinas.

Por isso não me arrependi em nada de ter deixado minha gruta escura. Meu tio, já habituado àquelas maravilhas, não se espantava mais.

— Sente-se forte para passear um pouco? — ele perguntou.

— Sim, certamente — respondi. — Seria muito bom.

— Bem, segure meu braço, Axel, e vamos seguindo as curvas da margem.

Aceitei rapidamente, e começamos a margear aquele novo oceano. À esquerda, rochedos abruptos, uns sobre os outros, formavam um amontoado titânico de efeito extraordinário. Sobre seus flancos desciam inúmeras cascatas, em lençóis límpidos e ruidosos. Alguns vapores ligeiros, que saltavam de uma rocha para outra, marcavam o lugar das fontes quentes, e riachos corriam suavemente para a bacia comum, buscando nos declives a oportunidade para murmurar mais agradavelmente.

Entre os riachos, reconheci nosso fiel companheiro de estrada, o *Hans-bach*, que vinha se perder tranquilamente no mar, como se nunca tivesse feito outra coisa desde o início do mundo.

– Sentiremos sua falta – eu disse com um suspiro.

– Bah! – respondeu o professor. – Ele ou outro, tanto faz.

Achei o comentário um tanto ingrato.

Mas minha atenção já havia migrado para um espetáculo inesperado. A quinhentos passos, passando por um promontório, uma floresta alta e densa surgiu diante de nossos olhos. Eram árvores de porte médio, em forma de guarda-sóis, de contornos claros e geométricos. As correntes de ar não pareciam afetar sua folhagem, e mesmo com as lufadas, elas permaneciam imóveis como um maciço de cedros petrificados.

Apressei o passo. Não conseguia dar um nome àquelas árvores singulares. Será que elas não faziam parte das duzentas mil espécies vegetais conhecidas até então, e seria preciso dar-lhes um lugar especial na flora das vegetações lacustres? Não. Quando chegamos sob sua cobertura, a surpresa deu lugar à admiração.

De fato, eu me encontrava na presença de produtos da Terra, mas em um padrão gigantesco. Meu tio os chamou imediatamente pelo nome.

– É apenas uma floresta de cogumelos – disse.

E ele não estava enganado, visto o desenvolvimento adquirido por essas plantas[11] afeitas aos meios quentes e úmidos. Eu sabia que o *Lycoperdon giganteum* atingia, segundo Bulliard, de

---

[11] Na época da publicação do livro, fungos eram considerados plantas. O Reino Fungi foi proposto somente no ano de 1969, por Robert Whittaker. [N.T.]

oito a nove pés de circunferência. Mas ali se tratava de cogumelos brancos com trinta a quarenta pés de altura, com um chapéu de igual diâmetro. Havia milhares deles. A luz não conseguia atravessar seu denso sombreamento, e uma escuridão completa reinava por baixo daqueles domos justapostos como os tetos redondos de uma aldeia africana.

Mas eu queria avançar mais a fundo. Um frio mortal descia daquelas abóbadas carnudas. Durante meia hora, vagamos por aquela escuridão úmida, e foi com um verdadeiro sentimento de bem-estar que encontrei a beira do mar.

Mas a vegetação dessa região subterrânea não se limitava aos cogumelos. Mais além viam-se, em grupos, um grande número de árvores de folhagem desbotada. Elas eram fáceis de reconhecer: eram os humildes arbustos da Terra, com dimensões fenomenais, licopódios com cem pés de altura, sigilárias gigantes, fetos arborescentes do tamanho de pinheiros de altas latitudes, lepidodendros de caules cilíndricos bifurcados, com longas folhas e pelos eriçados nas pontas, ásperos como monstruosas suculentas.

– Impressionante, magnífico, esplêndido! – exclamou meu tio. – Aí está toda a flora do segundo período do mundo, o período de transição. Aí estão as humildes plantas de nossos jardins que foram árvores nos primeiros séculos do globo! Olhe, Axel, admire! Nunca nenhum botânico se deparou com uma festa como essa!

– Tem razão, tio. A Providência divina parece ter tentado preservar nesta imensa estufa as plantas antediluvianas que a sagacidade dos cientistas reconstruiu com tanto sucesso.

– Falou bem, meu rapaz, é uma estufa. Mas falaria ainda melhor se dissesse que talvez seja um zoológico.

– Um zoológico!
– Sim, provavelmente. Veja essa poeira em que pisamos, essas ossadas espalhadas pelo chão.
– Ossadas! – exclamei. – Sim, ossadas de animais antediluvianos!

Lancei-me sobre aqueles vestígios seculares feitos de uma substância mineral indestrutível[12]. Eu dava sem hesitar um nome àqueles ossos gigantescos que lembravam troncos de árvores ressecadas.

– Essa é a mandíbula do mastodonte – eu disse. – Esses são os molares do dinotério, aqui é um fêmur que só pode ter pertencido ao maior desses animais, o megatério. Sim, era um zoológico, pois essas ossadas certamente não foram transportadas até aqui por um cataclismo. Os animais aos quais eles pertenciam viveram nas margens desse mar subterrâneo, à sombra dessas plantas arborescentes. Veja, são esqueletos inteiros. No entanto...

– No entanto? – perguntou meu tio.
– Não entendo a presença de quadrúpedes como esses nesta caverna de granito.
– Por quê?
– Porque a vida animal só passou a existir na Terra nos períodos secundários, quando o terreno sedimentar foi formado pelos aluviões, e substituiu as rochas incandescentes da época primitiva.
– Axel, tenho uma resposta bem simples para sua objeção: este terreno é um terreno sedimentar.
– Como assim? A essa profundidade?
– Provavelmente. E esse fato pode ser explicado geologicamente. Em determinada época, a Terra era formada somente por uma crosta elástica, submetida a movimentos alternados para

---

[12] Fosfato de cal. [N.A.]

cima e para baixo, em virtude das leis da atração. É provável que tenha ocorrido um rebaixamento do solo, e que parte dos terrenos sedimentares tenha sido arrastada para o fundo dos abismos que se abriram subitamente.

– Talvez. Mas se animais antediluvianos viveram nestas regiões subterrâneas, quem garante que um desses monstros não esteja vagando ainda no meio dessas florestas escuras ou atrás dessas rochas escarpadas?

Essa ideia já me fez olhar, não sem medo, para diversos pontos no horizonte. Mas não parecia haver nenhum ser vivo naquele litoral desértico.

Senti-me um pouco cansado. Fui sentar-me na ponta de um promontório ao pé do qual as ondas vinham quebrar ruidosamente. Dali, meu olhar abraçava toda aquela baía formada por um recorte da costa. Ao fundo, um pequeno porto formado entre as rochas piramidais. Suas águas calmas dormiam ao abrigo do vento. Um brigue e duas ou três escunas poderiam se ancorar ali com facilidade. Eu quase esperava ver algum navio saindo com todas as velas enfunadas e afastando-se sob a brisa do sul.

Mas essa ilusão se dissipou rapidamente. Éramos de fato as únicas criaturas vivas naquele mundo subterrâneo. Quando o vento se acalmava, um silêncio mais profundo que os silêncios do deserto descia sobre as rochas áridas e pesava na superfície do oceano. Procurei então perfurar as brumas distantes, rasgar aquela cortina jogada sobre o fundo misterioso do horizonte. Quantas perguntas não queriam sair dos meus lábios? Onde terminava aquele mar? Para onde ele levava? Conseguiríamos algum dia conhecer as margens do outro lado?

Meu tio não tinha dúvidas. Eu desejava e temia ao mesmo tempo saber.

Depois de uma hora contemplando aquele maravilhoso espetáculo, retomamos o caminho da praia para voltar à gruta, e foi dominado pelos mais estranhos pensamentos que caí em um sono profundo.

XXXI

No dia seguinte, acordei completamente curado. Pensei que um banho me faria muito bem, então fui mergulhar por alguns minutos nas águas daquele que certamente poderia ser comparado a um Mediterrâneo.

Voltei para comer com um belo apetite. Hans cuidou de cozinhar nossa pequena refeição. Ele tinha água e fogo à disposição, de forma que pôde variar um pouco nossa comida habitual. De sobremesa, ele nos serviu algumas xícaras de café, e nunca essa bebida me pareceu tão prazerosa como naquele momento.

– Agora é a hora da maré – disse meu tio –, e não podemos perder a ocasião de estudar esse fenômeno.

– Maré? Como assim? – exclamei.

– É isso mesmo.

– A Lua e o Sol influenciam até aqui?

– E por que não? Os corpos não são sujeitos como um todo à atração universal? Por que essa massa de água escaparia à regra geral? Além disso, apesar da pressão atmosférica sobre sua superfície, você a verá se levantar como o próprio Atlântico.

Nesse momento pisávamos na areia e as ondas avançavam pouco a pouco sobre a praia.

– Veja a onda se formando! – exclamei.

– Sim, Axel, e depois dessa espuma você verá que o mar se elevará cerca de dez pés.

– É maravilhoso!
– Não. É natural.
– O senhor pode achar isso, mas tudo me parece extraordinário, e mal consigo acreditar no que estou vendo. Quem poderia imaginar que existe dentro da crosta terrestre um verdadeiro oceano, com fluxos e refluxos, brisas e tempestades?
– E por que não? Existe uma razão física que se oponha a isso?
– Não vejo nenhuma, uma vez que se abandone a teoria do calor central.
– Então até aqui a teoria de Davy se justifica?
– Evidentemente, e, portanto, nada impede que existam mares ou regiões diversas no interior do globo.
– Sem dúvida, mas inabitadas.
– Bem, e por que essas águas não dariam abrigo a peixes de uma espécie desconhecida?
– De qualquer forma, não vimos nenhum até o momento.
– Bem, podemos fabricar linhas e ver se o anzol terá tanto sucesso aqui quanto nos oceanos sublunares.
– Vamos tentar, Axel, pois precisamos penetrar em todos os segredos dessas novas regiões.
– Mas onde estamos, tio? Pois ainda não fiz essa pergunta à qual seus instrumentos já devem ter respondido.
– Horizontalmente, a trezentos e cinquenta léguas da Islândia.
– Tudo isso?
– Estou certo de que não me enganaria em quinhentas toesas.
– E a bússola continua indicando o Sudeste?
– Sim, com uma declinação para o ocidente de dezenove graus e quarenta e dois minutos, exatamente como na superfície. Quanto à sua inclinação, ocorre um fato curioso que observei com muito cuidado.

– Qual?

– A agulha, em vez de se inclinar na direção do polo, como faz no hemisfério boreal, faz o contrário.

– Então devemos concluir que o ponto de atração magnética se encontra entre a superfície do globo e o ponto em que viemos parar?

– Exato, e é provável que se chegássemos sob as regiões polares, perto dos 70 graus, em que James Rosse descobriu o polo magnético, veríamos a agulha se endireitar verticalmente. Então esse misterioso centro de atração não se encontra situado a uma grande profundidade.

– De fato, e eis um fato do qual a ciência não suspeitava.

– A ciência, meu rapaz, é feita de erros. Mas erros que devem ser cometidos, pois vão levando aos poucos à verdade.

– E a que profundidade estamos?

– A trinta e cinco léguas.

– Ou seja – disse, analisando o mapa –, a parte montanhosa da Escócia está acima de nós, e as montanhas Grampian elevam a uma altura extraordinária seu topo coberto de neve.

– Pois é – riu o professor. – É um pouco pesado de se carregar, mas a abóbada é sólida. O grande arquiteto do universo a construiu com bons materiais, e nunca o homem teria conseguido algo parecido. O que são os arcos das pontes e os arcobotantes das catedrais perto dessa nave com um raio de três léguas, sob a qual se estendem um oceano e tempestades?

– Ah! Espero que o céu não caia sobre minha cabeça. Agora, tio, quais são seus planos? Não pretende retornar à superfície?

– Retornar? Essa é boa! Pelo contrário, vamos continuar nossa viagem, pois tudo deu muito certo até agora.

– Mas não vejo como vamos penetrar sob essa planície líquida.

— Bem, não pretendo mergulhar de cabeça. Mas, na verdade, os oceanos não passam de lagos, uma vez que são cercados de terra, ainda mais porque esse mar interno se encontra cercado pelo maciço granítico.
— Sem dúvida.
— Muito bem! Nas margens opostas, tenho certeza de que encontraremos saídas novas.
— Qual a extensão desse oceano, na sua opinião?
— Trinta ou quarenta léguas.
— Ah! — falei, imaginando que aquela estimativa poderia ser inexata.
— Por isso não temos tempo a perder, e amanhã mesmo já partiremos.
Instintivamente, procurei o navio que nos transportaria.
— Ah, vamos embarcar! — falei. — Certo. E em qual navio iremos?
— Não será um navio, meu rapaz, mas sim uma boa e sólida jangada.
— Jangada! — exclamei. — Uma jangada é tão impossível de se construir quanto um navio, e não vejo como...
— Você não vê, Axel, mas se prestasse atenção conseguiria ouvir!
— Ouvir?
— Sim, as marteladas que indicam que Hans já está trabalhando.
— Ele está construindo uma jangada?
— Está.
— Como? Ele já derrubou as árvores com o machado?
— Ah, as árvores já estavam derrubadas. Venha, e você o verá com a mão na massa.
Após quinze minutos de caminhada, do outro lado do promontório que formava o pequeno porto natural, vi Hans trabalhando.

Mais alguns passos e cheguei perto dele. Para minha grande surpresa, havia uma jangada quase pronta estendida sobre a areia. Era feita de vigas de uma madeira específica, e um grande número de traves, peças curvas, junções de toda espécie literalmente cobriam o chão. Havia ali o suficiente para construir uma frota inteira.

–Tio – exclamei –, que madeira é essa?

– É pinho, abeto, bétula, todas as espécies de coníferas do Norte, mineralizadas pela ação das águas do mar.

– Seria possível?

– É o que chamam de *surtarbrandur*, ou madeira fossilizada.

– Mas então deve ser dura como pedra, como o lignito. Conseguirá boiar?

– Pode acontecer. Certas madeiras se transformaram em verdadeiros antracitos. Mas outras, tais como estas, só sofreram um início de transformação fóssil. É melhor observar – disse meu tio, jogando ao mar um daqueles preciosos destroços.

O pedaço de madeira afundou e depois voltou à superfície das ondas, flutuando ao sabor de suas ondulações.

– Está convencido? – perguntou meu tio.

– Convencido sobretudo de que não dá para acreditar nisso!

Na noite seguinte, graças à habilidade do guia, a jangada estava pronta. Ela tinha dez pés de comprimento por cinco de largura. As toras de *surtarbrandur*, amarradas por fortes cordas, ofereciam uma superfície sólida, e uma vez lançada, essa embarcação improvisada flutuou tranquilamente sobre as águas do mar Lidenbrock.

XXXII

No dia 13 de agosto, acordamos bem cedo. Seria a inauguração de um novo tipo de locomoção rápida e pouco cansativa.

Um mastro feito de duas hastes gêmeas, uma verga formada de uma terceira, e uma vela feita de nossas cobertas compunham o aparelho da jangada. Não faltavam cordas. O conjunto era sólido.

Às 6 horas, o professor deu o sinal para o embarque. Os víveres, as bagagens, os instrumentos, as armas e uma notável quantidade de água doce coletada dos rochedos estavam em seus devidos lugares.

Hans havia instalado um leme que lhe permitia conduzir seu aparelho flutuante. Ele assumiu a direção e eu soltei as amarras que nos atracavam à margem. A vela foi ajustada e zarpamos rapidamente.

No momento de deixar o pequeno porto, meu tio, que valorizava a nomenclatura geográfica, quis lhe dar um nome: o meu, dentre tantos.

– Na verdade – eu disse –, tenho outro a lhe propor.

– Qual?

– O nome de Gräuben. Porto Gräuben, ficará muito bem no mapa.

– Que seja, então, Porto Gräuben.

E foi assim que a memória de minha querida virlandesa se anexou à nossa afortunada expedição.

A brisa soprava do Nordeste. De vento em popa, navegávamos com extrema rapidez. As densas camadas da atmosfera criavam uma pressão considerável e agiam sobre a vela como um potente ventilador.

Ao fim de uma hora, meu tio conseguiu calcular nossa velocidade.

– Se continuarmos nesse ritmo – ele disse –, faremos pelo menos trinta léguas em vinte e quatro horas e não tardaremos a avistar as margens opostas.

Não respondi e fui me posicionar à frente da jangada. A costa setentrional já baixava no horizonte. Os dois braços do litoral abriam-se amplamente, como para facilitar nossa partida. Um mar imenso descortinava-se diante de meus olhos. Grandes nuvens passeavam rapidamente sobre a superfície sua sombra acinzentada, que parecia pesar sobre aquela água lúgubre. Os raios prateados da luz elétrica, refletidos aqui e ali por alguma gotícula, faziam eclodir pontos luminosos sobre as laterais da embarcação. Logo perdemos de vista qualquer sinal de terra, qualquer ponto de referência e, não fosse a trilha espumante da jangada, eu poderia acreditar que ela permanecia em perfeita imobilidade.

Por volta do meio-dia, algas imensas vieram ondular na superfície das ondas. Eu conhecia a potência vegetativa daquelas plantas, que se arrastam a uma profundidade de mais de 12 mil pés no fundo do mar, reproduzem-se sob uma pressão de quase 400 atmosferas e muitas vezes formam bancos consideráveis que entravam a passagem dos navios. Mas creio que nunca houve algas mais gigantescas que as do mar Lidenbrock.

Nossa jangada passou por algas com três a quatro mil pés de comprimento, serpentes imensas que seguiam a perder de vista. Eu me divertia acompanhando com o olhar suas fitas infinitas, sempre em busca de sua extremidade, e assim durante horas inteiras minha paciência foi entretida, quando não meu espanto.

Que força natural era aquela que podia produzir tais plantas, e qual seria o aspecto da Terra nos primeiros séculos de sua formação, quando, sob a ação do calor e da umidade, o reino vegetal se desenvolvia sozinho em sua superfície?

Anoiteceu. Como eu havia notado na véspera, o estado luminoso do ar não sofreu nenhuma diminuição. Era um fenômeno constante, com o qual podíamos contar.

Depois do jantar, deitei-me ao pé do mastro e não tardei a adormecer em meio a indolentes devaneios.

Hans, impassível ao leme, deixava a jangada correr. Empurrada pelo vento, esta não precisava nem mesmo ser conduzida.

Desde que partimos do Porto Graüben, o professor Lidenbrock havia me encarregado de manter o "diário de bordo", anotando cada observação por menor que fosse, relatando os fenômenos interessantes, a direção do vento, a velocidade atingida, o caminho percorrido, enfim, todos os incidentes dessa insólita navegação.

Portanto, limitarei-me a reproduzir aqui essas anotações cotidianas, ditadas pelos eventos, para oferecer um relato mais exato de nossa travessia.

Sexta-feira, 14 de agosto. Brisa constante do Noroeste. A jangada avança com rapidez e em linha reta. A costa permanece a trinta léguas a sota-vento. Nada no horizonte. A intensidade da luz não varia. Tempo firme, ou seja, nuvens bem elevadas, pouco espessas e banhadas em uma atmosfera branca, como a prata em fusão.

Termômetro: + 32° centígrados.

Ao meio-dia, Hans preparou um anzol na ponta de uma corda com um pedacinho de carne, e o jogou ao mar. Durante duas horas não pegou nada. Seriam inabitadas aquelas águas? Não. Hans sentiu uma fisgada na linha e a puxou, trazendo um peixe que se debatia vigorosamente.

— Um peixe! — exclamou meu tio.
— É um esturjão! — também exclamei. — Um pequeno esturjão!

O professor observou atentamente o animal e não concordou comigo. Aquele peixe tinha a cabeça chata, arredondada e a parte anterior do corpo coberta de placas ósseas, a boca sem dentes e nadadeiras peitorais bastante desenvolvidas ajustadas ao corpo sem cauda. Aquele animal pertencia de fato a uma ordem classificada pelos naturalistas como esturjão, mas diferia deles em aspectos bastante essenciais.

Meu tio não estava enganado, pois, após um rápido exame, ele disse:

— Esse peixe pertence a uma família extinta há séculos, cujos vestígios fósseis foram encontrados em terrenos devonianos.

— Como pudemos pegar com vida um habitante de mares primitivos? — perguntei.

— Pois é — respondeu o professor, prosseguindo com suas observações —, e você vê que esses peixes fósseis não têm nenhuma identidade com as espécies atuais. Conseguir um desses seres com vida é a verdadeira felicidade para um naturalista.

— Mas a qual família ele pertence?
— À ordem dos ganoides, família dos cefalaspídeos, gênero...
— Gênero...?
— Gênero dos *Pterychtis*, posso jurar. Mas este tem uma particularidade que, dizem, encontra-se entre os peixes de águas subterrâneas.

— Qual?
— Ele é cego!

— Cego?

— Não somente cego, como falta-lhe completamente o órgão da visão.

Olhei para o peixe. Era verdade. Mas poderia ser um caso excepcional. Então lançaram novamente a linha ao mar. Aquele oceano certamente era piscoso, pois em duas horas pegamos uma grande quantidade de *Pterychtis*, bem como peixes de uma família igualmente extinta, dos dipterígios, mas cujo gênero meu tio não conseguiu identificar. Nenhum deles tinha o órgão da visão. Esse peixe inesperado renovou vantajosamente nossas provisões.

Parecia então uma constante que esse mar contasse apenas com espécies fósseis, com peixes e répteis tanto mais perfeitos quanto mais antiga fosse sua criação.

Talvez fôssemos encontrar alguns daqueles sáurios que a ciência conseguiu reconstituir com um pedaço de osso ou cartilagem.

Apanhei a luneta e fui examinar o mar. Estava deserto. Provavelmente ainda estávamos perto demais da costa.

Olhei para cima. Por que alguns daqueles pássaros reconstituídos pelo imortal Cuvier não bateriam suas asas naquelas pesadas camadas atmosféricas? Os peixes seriam uma fonte suficiente de alimentos. Observei o espaço, mas os ares estavam tão inabitados quanto o litoral.

Contudo, minha imaginação me levou para as maravilhosas teorias da paleontologia. Sonhei acordado. Pensei ter visto na superfície das águas enormes tartarugas antediluvianas parecidas com ilhas flutuantes. Nas praias sombreadas, pareciam passar os grandes mamíferos dos primórdios, os leptotérios, encontrados nas cavernas do Brasil, o mericotério, vindo das regiões geladas da Sibéria. Mais além, o paquiderme *Lophiodon*, a anta gigante, escondia-se atrás das rochas, pronta para disputar sua presa com o anoplotério, estranho animal parente do rinoceronte, do cavalo, do hipopótamo e do camelo, como se o Criador, apressado nas primeiras horas do mundo, tivesse reunido vários animais em um só. O mastodonte gigante girava sua tromba e esmagava sob suas presas os rochedos do litoral, enquanto o megatério apoiava-se sobre suas enormes patas e fuçava a terra, despertando com seus rugidos o eco dos granitos sonoros. Mais acima, o protopiteco, primeiro símio que surgiu na superfície da Terra, escalava picos íngremes. Mais acima ainda, o pterodáctilo, de mãos aladas, deslizava como um grande morcego no ar comprimido. Por fim, nas últimas camadas, pássaros imensos, mais fortes que o casuar, maiores que a avestruz, abriam suas grandes asas e batiam com a cabeça contra a parede da abóbada granítica.

Todo esse mundo fóssil renasceu na minha imaginação. Voltei às eras bíblicas da Criação, muito anteriores ao surgimento do homem, quando a Terra incompleta ainda não lhe bastava. Meu sonho antecedia, portanto, a aparição dos seres animados. Os mamíferos desapareceram, depois as aves, depois os répteis do período secundário, e, por fim, os peixes, os crustáceos, os moluscos e os artrópodes. Os zoófitos do período de transição, por sua vez, voltaram ao nada. Toda a vida terrestre se resumia a mim, e meu coração era o único a bater naquele mundo despovoado. Não havia mais estações, nem clima. O próprio calor do globo crescia sem parar e neutralizava o do astro radiante. A vegetação abundava. Eu passava como uma sombra no meio dos fetos arborescentes, pisoteando com meu passo incerto a marga iridescente e os arenitos coloridos do chão. Apoiava-me no tronco de coníferas imensas. Deitei-me à sombra de esfenófilos, asterófilos e licopódios com 100 pés de altura.

Os séculos passavam como dias. Remontei à série das transformações terrestres. As plantas desapareceram; as rochas graníticas perderam a dureza; o estado líquido substituiu o estado sólido sob a ação de um calor mais intenso; as águas corriam pela superfície do globo, ferviam, evaporavam; os vapores envolviam a Terra, que pouco a pouco passou a ser somente uma massa gasosa incandescente, grande e brilhante como o Sol!

No centro dessa nebulosa, mil e quatrocentas vezes maior que esse globo que ela viria a formar um dia, fui arrastado pelos espaços planetários. Meu corpo sutilizava-se, sublimava-se e misturava-se como um átomo imponderável a esses imensos vapores que traçavam no infinito sua órbita inflamada!

Que sonho! Para onde ele me levava? Minha mão febril rabiscava no papel seus estranhos detalhes. Esqueci tudo: do professor, do guia, da jangada! Uma alucinação se apossou de minha mente...

– O que houve? – perguntou meu tio.

Meus olhos, arregalados, fixaram-se nele sem enxergá-lo.

– Cuidado, Axel, você vai cair no mar!

Ao mesmo tempo, senti a mão de Hans me agarrar vigorosamente. Sem ele, dominado pelo meu sonho, eu teria me jogado no mar.

– Ficou maluco? – gritou o professor.

– O que aconteceu? – disse finalmente, voltando a mim.

– Está doente?

– Não, tive um momento de alucinação, mas passou. Fora isso, está tudo bem?

– Sim! Temos uma boa brisa e o mar está tranquilo! Estamos indo rápido e, se minhas estimativas estiverem certas, não demoraremos a aportar.

Com essas palavras, levantei-me e fui olhar o horizonte. Mas a linha da água continuava a se confundir com a linha das nuvens.

XXXIII

Sábado, 15 de agosto. O mar mantém sua monótona uniformidade. Nenhuma terra à vista. O horizonte parece excessivamente recuado.

A violência de meu sonho continuava a pesar sobre minha cabeça.

Meu tio, apesar de não ter sonhado, estava de mau humor. Com sua luneta, percorreu todos os pontos do espaço e cruzou os braços com um ar contrariado.

Notei que o professor Lidenbrock parecia estar voltando a ser o homem impaciente de costume, e assinalei o fato em meu diário. Minhas agruras e sofrimentos podem ter arrancado dele alguma centelha de humanidade, mas, depois de minha recuperação, sua natureza voltou a prevalecer. Mas por que a irritação? A viagem não estava se passando em circunstâncias das mais favoráveis? A jangada não avançava em maravilhosa rapidez?

– Está preocupado, tio? – perguntei, ao vê-lo olhar pela luneta seguidas vezes.

– Preocupado? Não.

– Impaciente, então?

– Com razão, não?

– Mas estamos andando com velocidade...

– E daí? Não é que a velocidade seja pequena, o mar que é grande demais!

Lembrei-me então de que o professor, antes da partida, estimava em cerca de trinta léguas o comprimento dessa passagem subterrânea. Ora, tínhamos percorrido um caminho três vezes mais longo, e nada de margens do sul.

– Não estamos descendo! – continuou o professor. – Tudo isso é perda de tempo e, enfim, não vim de tão longe para fazer um passeio de barco num laguinho!

Ele chamou aquela travessia de passeio de barco, e aquele mar de laguinho!

– Mas – eu disse – seguimos o caminho indicado por Saknussemm...

– Essa é a questão. Será que seguimos mesmo esse caminho? Saknussemm encontrou essa extensão de água? Será que a atravessou? Esse riacho que seguimos como guia, será que ele não nos extraviou completamente?

– De qualquer forma, não podemos nos lamentar de termos chegado até aqui. É um espetáculo magnífico e...

– A ideia não é ver. Eu me propus um objetivo, e quero atingi-lo! Então não me venha falar em admirar!

Não discuti, e deixei o professor mordendo os lábios de impaciência. Às 6 horas da noite, Hans pediu o pagamento e recebeu seus 3 risdales.

Domingo, 16 de agosto. Sem novidades. Tempo igual. Vento com leve tendência a esfriar. Ao acordar, o primeiro cuidado que tenho é de constatar a intensidade da luz. Continuo temendo que o fenômeno elétrico venha a escurecer e por fim se apagar. Mas não. A sombra da jangada se desenha nitidamente sobre a superfície da água.

Esse mar era realmente infinito! Devia ter a largura do Mediterrâneo, ou mesmo do Atlântico. Por que não?

Meu tio fez a sondagem diversas vezes. Prendeu uma das picaretas mais pesadas na extremidade de uma corda e a soltou por duzentas braças, mas não conseguiu alcançar o fundo. Com muita dificuldade, trouxemos nossa sonda de volta.

Quando a picareta voltou a bordo, Hans me mostrou marcas bem nítidas em sua superfície. Era como se aquele pedaço de ferro tivesse sido vigorosamente apertado entre dois corpos duros.

Olhei para o caçador.

– *Tänder*! – ele disse.

Não entendi. Virei-me para meu tio, que estava completamente absorto em seus pensamentos. Não quis incomodá-lo. Voltei para o islandês, que abrindo e fechando várias vezes a boca, transmitiu o que estava pensando.

– Dentes! – exclamei com perplexidade, olhando a barra de ferro com mais atenção.

Sim! De fato eram marcas de dentes incrustadas no metal! Deviam ser mandíbulas de uma força prodigiosa! Seria um monstro das espécies perdidas a se agitar sob a camada profunda das águas, mais voraz que o tubarão, mais temível que a baleia? Não conseguia tirar os olhos daquela barra roída pela metade! Será que o sonho da noite anterior viraria realidade?

Aqueles pensamentos me perturbaram o dia inteiro, e minha imaginação mal se acalmou em um sono de poucas horas.

Segunda-feira, 17 de agosto. Tento me lembrar dos instintos particulares desses animais antediluvianos do período secundário, que, sucedendo os moluscos, os crustáceos e os peixes, precederam a aparição dos mamíferos na Terra. O mundo pertencia então aos répteis. Esses monstros reinavam nos mares jurássicos[13]. A natureza lhes havia dado a mais completa organização. Que estrutura gigantesca! Que força prodigiosa! Os sáurios atuais, jacarés e crocodilos, os maiores e mais temíveis, não passavam de miniaturas enfraquecidas de seus pais das primeiras eras!

Tremo só de pensar naqueles monstros. Nenhum olho humano jamais os viu vivos. Eles apareceram na Terra mil séculos antes do homem, mas suas ossadas fósseis, encontradas naquele calcário argiloso que os ingleses chamaram de *lias*, permitiram que eles fossem reconstruídos anatomicamente e que pudéssemos conhecer sua colossal estrutura.

Vi no Museu de Hamburgo o esqueleto de um daqueles sáurios que media 30 pés de comprimento. Estaria eu, habitante da Terra, destinado a me ver face a face com esses representantes de uma família antediluviana? Não! Impossível. No entanto, as marcas dos dentes estavam gravadas na barra de ferro, e vi que eram cônicas como as do crocodilo.

Apavorado, olhei fixamente, para o mar. Tive medo de ver saltar para fora um daqueles habitantes das cavernas submarinas.

Suponho que o professor Lidenbrock compartilhava de minhas ideias, senão de meus temores, pois depois de examinar a picareta, ele percorreu os olhos pelo oceano.

"Que diabos", pensei comigo mesmo, "mas que ideia foi essa de fazer a sondagem! Ele perturbou algum animal marinho em seu esconderijo, e se não formos atacados no caminho!..."

Olhei de soslaio para as armas, para me certificar de que elas estavam em bom estado. Meu tio percebeu e aprovou o gesto.

---

[13] Mares do período secundário que formaram os terrenos que compõem as montanhas do Jura. [N.A.]

Grandes agitações produzidas na superfície das águas já indicavam a perturbação das camadas profundas. O perigo estava próximo. Precisávamos ficar atentos.

Terça-feira, 18 de agosto. Cai a noite, ou melhor, chega o momento em que o sono pesa em nossas pálpebras, pois não anoitece nesse oceano, e a luz implacável cansa obstinadamente nossos olhos, como se navegássemos sob o sol dos mares árticos. Hans está no leme. Durante seu turno, eu durmo.

Duas horas depois, fui acordado por um abalo assustador. A jangada foi erguida acima das ondas com uma força indescritível e arremessada a vinte toesas de distância.

— O que aconteceu? — perguntou meu tio. — Batemos em alguma coisa?

Hans apontou com o dedo, a uma distância de 200 toesas, para uma massa preta que subia e descia. Olhei e gritei:

— É um marsuíno colossal!

— Sim — replicou meu tio —, e agora um lagarto do mar de um tamanho incomum.

— E mais além, um crocodilo monstruoso! Veja só essa mandíbula e a fileira de dentes. Ah, ele sumiu!

— Uma baleia! Uma baleia! — exclamou o professor. — Estou vendo suas nadadeiras enormes! Veja o ar e a água que ela solta pelas aberturas!

De fato, duas colunas líquidas se elevavam a uma altura considerável acima do mar. Ficamos surpresos, estupefatos, apavorados na presença daquela manada de monstros marinhos. Eles tinham dimensões sobrenaturais, e o menor deles quebraria a jangada com uma só dentada. Hans quis mover o leme a favor do vento para escapar daqueles perigosos vizinhos. Mas ele viu na outra borda outros inimigos não menos temíveis: uma tartaruga de 40 pés e uma serpente de 30 pés, projetando sua enorme cabeça acima das ondas.

Era impossível fugir. Os répteis estavam se aproximando. Eles giravam em torno da jangada com uma rapidez que nem trens em alta velocidade conseguiriam alcançar, em círculos concêntricos. Peguei minha carabina. Mas que efeito uma bala poderia produzir nas escamas do corpo daqueles animais?

Ficamos mudos de pavor. Eis que eles se aproximavam! De um lado, o crocodilo; do outro, a serpente. O resto da manada marinha desapareceu. Preparei-me para atirar. Hans me deteve com um sinal. Os dois monstros passaram a cerca de cinquenta toesas da jangada, lançando-se um contra o outro, e o furor os impediu de nos ver. O combate se dava a cem toesas da jangada. Pudemos ver distintamente os dois monstros lutando.

Mas parecia-me que agora os outros animais haviam chegado para participar da luta: o marsuíno, a baleia, o lagarto e a tartaruga. Eu os via a cada instante e os mostrava ao islandês, que balançava a cabeça em negação.

– *Tva* – ele disse.

– O quê? Dois? – ele disse que eram somente dois animais.

– Ele tem razão – exclamou meu tio, sem tirar os olhos da luneta.

– Não é possível!

– O primeiro desses monstros tem o focinho de um marsuíno, cabeça de lagarto e dentes de crocodilo. Foi isso que nos enganou. É o mais temível dos répteis antediluvianos, o ictiossauro!

– E o outro?

– O outro é uma serpente escondida na carapaça de uma tartaruga, terrível inimiga do primeiro, o plesiossauro!

Hans disse a verdade. Eram somente dois monstros agitando a superfície do mar daquela forma, e estávamos diante de dois répteis dos oceanos primitivos. Vi o olho sangrento do ictiossauro, do tamanho da cabeça de um homem. A natureza o dotou de um aparelho ótico de extrema potência e capaz de resistir à pressão das camadas de água nas profundezas que ele habita. Recebeu o apropriado nome de baleia dos sáurios, devido à rapidez e ao tamanho. Este não media menos que 100 pés, tamanho que consegui calcular quando ele ergueu acima das ondas as nadadeiras verticais de sua cauda. Sua mandíbula era enorme e, segundo os naturalistas, não tinha menos que 182 dentes.

O plesiossauro, serpente de tronco cilíndrico e cauda curta, tinha as patas dispostas em forma de remos. Com um corpo inteiramente revestido de uma carapaça, e um pescoço flexível como do cisne, chegava a medir 30 pés quando estendido acima da água.

Esses animais se atacavam com uma fúria indescritível, levantando montanhas líquidas que se estendiam até a jangada. Por vinte vezes estivemos prestes a virar. Ouvimos assobios de prodigiosa intensidade. Os dois bichos estavam entrelaçados, impossíveis de se distinguir um do outro! Era necessário ficar atento à fúria do vencedor.

Uma, duas horas se passaram. A luta continuava com o mesmo afinco. Os combatentes aproximaram-se da jangada e afastaram-se dela um a um. Permanecemos imóveis, prontos para atirar.

De repente, o ictiossauro e o plesiossauro desapareceram, causando um verdadeiro turbilhão. Terminariam a luta nas profundezas do mar?

Mas, de repente, uma cabeça enorme saltou para fora: era o plesiossauro. O monstro havia sido mortalmente ferido. Eu não via mais sua imensa carapaça. Somente seu longo pescoço esticava-se, dobrava, tornava a se levantar, curvava-se novamente, batia nas ondas como um chicote gigante e se retorcia como uma minhoca cortada. A água jorrava a uma distância considerável, cegando-nos. Mas logo a agonia do réptil chegou ao fim, seus movimentos diminuíram, suas contorções se acalmaram, e aquele pedaço de serpente se estendeu como uma massa inerte sobre as ondas.

E o ictiossauro, teria ele voltado para sua caverna submarina, ou iria reaparecer na superfície do mar?

XXXIV

Quarta-feira, 19 de agosto. Felizmente o vento, que sopra com força, permitiu que fugíssemos rapidamente daquela cena de guerra. Hans continua ao leme. Meu tio, arrancado de suas ideias obsessivas pelos incidentes do combate, voltou à sua impaciente contemplação do mar. A viagem voltou à sua monótona uniformidade, que não faço questão nenhuma de romper com perigos como o de ontem.

Quinta-feira, 20 de agosto. Brisa norte-nordeste bastante irregular. Temperatura quente. Avançamos a uma velocidade de 3 léguas e meia por hora.

Por volta do meio-dia, ouvimos um barulho ao longe. Registro aqui o fato sem conseguir explicá-lo. É um ronco contínuo.

– É algum rochedo ou uma ilhota distante onde o mar está quebrando – disse o professor.

Hans subiu até o topo do mastro, mas não avistou nenhum obstáculo. O oceano estava uniforme até a linha do horizonte.

Passaram-se três horas. Os roncos pareciam vir de uma queda d'água distante.

Apontei o fato para meu tio, que acenou com a cabeça. Contudo, eu estava convicto de que não me enganara. Estaríamos correndo para alguma catarata que nos jogaria no abismo? Talvez aquela maneira de descer agradasse ao professor por se aproximar da vertical, mas a mim...

De todo modo, devia estar acontecendo algum fenômeno ruidoso a algumas léguas de distância, pois agora os estrondos estavam violentos. Viriam do céu ou do oceano?

Olhei na direção dos vapores suspensos na atmosfera, procurando sondar sua profundidade. O céu estava tranquilo. As nuvens, carregadas para o ápice da abóbada, pareciam imóveis e perdidas na intensa irradiação da luz. Seria preciso então buscar em outro lugar a causa do fenômeno.

Investiguei então no horizonte puro e limpo de qualquer névoa. Seu aspecto era o mesmo. Mas se o barulho estivesse vindo de uma queda, de uma catarata, se todo esse oceano estivesse se precipitando em uma bacia inferior, se os estrondos estivessem sendo produzidos por uma massa d'água em queda, a correnteza se intensificaria e sua velocidade crescente poderia me dar a medida do perigo. Consultei a correnteza. Nula. Uma garrafa vazia que joguei ao mar permaneceu parada.

Por volta das 4 horas, Hans se levantou, agarrou-se ao mastro e o escalou até o topo. De lá, seu olhar percorreu o arco de oceano em frente à jangada e se fixou em um ponto. Seu rosto não exprimia nenhuma surpresa, mas seu olhar se deteve em algo.

– Ele viu alguma coisa – disse meu tio.

– Parece que sim.

Hans desceu, estendeu o braço para o sul e disse:

– *Der nere!*

– Lá? – pergunta meu tio.

E pegando sua luneta, ele olhou atentamente durante um minuto, que mais me pareceu um século.

– Sim, sim! – exclamou.

– O que está vendo?

– Um jato imenso despontando acima das ondas.

– Mais um animal marinho?

– Talvez.

– Então vamos nos dirigir mais a oeste, pois sabemos o perigo desses monstros antediluvianos!

– Vamos em frente – respondeu meu tio.

Virei-me para Hans. Ele mantinha o rumo com inflexível rigor.

No entanto, se da distância que nos separava daquele animal, de doze léguas no mínimo, era possível ver a coluna de água que jorrava por suas narinas, ele devia ser de um tamanho sobrenatural. Fugir seria seguir as leis da mais básica prudência. Mas não estávamos ali para sermos prudentes.

Então seguimos em frente. Quanto mais nos aproximávamos, mais o jato crescia. Que monstro poderia se encher com tanta água e expulsá-la assim sem interrupção?

Às 8 horas da noite estávamos a menos de duas léguas dele. Seu corpo escuro, enorme, monstruoso, estendia-se no mar como uma ilhota. Seria uma ilusão? Seria medo? Ele parecia ter mais de mil toesas de comprimento! Qual seria então esse cetáceo que nem Cuvier, nem Blumenbach previram? Estava imóvel, como se dormisse. O mar parecia não conseguir erguê-lo, e eram as ondas que ondulavam contra seus flancos. A coluna d'água, projetada a uma altura de 500 pés, caía com um barulho ensurdecedor. Corremos como loucos na direção daquela massa potente que cem baleias não alimentariam em um dia.

Fui tomado pelo pavor. Não queria seguir em frente! Cortaria, se preciso, a corda da vela! Revoltei-me com o professor, que não me respondeu.

De repente Hans se levantou, apontando para o ponto ameaçador:

– *Holme!* – ele disse.

– Uma ilha! – exclamou meu tio.

– Uma ilha! – repeti, dando de ombros.
– Evidentemente – gargalhou o professor.
– Mas e essa coluna d'água?
– *Geyser*[14] – disse Hans.
– Ah! Um gêiser, sem dúvida – respondeu meu tio –, um gêiser parecido com os da Islândia!

Não quis admitir, primeiramente, ter me enganado tão redondamente. Confundir uma ilhota com um monstro marinho! Mas a evidência se impôs, e por fim tive de admitir meu equívoco. Era somente um fenômeno natural.

À medida que nos aproximávamos, as dimensões do esguicho se tornavam grandiosas. A ilhota parecia mesmo um cetáceo imenso cuja cabeça dominava as ondas a uma altura de 10 toesas. O gêiser ou, como diriam os islandeses, *geysir*, sinônimo de "fúria", elevava-se majestosamente em sua extremidade. Houve detonações abafadas em alguns momentos, e o enorme jato, tomado por fúrias mais violentas, chacoalhava seu leque de vapores chegando até a primeira camada de nuvens. Ele estava sozinho. Nem fumaças, nem fontes quentes o cercavam, e toda a potência vulcânica se resumia a ele. Os raios de luz elétrica vinham se misturar a esse jato brilhante, onde cada gota continha todas as cores do prisma.

– Vamos acostar – disse o professor.

Mas era necessário evitar com cuidado aquela tromba d'água, que afundaria a jangada em um segundo. Hans, manobrando com destreza, nos levou até a extremidade da ilhota.

Saltei sobre a rocha; meu tio me seguiu rapidamente, enquanto o caçador permaneceu em seu posto, como um homem que está acima desse tipo de susto.

---

[14] Célebre fonte de água que jorra ao pé do Hecla. [N.A.]

Caminhamos sobre um granito misturado com tufo silicoso. O chão, que tremia sob nossos pés como os flancos de uma caldeira com vapor superaquecido, pelava. Chegamos a um ponto em que era possível ver uma pequena bacia central de onde jorrava o gêiser. Mergulhei na água fervente um termômetro, que marcou um calor de 163 graus.

Então aquela água saía de uma fornalha escaldante. Aquilo contrariava singularmente as teorias do professor Lidenbrock, e não resisti a fazer essa observação.

– Certo – respondeu –, e o que isso prova contra minha teoria?

– Nada – eu disse em um tom seco, ao me ver diante de uma teimosia absoluta.

No entanto, fui obrigado a admitir que até aquele momento nossa sorte havia sido excepcional, e que por uma razão desconhecida, a viagem estava sendo realizada em condições particulares de temperatura. Mas parecia-me evidente que chegaríamos a qualquer dia a essas regiões onde o calor central atinge os mais altos limites e ultrapassa todas as graduações dos termômetros.

Era o que veríamos. Palavra do professor, que, depois de batizar aquela ilhota vulcânica com o nome do sobrinho, deu o sinal de reembarque.

Permaneci alguns minutos contemplando o gêiser. Notei que seu jato estava irregular em suas irrupções, às vezes diminuía de intensidade, e depois voltava com novo vigor, o que atribuí às variações de pressão dos vapores acumulados em seu reservatório.

Por fim, partimos contornando as rochas muito escarpadas do sul. Hans aproveitou a pausa para recuperar a jangada.

Mas, antes de desembarcar, fiz algumas observações para calcular a distância percorrida, e as anotei no diário. Havíamos atravessado 270 léguas de mar desde Porto Graüben, e estávamos a 620 léguas da Islândia, sob a Inglaterra.

XXXV

Sexta-feira, 21 de agosto. No dia seguinte, o magnífico gêiser desapareceu. O vento esfriou e rapidamente nos afastou da ilhota de Axel. Os estrondos foram se apagando aos poucos.

O tempo, se é que posso usar essa expressão, iria mudar em breve. A atmosfera se carregava de vapores levando consigo a eletricidade formada pela evaporação das águas salinas, as nuvens se rebaixavam visivelmente e assumiam uma coloração uniformemente oliva. Os raios elétricos mal conseguiam atravessar essa opaca cortina baixada sobre o palco onde seria encenado o drama das tempestades.

Fiquei particularmente impressionado, como acontece com todas as criaturas da Terra frente à aproximação de um cataclismo. Os "cúmulos"[15] empilhados ao sul apresentavam um aspecto sinistro. Tinham aquela aparência "impiedosa" que se nota muitas vezes no início de tempestades. O ar estava pesado, e o mar, calmo.

De longe, as nuvens lembravam grandes bolas de algodão amontoadas em uma pitoresca desordem. Pouco a pouco elas se inflaram e perderam em número o que ganhavam em volume, tão pesadas que não conseguiam se soltar do horizonte. Mas, com o sopro das correntes elevadas, elas se fundiram aos poucos,

---

[15] Nuvens de formas arredondadas. [N.A.]

escureceram e logo formaram uma camada única de aspecto amedrontador. Às vezes uma pelota de vapores, ainda iluminada, quicava nesse tapete cinzento e se juntava à massa opaca.

Evidentemente a atmosfera estava saturada. Fiquei todo impregnado e meus cabelos se eriçavam na cabeça como se estivessem perto de uma máquina elétrica. Se meus companheiros encostassem em mim naquele momento, tenho a impressão de que levariam um choque violento.

Às 10 horas da manhã, os sintomas da tempestade se tornaram mais decisivos. Era como se o vento perdesse força para recuperar o fôlego. A nuvem se assemelhava a um imenso odre onde se acumulavam os furacões.

Não queria acreditar nas ameaças do céu, mas não pude deixar de dizer:

– Há um mau tempo se formando.

O professor não respondia. Estava com um humor terrível, ao ver o oceano se prolongando indefinidamente diante de seus olhos. Ele deu de ombros ao meu comentário.

– Teremos tempestade – eu disse, estendendo a mão para o horizonte. – Essas nuvens estão baixando como se fossem esmagar o mar!

Silêncio geral. O vento se calou. A natureza parecia morta e não mais respirava. No mastro, onde já via despontar um ligeiro fogo de santelmo, a vela caía em dobras pesadas. A jangada estava imóvel no meio de um mar denso e sem ondulações. Mas se não íamos avançar mais, para quê manter essa vela, que poderia nos meter em apuros ao primeiro choque da tempestade?

– Vamos recolher a vela e baixar nosso mastro, será mais prudente – eu disse.

– Não, diabos! – exclamou meu tio. – Mil vezes não! Que o vento nos pegue! Que a tempestade nos leve! Mas que eu finalmente veja os rochedos de uma margem, ainda que nossa jangada se quebre contra eles em mil pedaços!

Mal ele terminou a frase, o horizonte ao sul mudou subitamente de aspecto. Os vapores acumulados viraram água, e o ar, violentamente puxado para preencher os vazios resultantes da condensação, virou um furacão, vindo das extremidades mais recuadas da caverna. A escuridão se aprofundou. Mal consegui fazer algumas anotações incompletas.

A jangada foi jogada para cima em um salto, e meu tio junto com ela. Arrastei-me até ele, que se agarrava fortemente à ponta de um cabo e parecia achar graça naquele espetáculo de elementos desencadeados.

Hans não se mexia. Seus longos cabelos, bagunçados pelo furacão sobre seu rosto imóvel, davam-lhe uma estranha fisionomia, pois suas pontas carregavam pequenos tufos luminosos. Sua assustadora expressão era a de um homem antediluviano contemporâneo dos ictiossauros e megatérios.

Mas o mastro resistiu. A vela inflou como uma bolha prestes a estourar. A jangada avançava com um impulso que não consigo estimar, mas menos rápido ainda que as gotas d'água deslocadas por baixo, feitas linhas retas e nítidas pela rapidez.

– A vela! A vela! – eu disse, fazendo sinal para que a abaixassem.

– Não! – respondeu meu tio.

– *Nej* – disse Hans, mexendo levemente a cabeça.

No entanto, a chuva formava uma catarata estrondosa diante daquele horizonte, para o qual corríamos feito insensatos. Mas antes que ela chegasse até nós, o véu de nuvem se rasgou, o mar entrou em ebulição e a eletricidade, produzida por uma vasta operação química nas camadas superiores, entrou em ação. Aos estouros do trovão se misturaram os jatos faiscantes do relâmpago.

Inúmeros raios se cruzaram no meio das explosões. A massa de vapores se tornou incandescente. O granizo que batia no metal de nossas ferramentas ou de nossas armas se iluminava. As ondas elevadas pareciam morros ignívomos com um fogo interior e cristas enfeitadas de chamas como penachos.

A intensidade da luz me cegava, e o estrondo do trovão me ensurdecia. Precisei me segurar ao mastro, que se dobrava como uma taboa sob a violência do furacão.

• • •

[Aqui minhas notas de viagem se tornam muito incompletas. Só encontrei algumas observações fugazes e feitas sem pensar, por assim dizer. Mas, em sua brevidade, ou até obscuridade, elas são marcadas pela emoção que me dominava, e transmitem o sentimento de nossa situação melhor do que minha memória.]

• • •

Domingo, 23 de agosto. Onde estávamos? Navegando com incomparável rapidez.

A noite foi terrível. A tempestade não se acalmava. O barulho era incessante, e explosões perfuravam nossos tímpanos. Não conseguimos trocar uma palavra.

Os relâmpagos não paravam. Via ziguezagues que, após uma descarga rápida, voltavam de baixo para cima e atingiam a abóbada de granito. E se ela desmoronasse? Outros relâmpagos se bifurcavam ou assumiam a forma de globos de fogo que explodiam como bombas. O barulho em geral não parecia aumentar. Ele ultrapassava o limite de intensidade que o ouvido humano consegue perceber, e, ainda que toda a pólvora do mundo explodisse ao mesmo tempo, não conseguiríamos ouvir mais.

Havia uma emissão contínua de luz na superfície das nuvens. A matéria elétrica se desprendia incessantemente de suas moléculas. Era evidente que os elementos gasosos do ar estavam alterados. Inúmeras colunas de água projetavam-se na atmosfera, caindo na forma de espuma.

Para onde estávamos indo?... Vi meu tio deitado na ponta da jangada. O calor redobrou. Olhei o termômetro; ele indicava... [O número está apagado.]

Segunda-feira, 24 de agosto. – Parecia não ter mais fim! Por que o estado dessa atmosfera tão densa, uma vez modificado, não seria definitivo?

Estávamos mortos de cansaço. Hans, inalterado. A jangada corria invariavelmente para o sudeste. Fizemos mais de duzentas léguas desde a ilhota de Axel.

Ao meio-dia, a violência do furacão redobrou. Precisamos amarrar firme todos os objetos que compunham a carga, e cada um de nós também. As águas passavam por cima de nossas cabeças.

Impossível trocar uma única palavra há três dias. Abríamos a boca, mexíamos os lábios, mas não saía nenhum som significativo. Nem ao pé do ouvido conseguíamos nos ouvir.

Meu tio aproximou-se de mim e articulou algumas palavras. Creio que ele me disse: "Estamos perdidos", mas não tenho certeza.

Tomei a iniciativa de lhe escrever estas palavras: "Vamos recolher a vela".

Ele fez um sinal de consentimento.

Mal sua cabeça fez esse gesto, um disco de fogo surgiu à beira da jangada. O mastro e a vela foram-se de uma vez e os vi subindo a uma altura prodigiosa, parecidos com um pterodáctilo, ave fantástica de eras passadas.

Paralisamos de medo. A bola metade branca, metade azul, da grossura de uma bomba de 10 polegadas, passeou lentamente, girando com surpreendente velocidade sob influência do furacão. Ela passeou de um lado a outro, subiu em um dos suportes da jangada, saltou sobre o saco de mantimentos, desceu um pouco, quicou, roçou a caixa de pólvora. Que horror! Íamos explodir! Não! O disco brilhante se afastou. Aproximou-se de Hans, que o olhava fixamente, do meu tio, que se ajoelhou para desviar dele, e de mim, pálido e trêmulo sob o brilho da luz e do calor. Rodopiou perto de meu pé, que tentei retirar. Não consegui.

Um odor de gás nitroso preenchia a atmosfera. Ele penetrava na garganta e nos pulmões, sufocando-nos.

Por que não conseguia tirar o pé? Estaria pregado na jangada? Ah! A queda do globo elétrico havia imantado todo o ferro da embarcação. Os instrumentos, as ferramentas, as armas se agitavam, chocando-se com um tinido agudo. Os pregos de meu sapato aderiram violentamente a uma placa de ferro incrustada na madeira. Não conseguia recolher o pé!

Por fim, com um violento esforço, consegui puxá-lo no momento em que a bola ia pegá-lo em seu movimento giratório e me arrastar junto, se...

Ah, que luz intensa! O globo explodiu! Fomos cobertos por jatos de chamas!

Depois, tudo se apagou. Tive tempo de ver meu tio estendido na jangada. Hans continuava ao leme, "cuspindo fogo" sob influência da eletricidade que o penetrava!

Para onde estávamos indo? Para onde?

...

Terça-feira, 25 de agosto. – Acordei de um desmaio prolongado. A tempestade continuava. Os relâmpagos se encadeavam como um ninho de serpentes soltas na atmosfera.

Ainda estávamos no mar? Sim, e navegando a uma velocidade incalculável. Passamos sob a Inglaterra, o Canal da Mancha, a França, a Europa inteira, talvez!

• • •

Ouvimos um barulho novo! Evidentemente era o mar quebrando nos rochedos!... Mas então...

XXXVI

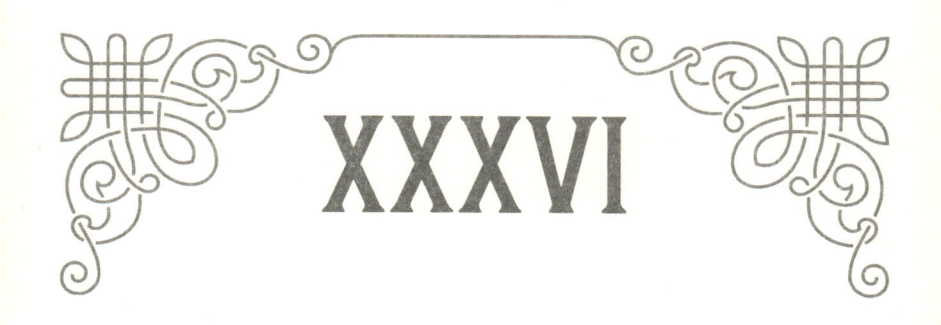

Aqui termina o que chamei de "diário de bordo", felizmente salvo do naufrágio. Retomo meu relato como antes.

Não sei dizer o que aconteceu no choque da jangada com os recifes da costa. Senti ter sido jogado na água, e se escapei da morte, se meu corpo não foi destroçado pelas pedras pontudas, foi graças ao braço vigoroso de Hans, que me salvou do abismo.

O corajoso islandês me transportou para longe do alcance das ondas, deixando-me na areia quente, onde me vi lado a lado com meu tio.

Depois, voltou para os rochedos nos quais se chocavam ondas furiosas, para salvar alguns destroços do naufrágio. Eu não conseguia falar. Estava exausto física e emocionalmente. Precisei de uma boa hora para me recuperar.

No entanto, uma chuva diluviana continuava a cair, mas com a típica intensificação que anuncia o fim das tempestades. Algumas rochas superpostas nos ofereceram abrigo contra as torrentes do céu. Hans preparou alimentos nos quais não consegui tocar, e todos nós, esgotados pelas vigílias de três noites, caímos em um sono doloroso.

No dia seguinte, o tempo estava magnífico. O céu e o mar se acalmaram de comum acordo, e já não havia mais qualquer sinal de tempestade. Foram as alegres palavras do professor que me saudaram ao despertar.

— E então, garoto! – exclamou. – Dormiu bem?

Não parecia que estávamos na casa da Königstrasse, que eu descia tranquilamente para almoçar e que meu casamento com a pobre Graüben seria realizado naquele dia mesmo?

Infelizmente, não! Por menos que a tempestade tivesse jogado a jangada para o leste, nós havíamos passado sob a Alemanha, sob minha querida Hamburgo, sob essa rua onde habitava tudo que eu amo no mundo. Então eram menos de quarenta léguas que nos separavam! Mas quarenta léguas verticais de um muro de granito e, na realidade, mais de mil léguas a serem vencidas!

Todas essas dolorosas reflexões passaram rapidamente pela minha cabeça antes de eu responder à pergunta de meu tio.

— Ah! Não quer me dizer se dormiu bem?

— Muito bem – respondi. – Ainda esgotado, mas tudo bem.

— Tudo bem mesmo, é só um pouco de cansaço.

— Mas o senhor me parece muito alegre esta manhã, tio.

— Muito animado, meu rapaz! Muito! Chegamos!

— Ao fim da expedição?

— Não, mas ao fim deste mar que não acabava mais. Agora vamos retomar a via terrestre e de fato nos enfiar nas entranhas do globo.

— Tio, permita-me uma pergunta?

— Permissão dada, Axel.

— E a volta?

— A volta! Ah, está pensando na volta quando nem mesmo chegamos?

— Não, só quero saber como ela será feita.

— Da maneira mais simples do mundo. Uma vez no centro do esferoide, ou encontramos um caminho novo para voltar à superfície, ou voltamos tranquilamente pelo caminho que já percorremos. Gosto de pensar que ele não se fechará atrás de nós.

– Então precisamos recuperar a jangada.
– Certamente.
– E as provisões? Ainda há o suficiente para realizar todas essas grandes coisas?
– Sim, certamente. Hans é um rapaz hábil, e tenho certeza de que ele guardou a maior parte da carga. Aliás, vamos conferir.

Deixamos aquela gruta totalmente aberta. Tinha uma esperança que era, ao mesmo tempo, um temor: parecia-me impossível que a terrível colisão da jangada não tivesse destruído tudo que ela carregava. Eu estava enganado. Quando cheguei à praia, vi Hans no meio de uma multidão de objetos todos arrumados. Meu tio apertou sua mão com muita gratidão. Aquele homem, de uma dedicação sobre-humana talvez única, havia trabalhado enquanto dormíamos e salvou os objetos mais preciosos, arriscando sua vida.

Não que não tivéssemos sofrido perdas bastante sensíveis, como nossas armas, por exemplo. Mas podíamos passar sem elas. A provisão de pólvora havia permanecido intacta, depois de quase ter explodido durante a tempestade.

– Muito bem – exclamou o professor –, como estamos sem fuzis, não teremos de caçar.

– Certo. Mas e os instrumentos?

– O manômetro está aqui. É o mais útil, por ele eu teria dado todos os outros! Com ele, consigo calcular a profundidade e saber quando atingiremos o centro. Sem ele, correríamos o risco de passar direto e sair pelos antípodas!

Era uma alegria feroz.

– Mas e a bússola? – perguntei.

– Está aqui, sobre a rocha, em perfeito estado, assim como os cronômetros e termômetros. Ah, que homem precioso é esse caçador!

Era preciso reconhecer que, em termos de instrumentos, nada faltava. Quanto às ferramentas e outros materiais, vi espalhadas sobre a areia escadas, cordas, picaretas etc.

Contudo, ainda havia a questão dos víveres para elucidar.

– E as provisões? – perguntei.

– Vamos vê-las agora – respondeu meu tio.

As caixas que as continham estavam enfileiradas sobre a areia em perfeito estado de conservação. O mar as havia poupado em sua maior parte, e no total, entre biscoitos, carne salgada, genebra e peixe seco, podíamos contar ainda com quatro meses de víveres.

– Quatro meses! – exclamou o professor. – É tempo de ir e voltar, e com o que restar quero dar um grande jantar para todos os meus colegas do Johannaeum!

Eu já devia estar acostumado há muito tempo com o temperamento de meu tio, mas esse homem sempre me surpreendia.

– Agora vamos repor nossa provisão de água com a chuva que a tempestade despejou em todas essas bacias de granito. Assim não teremos medo de passar sede. Quanto à jangada, vou recomendar a Hans que a conserte da melhor forma possível, ainda que eu imagine que não precisaremos mais dela.

– Como assim? – exclamei.

– Uma ideia que tive, meu rapaz! Creio que não vamos sair por onde entramos.

Olhei para o professor com certa desconfiança. Eu me perguntava se ele não teria enlouquecido. No entanto, "mal ele sabia o quanto estava certo".

– Vamos comer – continuou.

Eu o segui até um cabo elevado depois que ele deu suas instruções ao caçador. Ali a carne seca, o biscoito e o chá compuseram uma excelente refeição e, devo confessar, uma das melhores de minha vida. A necessidade, o ar livre, a calma após as agitações, tudo contribuiu para despertar meu apetite.

Durante o almoço, perguntei ao meu tio se ele sabia onde estávamos naquele momento.

– Penso que seja difícil de calcular – falei.

– Com exatidão, sim – respondeu. – Chega a ser impossível, pois durante esses três dias de tempestade não consegui anotar a velocidade e a direção da jangada. Mas podemos tentar estimar nossa localização.

– De fato, a última observação foi feita na ilhota do gêiser...

– A ilhota Axel, garoto. Não recuse a honra de ter batizado com seu nome a primeira ilha descoberta no centro do maciço terrestre.

– Que seja! Até a ilhota Axel, havíamos percorrido cerca de duzentas e setenta léguas de mar e estávamos a mais de 600 léguas da Islândia.

– Ótimo, então vamos partir desse ponto e contar quatro dias de tempestade, durante os quais nossa velocidade não deve ter sido abaixo de 80a léguas a cada vinte e quatro horas.

– Acho que sim. Então seriam mais trezentas léguas.

– Sim, e o mar Lidenbrock teria mais ou menos 600 léguas de uma margem à outra! Axel, percebe que ele está ombro a ombro com o Mediterrâneo?

– Sim, sobretudo se só o tivermos atravessado no sentido da largura!

– O que é bastante possível!

– E uma curiosidade: se nossos cálculos estiverem exatos, o Mediterrâneo está neste momento sobre nossas cabeças.

– Sério?

— Sério, pois estamos a novecentas léguas de Reykjavik!
— É um longo caminho, meu rapaz. Mas que estejamos mais sob o Mediterrâneo do que sob a Turquia ou o Atlântico, isso não diz se nos desviamos de nossa direção.
— Não, o vento parecia constante. Então penso que essa margem deve estar situada a sudeste do Porto Graüben.
— Bem, é fácil confirmar isso consultando a bússola. Vamos consultar a bússola!

O professor dirigiu-se para o rochedo onde Hans havia deixado os instrumentos. Ele estava animado, alegre, esfregava as mãos e fazia poses! Um verdadeiro rapaz! Eu o segui, curioso para saber se não estava enganado em minha estimativa.

Chegando ao rochedo, meu tio pegou a bússola, colocou-a horizontalmente e observou a agulha, que, depois de oscilar, parou em uma posição fixa sob a influência magnética.

Meu tio olhou, esfregou os olhos e olhou novamente. Por fim, virou-se para mim, pasmo.

— O que foi? – perguntei.

Fez sinal para que eu examinasse o instrumento. Soltei uma exclamação de surpresa. A ponta da agulha marcava o Norte onde supúnhamos ser o Sul. Ela girava na direção da praia em vez de mostrar o alto-mar!

Mexi na bússola e a examinei. Estava em perfeito estado. Em qualquer posição que eu pusesse a agulha, esta voltava obstinadamente para aquela direção inesperada.

Então não havia mais dúvidas: durante a tempestade, houve uma mudança brusca de vento que não percebemos, e a jangada foi levada para as margens que meu tio acreditava ter deixado para trás.

XXXVII

Seria impossível descrever a sucessão de sentimentos que agitaram o professor Lidenbrock: perplexidade, incredulidade e, por fim, raiva. Nunca vi um homem passar do desconcerto à irritação daquela forma. O cansaço da travessia, os perigos, tudo de volta à estaca zero! Nós havíamos recuado em vez de avançar!

Mas meu tio logo recuperou o controle.

– A fatalidade está de brincadeira comigo! – exclamou. – Os elementos conspiram contra mim! O ar, o fogo e água juntam forças para me bloquear a passagem! Muito bem! Veremos o poder de minha vontade. Não cederei, não recuarei nem um passo, e veremos quem vencerá, o homem ou a natureza!

De pé sobre o rochedo, irritado e ameaçador, Otto Lidenbrock, como o implacável Ájax, parecia desafiar os deuses. Mas achei por bem intervir e colocar um freio àquele arroubo insensato.

– Escute – eu disse em um tom firme, – existe um limite para qualquer ambição aqui embaixo. Não devemos lutar contra o impossível. Estamos mal preparados para uma viagem por mar. Não se percorrem quinhentas léguas em um amontoado de toras com um cobertor como vela, um pau à guisa de mastro contra ventanias violentas. Não conseguimos conduzir, somos presas das tempestades, e seria loucura tentar uma segunda vez essa travessia impossível!

Consegui desfiar essa série de motivos irrefutáveis durante dez minutos sem ser interrompido, mas só porque o professor não deu a mínima atenção, sem ouvir uma única palavra de minha argumentação.

– Para a jangada! – exclamou.

Foi essa a resposta. Não adiantava suplicar ou me debater: era como esmurrar uma vontade mais dura que granito.

Hans terminava naquele momento de consertar a jangada. Parecia que aquele estranho ser adivinhava os planos de meu tio. Com alguns pedaços de *surtarbrandur* ele reforçou a embarcação. Já havia uma vela hasteada e o vento enchia suas dobras flutuantes.

O professor disse algumas palavras ao guia, que logo embarcou as bagagens e arrumou tudo para a partida. O tempo estava bastante limpo e o vento noroeste soprava firme.

O que eu podia fazer? Resistir sozinho contra os dois? Impossível. Se ao menos Hans estivesse do meu lado. Mas não! Parecia que o islandês havia deixado de lado qualquer vontade pessoal e feito voto de abnegação. Eu não conseguiria nada de alguém tão servil a seu mestre. Teria de seguir em frente.

Então fui sentar-me no meu lugar de costume na jangada, quando meu tio me segurou.

– Só partiremos amanhã – ele disse.

Fiz o gesto de um homem resignado a tudo.

– Não posso negligenciar nada – continuou –, e como a fatalidade me trouxe para esta parte da costa, não a deixarei sem fazer um reconhecimento.

Esse comentário fazia sentido uma vez que soubemos que havíamos voltado para a margem do Norte, mas não no mesmo ponto de nossa primeira partida. O Porto Graüben devia estar mais a oeste. Nada mais razoável, portanto, do que examinar com cuidado os arredores dessa nova ancoragem.

— Vamos à descoberta! — falei.

Deixamos Hans com seus afazeres e partimos. O espaço entre as saliências do mar e o pé dos contrafortes era bastante grande. Era possível andar meia hora até chegar à parede dos rochedos. Nossos pés esmagavam inúmeras conchas de todas as formas e tamanhos, onde viveram os animais dos primórdios. Também vi enormes carapaças, de diâmetro muitas vezes superior a 15 pés, pertencentes aos gigantescos gliptodontes do plioceno, dos quais a tartaruga moderna é uma miniatura. Além disso, o chão parecia repleto de uma grande quantidade de cascalho, pedrinhas arredondadas pelas ondas e dispostas em sucessivas fileiras. Fui levado então a concluir que o mar devia ter ocupado aquele espaço no passado. Sobre as rochas esparsas e agora fora de seu alcance, as ondas haviam deixado vestígios evidentes de sua passagem.

Esta poderia explicar até certo ponto a existência de um oceano a 40 léguas abaixo da superfície terrestre. Mas, para mim, essa massa d'água devia estar se perdendo aos poucos para dentro das entranhas da Terra, e evidentemente provinha das águas do oceano, que passavam por alguma fissura. No entanto, era necessário admitir que essa fissura estava bloqueada atualmente, pois toda aquela caverna, ou melhor, aquele imenso reservatório, teria enchido dentro de um espaço bastante curto. Talvez essa água, tendo de lutar contra incêndios subterrâneos, tivesse evaporado. Daí a explicação das águas suspensas sobre nossa cabeça e a liberação da eletricidade que criava tempestades no interior do maciço terrestre.

Essa teoria sobre os fenômenos que testemunhamos me pareceu satisfatória. Por maiores que fossem as maravilhas da natureza, elas continuavam explicáveis pela física.

Caminhávamos então sobre uma espécie de terreno sedimentar formado pelas águas, como todos os terrenos desse período, tão amplamente distribuídos pela superfície terrestre. O professor examinava atentamente cada interstício de rocha. Se existisse qualquer abertura, seria importante sondar sua profundidade.

Percorremos o litoral do mar Lidenbrock por uma milha, quando o solo de repente mudou de aspecto. Parecia remexido, revirado por uma elevação violenta das camadas inferiores. Em vários pontos, afundamentos ou elevações atestavam um forte deslocamento do maciço terrestre.

Avançamos com dificuldade sobre aquelas fraturas de granito, misturadas com sílex, quartzo e depósitos de aluvião, quando um campo, mais que um campo, uma planície de ossadas apareceu à nossa vista. Parecia um imenso cemitério, onde gerações de vinte séculos misturavam sua poeira eterna. Víamos a distância grandes amontoados de cascalho, que ondulavam até os limites do horizonte e se perdiam em uma bruma derretida. Ali, em três milhas quadradas, talvez, acumulava-se toda a vida da história animal, mal escrita nos terrenos recentes demais do mundo habitado.

No entanto, uma impaciente curiosidade nos impelia. Nossos pés esmagavam com um ruído seco os restos daqueles animais pré-históricos, e os fósseis cujos raros e interessantes vestígios seriam disputados por museus de grandes cidades. A existência de mil Cuviers não teria bastado para recompor os esqueletos dos seres orgânicos que jaziam naquele magnífico ossuário.

Estava pasmo. Meu tio havia erguido seus grandes braços para a espessa abóbada que nos servia de céu. Sua boca escancarada, seus olhos faiscantes por trás das lentes dos óculos, sua cabeça que virava de cima para baixo, de um lado para outro, enfim, toda sua postura denotava um espanto sem limites. Estava diante de uma coleção inestimável de leptotérios, mericotérios, lofodontes, anoplotérios, megatérios, mastodontes, protopitecos, pterodáctilos, todos os monstros antediluvianos amontoados ali para sua satisfação pessoal. Era como se um bibliômano fanático houvesse transportado de uma vez a famosa biblioteca de Alexandria queimada por Omar e que um milagre teria feito renascer das cinzas! Era esse o meu tio, o professor Lidenbrock.

Mas foi um maravilhamento ainda maior quando, correndo através dessa poeira vulcânica, ele pegou um crânio desnudo e exclamou com uma voz trêmula:

– Axel! Axel! Uma cabeça humana!

– Uma cabeça humana, tio! – respondi, não menos surpreso.

– Sim, meu sobrinho! Ah, sr. Milne-Edwards! Ah, sr. de Quatrefages! Por que não estão aqui onde estou eu, Otto Lidenbrock?

XXXVIII

Para compreender a evocação feita por meu tio a esses ilustres cientistas franceses, é essencial saber que um fato de extrema importância na paleontologia havia se produzido algum tempo antes de nossa partida.

No dia 28 de março de 1863, durante a escavação comandada por Boucher de Perthes nas pedreiras de Moulin Quignon, perto de Abbeville, no departamento de Somme, na França, trabalhadores encontraram um maxilar humano quatorze pés abaixo da superfície. Era o primeiro fóssil dessa espécie a ser encontrado. Perto dele havia machados de pedra e sílex talhados, coloridos e revestidos de uma pátina uniforme ao longo do tempo.

A repercussão da descoberta foi grande, não somente na França, mas também na Inglaterra e na Alemanha. Vários estudiosos do Instituto Francês, como Milne-Edwards e de Quatrefages, empenharam-se na questão, demonstraram a incontestável autenticidade da ossada em questão, e se tornaram defensores fervorosos desse "processo do maxilar", para usar a expressão inglesa.

Aos geólogos do Reino Unido que deram o fato como certo – Falconer, Busk, Carpenter e outros –, juntaram-se estudiosos da Alemanha e, entre eles, na primeira fila, o mais impetuoso e entusiasmado, meu tio Lidenbrock.

A autenticidade de um fóssil humano do período quaternário parecia então incontestavelmente demonstrada e aceita.

É verdade que essa teoria encontrou um adversário ferrenho em Élie de Beaumont. Esse cientista de alta autoridade alegava que o terreno de Moulin Quignon não pertencia ao "diluvium", mas sim a uma camada mais recente, e, alinhado com Cuvier, ele não admitia que a espécie humana tivesse sido contemporânea dos animais do quaternário. Meu tio Lidenbrock, juntamente com a grande parte dos geólogos, manteve-se firme, brigou, discutiu, e Élie de Beaumont permaneceu mais ou menos isolado em seu posicionamento.

Sabíamos de todos esses detalhes, mas ignorávamos que, desde nossa partida, a questão havia feito novos progressos. Outros maxilares idênticos, ainda que pertencentes a indivíduos de tipos diversos e diferentes nações, foram encontrados nas terras móveis e cinzentas de certas grutas na França, na Suíça e na Bélgica, bem como armas, utensílios, ferramentas, ossadas de crianças e adolescentes, homens e velhos. A existência do homem quaternário se confirmava a cada dia.

E não era tudo. Novos vestígios exumados do terreno terciário pliocênico permitiram que cientistas ainda mais audaciosos atribuíssem uma antiguidade maior à raça humana. É verdade que esses vestígios não eram ossos humanos, mas somente objetos fabricados por humanos, tíbias, fêmures de animais fósseis, com estrias regulares, esculpidos, por assim dizer, e que levavam a marca de um trabalho humano.

E assim, em um salto, o homem subiu vários séculos na escala do tempo, precedendo o mastodonte e tornando-se contemporâneo do *Elephas meridionalis*; teria cem mil anos de existência, uma vez que é a data atribuída pelos geólogos mais renomados à formação do terreno pliocênico!

Tal era o estado da ciência paleontológica, e o que conhecíamos dela era suficiente para explicar nossa atitude diante daquele ossuário do mar Lidenbrock. Logo, eram compreensíveis a surpresa e as alegrias de meu tio, sobretudo quando vinte anos mais tarde ele veio a encontrar, face a face, por assim dizer, um dos espécimes do homem quaternário.

Era um corpo humano absolutamente identificável. Teria um solo de natureza particular, como o do cemitério de Saint-Michel, em Bordeaux, o conservado daquela forma durante séculos? Não sei dizer. Mas aquele cadáver, de pele esticada e apergaminhada, com membros ainda moles – aparentemente, pelo menos –, dentes intactos, cabelos abundantes, unhas das mãos e dos pés assustadoramente longas, mostrava-se a nós tal como havia vivido.

Fiquei mudo perante aquela aparição de uma outra era. Meu tio, tão loquaz, tão impetuosamente falante, também se calava. Levantamos e endireitamos aquele corpo, que nos encarava com suas órbitas cavas. Apalpamos seu tórax sonoro.

Após alguns instantes de silêncio, o tio foi vencido pelo professor. Otto Lidenbrock, levado por seu temperamento, esqueceu as circunstâncias de nossa viagem, o lugar onde estávamos e a imensa caverna que nos continha. Provavelmente achou que estava no Johannaeum, lecionando para seus alunos, pois assumiu um tom doutoral, e falou para uma plateia imaginária:

– Senhores, tenho a honra de lhes apresentar um homem do período quaternário. Grandes cientistas negaram sua existência, ao passo que outros, não menores, a afirmaram. Os São Tomés da paleontologia, se aqui estivessem, o tocariam com o dedo e seriam obrigados a reconhecer seu erro. Sei que a ciência deve ficar atenta a descobertas do gênero! Estou ciente da exploração de fósseis humanos por parte de pessoas como Barnum e outros charlatões do tipo. Conheço a história da rótula de Ajax, do pretenso corpo de Orestes encontrado pelos espartanos e do corpo de Astérios, com seus dez côvados de comprimento, descrito por Pausânias. Li os relatos sobre o esqueleto de Trapani descoberto no século XIV, no qual quiseram reconhecer Polifemo, e a história do gigante desenterrado durante o século XVI nos arredores de Palermo. Assim como eu, os senhores conhecem a análise feita perto de Lucerna, em 1577, das grandes ossadas que o célebre médico Félix Platter declarava pertencer a um gigante de quase 19 pés! Devorei os tratados de Cassanion e todas essas memórias, brochuras, discursos e contradiscursos publicados sobre o esqueleto do rei dos cimbros, Teutobochus, o invasor da Gália, exumado de um areal do Delfinado em 1613! No século XVIII, eu teria combatido junto com Pierre Campet a existência dos pré-adamitas de Scheuchzer! Tive nas mãos o texto *Gigans...*

Nesse ponto veio à tona o ponto fraco natural de meu tio, que em público não conseguia pronunciar palavras difíceis.

– O texto *Gigans...* – continuou.

Não conseguia avançar.

– *Giganteo...*

Impossível! A inoportuna palavra não saía de jeito nenhum! Como teriam rido no Johannaeum!

– *Gigantosteologia* –, concluiu o professor Lidenbrock, entre dois palavrões.

Em seguida continuou, mais animado:

– Sim, senhores, eu sei de todas essas coisas! Sei também que Cuvier e Blumenbach reconheceram nessas ossadas simples ossos de mamute e outros animais da época quaternária. Mas aqui, uma única dúvida seria um insulto à ciência! O cadáver está aqui! Vocês conseguem vê-lo e tocá-lo! Não é um esqueleto, é um corpo intacto, conservado com um intuito unicamente antropológico!

Achei por bem não contradizer essa afirmação.

— Se pudesse lavá-lo em uma solução de ácido sulfúrico — continuou meu tio —, eu eliminaria todas as partes terrosas e essas conchinhas brilhantes que estão nele incrustadas. Mas não tenho o precioso solvente. No entanto, tal como está, o corpo nos contará sua história.

Nesse momento, o professor pegou o cadáver fóssil e o manobrou com a destreza de um exibidor de curiosidades.

— Como podem ver — continuou —, ele não tem nem 6 pés de altura, e estamos longe dos pretensos gigantes. Quanto à sua raça, ela é incontestavelmente caucasiana. É a raça branca, a nossa! O crânio desse fóssil é regularmente ovoide, sem maçãs do rosto desenvolvidas, sem projeção do maxilar. Ele não apresenta nenhuma característica do prognatismo que modifica o ângulo facial[16]. Meçam esse ângulo, ele tem quase 90 graus. Mas irei mais longe ainda no caminho das deduções, e ouso dizer que essa amostra humana pertence à espécie jafética, disseminada desde as Índias até os limites da Europa ocidental. Não sorriam, senhores!

Ninguém sorria, mas o professor tinha o costume de ver os rostos se iluminando durante suas eruditas dissertações!

— Sim! — continuou com animação renovada. — Esse é um fóssil humano e contemporâneo dos mastodontes, cujas ossadas preenchem este anfiteatro. Mas dizer por qual rota ele chegou aqui, ou como essas camadas onde ele estava preso deslizaram até esta enorme cavidade do globo, é algo a que não me atrevo. Provavelmente no período quaternário, perturbações consideráveis ainda se manifestavam na crosta terrestre: o resfriamento contínuo do globo produzia fissuras, fendas, falhas, onde provavelmente se

---

[16] O ângulo facial é formado por dois planos: um mais ou menos vertical, tangente à testa e aos incisivos, e outro horizontal, que passa pela abertura dos dutos auditivos e da espinha nasal inferior. No jargão antropológico, essa projeção do maxilar que modifica o ângulo facial chama-se prognatismo. [N.A.]

precipitava uma parte do terreno superior. Não me pronuncio, mas, enfim, o homem está aqui, cercado por obras feitas por ele, seus machados, sílex talhados que constituíram a idade da pedra, e a menos que ele tenha vindo como eu, enquanto turista ou pioneiro da ciência, não posso colocar em dúvida a autenticidade de sua origem antiga.

O professor calou-se e explodi em aplausos unânimes. Além disso, meu tio tinha razão, e homens mais sábios que seu sobrinho teriam sido impedidos de combatê-lo.

Outro indício: aquele corpo fossilizado não era o único do imenso ossuário. Outros corpos se encontravam a cada passo que dávamos naquela poeira, e meu tio podia escolher a mais maravilhosa daquelas amostras para convencer os incrédulos.

Era de fato um espetáculo surpreendente aquele, o das gerações de homens e animais misturados no cemitério. Mas uma grave questão se apresentava, que não ousávamos resolver. Teriam aqueles seres animados deslizado, por uma convulsão do solo, na direção das margens do mar Lidenbrock quando já haviam virado poeira? Ou teriam vivido ali, naquele mundo subterrâneo, sob um céu artificial, nascendo e morrendo como os habitantes da Terra? Até então, apenas os monstros marinhos e os peixes haviam aparecido para nós vivos! Haveria algum homem do abismo errando por aquelas praias desertas?

XXXIX

Durante mais meia hora pisoteamos aquelas camadas de ossos. Seguíamos em frente, movidos por uma ardente curiosidade. Que outras maravilhas continha aquela caverna, que outros tesouros para a ciência? Meu olhar esperava todo tipo de surpresa, e minha imaginação, todo tipo de espanto.

As margens haviam há muito tempo desaparecido por trás das colinas do ossuário. O imprudente professor, pouco preocupado com o risco de se perder, me levava para longe. Avançávamos em silêncio, banhados por ondas elétricas. Por um fenômeno que não sei explicar, e graças à sua difusão, então completa, a luz iluminava uniformemente as diversas facetas dos objetos. Não existia mais foco em um único ponto determinado do espaço, e não se produzia nenhum efeito de sombra, como se fosse pleno meio-dia em pleno verão, no meio de regiões equatoriais sob os raios verticais do Sol. Todo o vapor havia desaparecido. Os rochedos, as montanhas longínquas, algumas massas confusas de florestas afastadas assumiam um estranho aspecto sob a distribuição homogênea do fluido luminoso. Parecíamos aquele fantástico personagem de Hoffmann que perde sua sombra.

Depois de caminhar por uma milha, chegamos à beira de uma imensa floresta, mas não como um daqueles bosques de cogumelos vizinhos ao porto Graüben.

Era a vegetação do período terciário em toda sua magnificência. Grandes palmeiras, espécies hoje extintas, extraordinários fósseis de palmáceas, pinheiros, teixos, ciprestes, tuias, representavam a família das coníferas, e ligavam-se entre si por uma rede complexa de lianas. Musgos e hepáticas revestiam o solo como um tapete macio, e alguns riachos murmuravam sob todas aquelas folhagens que, no entanto, não produziam sombra. Em suas bordas cresciam fetos arborescentes parecidos com os de estufas do globo habitado. Mas faltava cor àquelas árvores, àqueles arbustos, àquelas plantas, privados da vida fornecida pelo calor do Sol. Tudo se misturava em uma coloração uniforme, acastanhada, como se passada. As folhas eram desprovidas de verdor, e as próprias flores, tão numerosas nesse período terciário que as viram nascer, eram sem cores e perfumes, e pareciam feitas de um papel desbotado pela atmosfera.

Meu tio Lidenbrock se aventurou sob aquele gigantesco matagal. Eu o segui, não sem certa apreensão. Visto que a natureza havia fornecido ali uma alimentação vegetal, por que não haveria também os temíveis mamíferos? Naquelas amplas clareiras deixadas pelas árvores derrubadas e corroídas pelo tempo, vi leguminosas, aceráceas, rubiáceas e mil arbustos comestíveis, atraentes para ruminantes de todos os períodos. Depois surgiram, misturadas, árvores de diferentes regiões do globo, como o carvalho que crescia perto da palmeira, o eucalipto australiano apoiado no pinheiro da Noruega, a bétula do Norte entrelaçando seus galhos aos do kauri neozelandês. Era para confundir qualquer um dos classificadores mais astutos da botânica terrestre.

De repente, parei e detive meu tio.

A luz difusa permitia perceber os menores objetos na profundeza do matagal. Imaginei ter visto... não! Eu realmente via formas imensas agitando-se sob as árvores! Eram animais gigantescos, toda uma manada de mastodontes, não mais fósseis, mas vivos, e parecidos com aqueles cujos restos foram descobertos em 1801 nos pântanos de Ohio! Eu via aqueles grandes elefantes cujas trombas pululavam sob as árvores como uma legião de serpentes. Ouvia o barulho de suas longas presas de marfim perfurando troncos velhos. Os galhos estalavam, e as folhas arrancadas em porções consideráveis desapareciam dentro da grande goela daqueles monstros.

Esse sonho, onde eu vira renascer todo o mundo dos tempos pré-históricos, do período terciário e quaternário, enfim se realizava! E estávamos lá, sozinhos, nas entranhas do globo, à mercê de seus impiedosos habitantes!

Meu tio olhava.

– Vamos! – ele disse de repente, agarrando meu braço. – Anda, anda!

– Não! – exclamei. – Não! Estamos desarmados! O que faríamos no meio dessa manada de quadrúpedes gigantes? Venha, tio, venha! Nenhuma criatura humana consegue enfrentar impunemente a cólera desses monstros.

– Nenhuma criatura humana? – retrucou meu tio, baixando a voz. – Está enganado, Axel! Olhe ali! Parece-me que estou vendo um ser vivo! Um ser parecido conosco! Um humano!

Olhei, dando de ombros, e decidi levar a incredulidade até os últimos limites. Contudo, fui obrigado a me render à evidência.

De fato, a menos de um quarto de milha, apoiado no tronco de um enorme kauris, um ser humano, um proteu dessas regiões subterrâneas, um novo filho de Netuno, guardava aquela incalculável manada de mastodontes!

Immanis pecoris custos, immanior ipse!

Sim! *Immanior ipse*! Não era mais o ser fóssil cujo cadáver vimos no ossuário, era um gigante capaz de comandar aqueles monstros. Seu tamanho passava de 12 pés. Sua cabeça, grande como a de um búfalo, desaparecia no emaranhado de uma cabeleira desgrenhada. Uma verdadeira crina, parecida com a do elefante das primeiras eras. Ele brandia um galho enorme, digno daquele pastor antediluviano.

Ficamos imóveis, estupefatos. Mas não podíamos ser vistos. Precisávamos fugir.

– Vamos, vamos! – exclamei, arrastando meu tio, que pela primeira vez se deixou levar!

Um quarto de hora mais tarde, estávamos fora do campo de visão do temível inimigo.

E agora que penso nisso tranquilamente, agora que a calma voltou à minha mente, que se passaram meses desde esse estranho e sobrenatural encontro, o que pensar, no que acreditar? Não! Impossível! Nossos sentidos foram abusados, nossos olhos não viram o que viram! Não pode existir nenhuma criatura humana naquele mundo subterrestre! Nenhuma geração de homens habita aquelas cavernas inferiores do globo, sem se preocupar com os habitantes de sua superfície, sem se comunicar com eles! É loucura, pura loucura!

Prefiro admitir a existência de um animal cuja estrutura se aproximava da estrutura humana, de algum símio das primeiras eras geológicas, de algum protopiteco, de algum mesopiteco parecido com o que Lartet descobriu no ossuário de Sansan! Mas esse superava em tamanho todas as medidas dadas pela paleontologia! Pouco importa! Um macaco, sim, um macaco, por mais inverossímil que seja! Mas um homem, um homem vivo, e com ele toda uma geração escondida nas entranhas da Terra, jamais!

No entanto, deixamos a floresta clara e luminosa mudos de perplexidade, arrasados por uma estupefação que beirava a idiotia. Corríamos sem perceber. Era uma verdadeira fuga, parecida com as carreiras desenfreadas de certos pesadelos. Por instinto voltamos para o mar Lidenbrock, e não sei em que divagações minha mente foi levada, sem uma preocupação que me levasse a observações mais práticas.

Embora eu estivesse certo de estar pisando num solo inteiramente virgem para nós, vi várias agregações rochosas que lembravam as de porto Graüben. Aliás, aquilo confirmava a indicação da bússola e nosso retorno involuntário ao norte do mar Lidenbrock. Às vezes era difícil ver a diferença. Riachos e cascatas caíam às centenas das saliências. Pensei ter visto de novo a camada de *surtarbrandur*, nosso fiel *Hans-bach* e a gruta onde voltei à vida. Depois, alguns passos adiante, a disposição dos contrafortes, a aparição de um riacho, o perfil surpreendente de um rochedo vieram me colocar em dúvida.

O professor partilhava da minha confusão. Não conseguia se reconhecer no meio daquele panorama uniforme, algo que entendi com algumas palavras que ele deixou escapar.

– É evidente – eu disse – que não atracamos em nosso ponto de partida, mas certamente, ao contornar o litoral, vamos nos aproximar do porto Graüben.

– Nesse caso – respondeu meu tio –, nem adianta continuar essa exploração, e o melhor é voltar à jangada. Mas não está enganado, Axel?

– É difícil de dizer, pois todos os rochedos se parecem. Mas acho que reconheço o promontório em que Hans construiu sua embarcação. Devemos estar perto do pequeno porto, se é que não é este – completei, enquanto examinava uma enseada que parecia familiar.

– Claro que não, Axel, nós ao menos encontraríamos nossos próprios rastros, e não vejo nada...
– Mas estou vendo! – exclamei, lançando-me sobre um objeto que brilhava na areia.
– E o que é?
– Isto aqui! – respondi.
E mostrei ao meu tio um punhal coberto de ferrugem que eu acabara de apanhar.
– Veja só! – ele disse. – Então você havia trazido essa arma?
– Eu não, mas imagino que o senhor...?
– Não, que eu saiba. Nunca tive esse objeto em minha posse.
– Que estranho!
– Na verdade é bem simples, Axel. Os islandeses costumam ter armas do tipo, e Hans deve tê-la perdido nesta praia...
Balancei a cabeça em negação. Hans nunca teve esse punhal.
– Então seria a arma de algum guerreiro antediluviano – exclamei –, de algum homem vivo, um contemporâneo desse gigantesco pastor? Claro que não! Não é uma ferramenta da idade da pedra! Nem mesmo da idade do bronze! Essa lâmina é de aço...
Meu tio logo me deteve naquela nova divagação e me disse friamente:
– Calma, Axel – ele me disse em um tom grave –, esse punhal é uma arma do século XVI, uma verdadeira adaga, daquelas que os nobres levavam à cintura para dar o golpe de misericórdia. É de origem espanhola. Não pertence nem a você, nem a mim, nem ao caçador, nem mesmo aos seres humanos que talvez vivam nas entranhas do globo!
– Então está dizendo...?

– Veja bem, ela não está lascada de tanto entrar na garganta das pessoas. Sua lâmina está coberta por uma camada de ferrugem que não data nem de um dia, nem de um ano, nem de um século!

O professor empolgava-se, como de costume, deixando-se levar pela imaginação.

– Axel – continuou –, estamos a caminho de uma grande descoberta! Essa lâmina ficou abandonada na areia por cem, duzentos, trezentos anos, e foi lascada pelas rochas desse mar subterrâneo!

– Mas ela não veio sozinha! – exclamei. – Ela não se entortou sozinha! Alguém esteve aqui antes de nós...!

– Sim, um homem.

– Um homem?

– Esse homem gravou seu nome com o punhal! Esse homem quis mais uma vez marcar à mão o caminho do centro! Vamos procurar!

E, extremamente interessados, eis que fomos percorrer a alta muralha, investigando cada fissura que pudesse virar uma galeria.

Chegamos, assim, a um lugar onde a praia se estreitava. O mar quase vinha banhar o pé dos contrafortes, deixando uma passagem de no máximo uma toesa. Entre duas pontas de rocha, vimos a entrada de um túnel escuro.

Ali, em uma placa de granito, apareciam duas letras misteriosas meio apagadas, as duas iniciais do fantástico e intrépido viajante:

· ᛁ · ᚴ ·

– A.S.! – exclamou meu tio. – Arne Saknussemm! Sempre Arne Saknussemm!

XL

Desde o começo da viagem, passei por um bom número de espantos, por isso imaginei que estaria agora protegido de surpresas e indiferente a qualquer deslumbramento. No entanto, diante daquelas duas letras gravadas há trezentos anos, caí em um estado de assombro próximo da estupidez. Não só a assinatura do alquimista estava gravada na rocha, como o estilete que a havia traçado estava nas minhas mãos. A menos que fosse um sinal de má-fé, eu não podia mais questionar a existência do viajante e a legitimidade da viagem.

Enquanto essas reflexões fervilhavam na minha cabeça, o professor Lidenbrock se entregou a um louvor um tanto ditirâmbico em reação a Arne Saknussemm.

– Que gênio maravilhoso! – exclamava. – Você não esqueceu nada do que poderia abrir a outros mortais os caminhos da crosta terrestre, e assim seus semelhantes podem encontrar os rastros deixados por seus pés há três séculos, no fundo dessa escuridão subterrânea! A olhares que não os seus, você reservou a contemplação dessas maravilhas! Seu nome gravado em cada etapa conduz direto a seu objetivo o viajante que seja audacioso o suficiente para segui-lo, e, no próprio centro de nosso planeta, ele ainda se verá inscrito com as próprias mãos. Muito bem! Eu também assinarei meu nome nessa última página de granito! A partir de agora, que esse cabo visto por você, perto deste mar descoberto por você, seja para sempre chamado de cabo Saknussemm!

Foi o que ouvi, mais ou menos, e me senti contagiado pelo entusiasmo exalado por aquelas palavras! Um fogo interno se acendeu no meu peito! Esqueci tudo, desde os perigos da viagem até os riscos da volta. Aquilo que alguém já havia feito eu também queria fazer, e nada do que fosse humano me parecia impossível!

– Vamos, vamos! – exclamei.

Eu já estava correndo para a galeria escura quando o professor me deteve. E ele, o homem dos impulsos, me aconselhou a ter paciência e sangue-frio:

– Voltemos primeiro até Hans, e vamos trazer a jangada até aqui.

Obedeci à ordem um tanto relutante, e passei rapidamente por entre as rochas da praia.

– Sabe, tio – eu disse enquanto caminhava –, acho que fomos excepcionalmente beneficiados pelas circunstâncias até agora!

– Acha mesmo, Axel?

– Sem dúvida, e foi só a tempestade que nos colocou no caminho certo. Bendita tempestade! Foi ela que nos trouxe a esta costa, de onde o tempo firme nos teria afastado! Suponha por um instante que tivéssemos encostado nossa proa (a proa de uma jangada!) nas margens meridionais do mar Lidenbrock, o que teria sido de nós? O nome de Saknussemm não teria aparecido, e agora estaríamos abandonados em uma praia sem saída.

– Sim, Axel, tem algo de providencial no fato de que estivéssemos navegando para o Sul e tenhamos voltado exatamente ao Norte, para o cabo Saknussemm. Devo dizer que é mais do que surpreendente, e é algo que não sei explicar.

– Pouco importa! Não temos de explicar os fatos, mas sim aproveitá-los!

— É verdade, meu rapaz, mas...

— Mas vamos retomar a rota do Norte, passar sob as regiões setentrionais da Europa: Suécia, Rússia, Sibéria, não sei, em vez de nos esconder sob os desertos da África ou as ondas do oceano, e não se fala mais nisso!

— Sim, Axel, você tem razão. E é o melhor cenário possível, pois abandonamos este mar horizontal que não podia levar a nada. Vamos descer, descer mais e continuar descendo! Você sabe que para chegar ao centro da Terra, só temos mil e quinhentas léguas a vencer!

— Bem, nem vale a pena falar sobre isso! Avante, avante! – exclamei.

Essa conversa maluca continuou até que nos juntamos ao caçador. Estava tudo pronto para uma partida imediata, com toda a bagagem a bordo. Cada um tomou seu lugar na jangada e, com a vela içada, Hans nos conduziu em direção ao cabo Saknussemm, junto à costa.

O vento não era favorável àquele gênero de embarcação. Além disso, em vários pontos foi preciso avançar com a ajuda dos bastões com ponta de ferro. Muitas vezes os rochedos, enfileirados na superfície da água, nos forçavam a fazer desvios bastante longos. Por fim, após três horas de navegação, ou seja, por volta das 6 horas da noite, chegamos a um lugar propício ao desembarque.

Pus o pé em terra firme, seguido de meu tio e do islandês. A travessia não me acalmou. Pelo contrário, cheguei a propor que queimássemos "nossas embarcações" para nos impedir qualquer recuo. Mas meu tio foi contra. Ele me pareceu singularmente contido.

— Pelo menos – eu disse – vamos partir sem mais demora.

– Sim, meu rapaz. Mas antes examinemos esta nova galeria, para saber se precisamos preparar as escadas.

Meu tio acionou seu aparelho de Ruhmkorff. A jangada, atracada à praia, ficou sozinha. A abertura da galeria estava a menos de vinte passos de lá, e nosso pequeno grupo, comigo à frente, foi para lá sem demora.

O orifício, mais ou menos circular, tinha um diâmetro de aproximadamente 5 pés. O túnel escuro fora escavado na rocha e cuidadosamente perfurado pelas matérias eruptivas que por ali passaram. Sua parte inferior roçava o chão de tal maneira que era possível entrar por ali sem nenhuma dificuldade.

Seguíamos um plano quase horizontal, quando, dados seis passos, nossa marcha foi interrompida por um enorme bloco que bloqueava o caminho.

– Maldita rocha! – exclamei com raiva, ao me ver subitamente detido por um obstáculo intransponível.

Foi em vão que procuramos à direita e à esquerda, em cima e embaixo, e não encontramos nenhuma passagem, nenhuma bifurcação. Senti uma profunda decepção, e não queria admitir que o obstáculo era real. Abaixei-me e olhei embaixo do bloco. Nenhum interstício. Olhei em cima, a mesma barreira de granito. Hans iluminou todos os pontos da parede, mas esta não oferecia nenhuma solução de continuidade.

Era para desistir de qualquer esperança de passar.

Sentei-me no chão. Meu tio percorria o corredor com grandes passadas.

– Mas e o Saknussemm? – perguntei.

– Sim – disse meu tio –, será que ele foi detido por essa porta de pedra?

– Não, não! – continuei com veemência. – Esse pedaço de rocha foi solto por um tremor qualquer ou um desses fenômenos magnéticos que agitam a crosta terrestre, e fechou bruscamente essa passagem. Muitos anos se passaram entre a volta de Saknussemm e a queda desse bloco. É evidente que aquela galeria foi no passado o caminho das lavas, e que então as matérias eruptivas circulavam ali livremente. Veja, são recentes essas fissuras, esses sulcos no teto de granito. Ele em si é feito de pedaços de rocha arrastados, pedras enormes, como se a mão de algum gigante tivesse trabalhado nesse alicerce. Mas um dia a pressão foi mais forte e o bloco, parecido com uma pedra angular que falta, deslizou até o chão, obstruindo a passagem. É um obstáculo acidental que Saknussemm não encontrou, e se não o tombarmos, seremos indignos de chegar ao centro da Terra!

E foi assim que me peguei falando! A alma do professor havia se apossado inteiramente de mim. O gênio das descobertas me inspirava. Esqueci o passado, desdenhei do futuro. Não existia mais nada para mim na superfície daquele esferoide dentro do qual eu havia sido tragado, nem as cidades, nem o campo, nem Hamburgo, nem Königstrasse, nem minha pobre Graüben, que devia pensar que eu estava perdido para sempre nas entranhas da Terra.

– Muito bem! – continuou meu tio. – A golpes de picareta e alviões, façamos nosso caminho e derrubemos essas muralhas!

– É duro demais para a picareta – exclamei.

– Então o alvião!

– É fundo demais para o alvião!

– Mas então...

– A pólvora! Uma mina! Vamos explodir o obstáculo!

– Sim! É só um pedaço de rocha!

– Hans, ao trabalho! – exclamou meu tio.

O islandês voltou à jangada e trouxe uma picareta para cavar um buraco para a carga. Não era um trabalho fácil. A ideia era fazer um buraco grande o suficiente para conter 50 libras de algodão-pólvora, cujo poder expansivo é quatro vezes maior que o da pólvora de canhão.

Eu estava extremamente agitado. Enquanto Hans trabalhava, ajudei ativamente meu tio a preparar um longo pavio feito com pólvora molhada enfiado em um tubo de tecido.

– Vamos passar! – eu dizia.

– Vamos passar – repetia meu tio.

À meia-noite, nosso trabalho de mineração foi totalmente concluído. A carga de algodão-pólvora estava escondida no buraco e o pavio, estendido pela galeria, terminava do lado de fora.

Agora bastava uma faísca para colocar aquela formidável máquina em atividade.

– Até amanhã – disse o professor.

Precisei me resignar e esperar ainda seis longas horas!

XLI

O dia seguinte, quinta-feira, 27 de agosto, foi uma data célebre dessa viagem subterrânea. Não consigo pensar nela sem que meu coração dispare de pavor. A partir daquele momento, nossa razão, nosso juízo, nossa engenhosidade não teriam mais voz, e iríamos nos tornar vítimas dos fenômenos da terra.

Às 6 horas, estávamos de pé. Chegava o momento de abrir, com a pólvora, uma passagem pela crosta de granito.

Pedi para ter a honra de atear fogo na mina. Feito isso, eu me juntaria aos meus companheiros na jangada que não havia sido descarregada. Depois, nos afastaríamos da costa, para nos proteger dos perigos da explosão, cujos efeitos podiam não se ater ao interior do maciço.

O pavio deveria queimar por dez minutos, segundo nossos cálculos, antes de levar o fogo até a cavidade da pólvora. Então eu tinha tempo suficiente para retornar à jangada.

Preparei-me para cumprir meu papel, não sem certa dose de emoção.

Após uma rápida refeição, meu tio e o caçador embarcaram, enquanto eu permaneci na praia. Estava munido de uma lanterna acesa que me serviria para atear fogo no pavio.

– Vá, meu garoto – disse meu tio –, e volte imediatamente para junto de nós.

– Fique tranquilo, tio, não vou me distrair pelo caminho.
Então me dirigi para o orifício da galeria, abri minha lanterna e peguei a ponta do pavio.
O professor segurava o cronômetro.
– Está pronto? – ele perguntou.
– Estou pronto.
– Muito bem! Fogo, garoto!
Mergulhei rapidamente o pavio na chama, que faiscou ao contato, e retornei correndo à praia.
– Embarque – disse meu tio –, e vamos zarpar.
Hans, com um impulso vigoroso, nos relançou ao mar. A jangada afastou-se por cerca de vinte toesas.
Era um momento emocionante. O professor seguia com o olhar o ponteiro do cronômetro.
– Mais cinco minutos – ele disse. – Quatro. Três.
Meu pulso batia a cada meio segundo.
– Mais dois... Um!... Caia, montanha de granito!
O que aconteceu? Creio não ter ouvido o barulho da explosão. Mas a forma dos rochedos se modificou subitamente, abrindo-se como uma cortina. Percebi um insondável abismo que se abria em plena praia. O mar, em vertigem, virou uma vaga enorme, em cujo dorso a jangada se elevava perpendicularmente.
Fomos os três derrubados. Em menos de um segundo, a luz deu lugar à mais profunda escuridão. Depois, senti a falta de um apoio sólido; não para meus pés, mas para a jangada. Achei que fôssemos naufragar. Mas não foi o que aconteceu. Quis falar com meu tio, mas o estrondo das águas o teria impedido de me ouvir.
Apesar da escuridão, do barulho, da surpresa e da emoção, entendi o que acabava de acontecer.
Para além da rocha que foi explodida, existia um abismo. A explosão havia causado uma espécie de terremoto naquele solo

fissurado, abrindo um abismo, e o mar, transformado em torrente, nos levava consigo.

Senti-me perdido.

Passaram-se uma hora, duas horas, não sei. Demos as mãos para não sermos lançados para fora da jangada. Ela se chocou com violência contra a muralha em alguns momentos, que, no entanto, foram raros, de onde concluí que a galeria estava se alargando consideravelmente. Era, sem dúvida, o caminho de Saknussemm, mas em vez de descê-lo sozinhos, por imprudência arrastamos todo um mar conosco.

Essas ideias, é claro, apareceram para mim sob uma forma vaga e obscura. Foi com dificuldade que as associei durante aquela corrida vertiginosa que mais parecia uma queda. A julgar pelo ar que açoitava meu rosto, a velocidade ultrapassava a dos mais velozes trens. Acender uma tocha nessas condições, portanto, seria impossível, e nosso último aparelho elétrico havia sido quebrado no momento da explosão.

Então fiquei muito surpreso quando vi, de repente, uma luz brilhando perto de mim. A expressão tranquila de Hans se iluminou. O hábil caçador havia conseguido acender sua lanterna, e, embora sua chama oscilasse, ela lançava algumas luzes na assustadora escuridão.

A galeria era mesmo ampla, então eu tinha razão. Nossa luz insuficiente não nos permitia ver suas duas paredes ao mesmo tempo. As águas que nos levavam eram mais íngremes que as mais invencíveis cataratas da América. Sua superfície parecia feita de um feixe de flechas líquidas arremessadas com extrema força. Não consigo encontrar comparação melhor para descrever minha impressão. A jangada, pega por redemoinhos, às vezes corria girando. Quando ela se aproximava das paredes da galeria, eu projetava ali a luz da lanterna, e conseguia estimar sua velocidade vendo as saliências das rochas se transformarem em traços contínuos, como se estivéssemos presos em uma rede de linhas movediças. Calculei que nossa velocidade devia chegar a 30 léguas por hora.

Meu tio e eu nos olhávamos aflitos, encostados no mastro, que, no momento da catástrofe, havia se rompido. Viramos as costas para o vento, para não sermos sufocados pela rapidez de um movimento que nenhuma força humana conseguiria bloquear.

Mas as horas passaram. A situação não mudava, e um incidente veio complicá-la ainda mais.

Ao tentar colocar um pouco de ordem na carga, vi que a maior parte dos objetos embarcados havia desaparecido no momento da explosão, quando o mar nos atacou tão violentamente! Quis saber exatamente com que recursos poderíamos contar e, de lanterna na mão, comecei minhas buscas. De nossos instrumentos, só restavam a bússola e o cronômetro. As escadas e as cordas se reduziam a um pedaço de cabo enrolado em volta do mastro. Nenhuma picareta, nenhum martelo e, infortúnio irreparável, não tínhamos mantimentos para um dia sequer!

Pus-me a procurar nos vãos da jangada, em cada canto formado pelas toras e juntas das tábuas. Nada! Nossas provisões consistiam unicamente de um pedaço de carne seca e alguns biscoitos.

Eu olhava com um ar pasmo, sem querer entender! No entanto, qual perigo me preocupava? Ainda que os víveres fossem suficientes para meses ou anos, como sairíamos dos abismos para onde aquela irresistível torrente nos arrastava? Por que temer as torturas da fome, quando a morte já se oferecia sob tantas outras formas? Teríamos tempo para morrer de inanição?

No entanto, por uma inexplicável peculiaridade da imaginação, troquei o perigo imediato pelas ameaças do futuro que se apresentavam em todo seu horror. Aliás, talvez pudéssemos escapar dos furores da torrente e voltar à superfície do globo. Como? Não sabia. Onde? Não importava! Uma chance em mil ainda era uma chance, enquanto a morte por fome não nos deixava nenhuma esperança, por menor que fosse.

Pensei em contar tudo ao meu tio, mostrar-lhe a penúria à qual estávamos reduzidos, e fazer o cálculo exato do tempo de vida que nos restava. Mas tive a coragem de me calar. Quis deixar-lhe todo seu sangue-frio.

Nesse momento, a luz da lanterna foi diminuindo aos poucos até se apagar. O pavio havia queimado até o fim. A escuridão fez-se absoluta. Não se podia mais pensar em dissipar aquelas trevas impenetráveis. Ainda restava uma tocha, mas não seria possível mantê-la acesa. Então, como uma criança, fechei os olhos para não ver toda aquela escuridão.

Após um lapso de tempo bastante longo, a velocidade da corrida dobrou. Percebi pela reverberação do ar no meu rosto. A inclinação das águas se tornou excessiva. Acredito realmente que não estávamos mais deslizando, e sim caindo, pois eu tinha em mim a impressão de uma queda quase vertical. A mão de meu tio e a de Hans, agarradas aos meus braços, seguravam-me com vigor.

De repente, após um tempo incalculável, senti uma espécie de choque. A jangada não havia batido contra um corpo duro, mas parado subitamente em sua queda. Uma tromba d'água, uma imensa coluna líquida arrebentou em sua superfície. Senti-me sufocar. Estava me afogando.

No entanto, essa inundação repentina não durou. Em poucos segundos, eu estava ao ar livre, respirando a plenos pulmões. Meu tio e Hans me abraçavam apertado, e a jangada ainda levava os três.

XLII

Suponho que fossem, então, 10 horas da noite. O primeiro de meus sentidos a funcionar após aquele último baque foi o da audição. Voltei a ouvir quase de imediato, pois de fato foi um ato de audição: ouvi o silêncio na galeria suceder os estrondos que, por longas horas, preencheram meus ouvidos. Por fim, as palavras de meu tio chegaram a mim como um murmúrio:

– Estamos subindo!

– O que está dizendo? – perguntei.

– Sim, estamos subindo! Subindo!

Estendi o braço e encostei na muralha. Minha mão começou a sangrar. Estávamos subindo com extrema rapidez.

– A tocha! A tocha! – gritou o professor.

Hans conseguiu acendê-la, não sem dificuldade, e embora a chama diminuísse com o movimento ascendente, lançava claridade suficiente para iluminar toda a cena.

– É exatamente o que eu pensava – disse meu tio. – Estamos dentro de um poço estreito, com menos de 4 toesas de diâmetro. A água que chegou ao fundo do abismo retomou seu nível e estamos subindo junto com ela.

– Para onde?

– Não sei, mas precisamos nos preparar para tudo. Estamos subindo com uma velocidade que calculo ser de duas toesas por segundo, ou seja, cento e vinte toesas por minuto, ou mais de três léguas e meia por hora. Nesse ritmo, teremos um bom avanço.

– Sim, se nada nos detiver e se esse poço tiver uma saída! Se estiver obstruído, se o ar for se comprimindo aos poucos sob a pressão da coluna d'água, seremos esmagados!

– Axel – respondeu o professor com grande tranquilidade –, a situação é quase desesperadora, mas temos algumas chances de salvação, e são essas que analiso. Se a cada instante podemos morrer, a cada instante também podemos ser salvos. Tenhamos a capacidade então de aproveitar essas mínimas circunstâncias.

– Mas o que vamos fazer?

– Restaurar nossas forças comendo.

Ao ouvir essas palavras, olhei apavorado para meu tio. Precisaria, afinal, confessar o que não queria.

– Comer? – repeti.

– Sim, sem demora.

O professor disse mais algumas palavras em dinamarquês. Hans fez um gesto com a cabeça.

– O quê? – exclamou meu tio. – Perdemos nossas provisões?

– Sim, foi isto que restou dos alimentos! Um pedaço de carne seca para nós três!

Meu tio me olhava sem querer entender minhas palavras.

– Bem – eu disse –, ainda acha que podemos ser salvos?

Minha pergunta ficou sem resposta.

Uma hora se passou. Comecei a sentir uma fome violenta. Meus companheiros também sofriam, e nenhum de nós se atrevia a encostar naquele mísero resto de comida.

No entanto, continuávamos subindo com rapidez. Às vezes o ar nos cortava a respiração como acontece com os aeronautas, quando a subida é muito rápida. Mas se estes sentem um frio proporcional à medida que se elevam pelas camadas atmosféricas, nós sentíamos um efeito absolutamente contrário. O calor crescia de forma preocupante e certamente atingiria uns 40 graus.

O que significava essa mudança? Até então, os fatos haviam confirmado as teorias de Davy e Lidenbrock. Até então, condições particulares de rochas refratárias, eletricidade e magnetismo haviam modificado as leis gerais da natureza, propiciando-nos uma temperatura amena, pois a teoria do fogo central continuava sendo, para mim, a única verdadeira e explicável. Voltaríamos então a um meio onde esses fenômenos se concretizavam em todo seu rigor e no qual o calor reduziria as rochas a um completo estado de fusão? Era o que eu temia, e disse ao professor:

– Se não nos afogarmos ou espatifarmos, se não morrermos de fome, sempre nos resta a chance de sermos queimados vivos.

Ele limitou-se a dar de ombros e voltou às suas reflexões.

Uma hora se passou e, salvo por um ligeiro aumento de temperatura, nenhum incidente mudou a situação. Por fim, meu tio rompeu o silêncio.

– Muito bem – ele disse –, precisamos tomar uma decisão.

– Tomar uma decisão? – questionei.

– Sim. Precisamos restaurar nossas forças. Se tentarmos prolongar nossa existência por algumas horas economizando esse resto de comida, ficaremos fracos até o fim.

– Sim, até o fim, que não deve demorar.

– Pois bem! Se surgir uma chance de salvação, se um momento de ação for necessário, onde encontraremos força para agir, se nos deixarmos enfraquecer pela inanição?

– Mas tio, uma vez devorado esse pedaço de carne, o que nos restará?

— Nada, Axel, nada. Mas ficará mais alimentado comendo com os olhos? Está raciocinando como um homem sem vontade, um ser sem energia!

— Então não está desesperado? — exclamei irritado.

— Não! — retorquiu o professor.

— O quê? Então ainda acredita em alguma chance de salvação?

— Claro que sim! Enquanto o coração bater, enquanto a carne palpitar, não admito que um ser dotado de vontade ceda lugar ao desespero.

Que palavras! O homem que as pronunciava em tais circunstâncias era certamente extraordinário.

— Enfim — eu disse —, o que pretende fazer?

— Comer o que restou dos alimentos até a última migalha e restaurar nossas forças perdidas. Essa refeição será a última, que seja! Mas, pelo menos, em vez de esgotados voltaremos a ser homens.

— Muito bem, então devoremos! — exclamei.

Meu tio pegou o pedaço de carne e os poucos biscoitos que escaparam do naufrágio. Ele repartiu em três porções iguais e as distribuiu. Isso dava cerca de uma libra de alimentos para cada um. O professor comeu avidamente, com uma espécie de arrebatamento febril. Eu, sem prazer, apesar da fome, e quase com nojo. Hans, com tranquilidade e moderação, mastigando sem barulho pequenas bocadas e saboreando com a calma de um homem que as preocupações com o futuro não poderiam inquietar. Depois de procurar bem, ele tinha encontrado um cantil cheio de genebra e nos ofereceu, e aquela bendita bebida conseguiu me reanimar um pouco.

— *Förträfflig*! — disse Hans, bebendo.

— Excelente! — respondeu meu tio.

Recuperei um tanto de esperança. Mas terminamos nossa última refeição. Eram 5 horas da manhã.

O homem é feito de tal maneira que sua saúde é um efeito puramente negativo. Uma vez satisfeita a necessidade de comer, era difícil imaginar os horrores da fome. É preciso passar por isso para entender. Então, ao sair de um longo jejum, algumas mordidas de biscoito e carne triunfaram sobre nossas dores passadas.

No entanto, após a refeição, cada um se perdeu em suas reflexões. Em que pensava Hans, aquele homem do extremo Ocidente dominado pela resignação fatalista dos orientais? Quanto a mim, meus pensamentos eram feitos só de lembranças, e essas me levavam à superfície da Terra que eu nunca deveria ter deixado. A casa da Königstrasse, minha pobre Graüben, a criada Marthe, passaram como visões diante dos meus olhos, e, nos rugidos lúgubres que corriam pelo maciço, pensei ter surpreendido o barulho das cidades da Terra.

Já o meu tio, "sempre em seu elemento", com a tocha na mão, examinava com atenção a natureza dos terrenos, buscando reconhecer sua situação através da observação das camadas superpostas. Esse cálculo, ou melhor, essa estimativa, era somente uma aproximação. Mas um cientista é sempre um cientista, quando consegue manter o sangue-frio, e por certo o professor Lidenbrock possuía essa qualidade em um grau fora do comum.

Eu o ouvia murmurar termos de geologia. Eu os entendia, e me interessava contra a minha vontade por aquele estudo supremo.

– Granito eruptivo – ele dizia. – Ainda estamos na era primitiva, mas estamos subindo, subindo! Quem sabe?

Quem sabe? Ele ainda tinha esperanças. Com a mão, tateava a parede vertical e, alguns instantes mais tarde, continuou:

— Aí estão os gnaisses e os micaxistos! Ótimo, em breve virão os terrenos da época da transição, e depois...

O que o professor queria dizer? Conseguia medir a espessura da crosta terrestre suspensa sobre nossas cabeças? Possuía um meio qualquer de fazer esse cálculo? Não. Faltava-lhe o manômetro, e nenhuma estimativa podia substituí-lo.

No entanto, a temperatura se elevava consideravelmente e eu me sentia banhado por uma atmosfera escaldante. Só conseguia compará-la ao calor emitido pelas fornalhas de uma fundição. Pouco a pouco Hans, meu tio e eu tivemos de tirar nossos coletes e paletós. Qualquer peça de roupa tornava-se causa de mal-estar, para não dizer de sofrimento.

— Por acaso estamos subindo para um fogo incandescente? — gritei, num momento em que o calor aumentava.

— Não — respondeu meu tio —, é impossível! Impossível!

— No entanto — eu disse enquanto tateava a parede —, essa parede está queimando!

No momento em que pronunciei essas palavras, minha mão encostou na água e tive de retirá-la o mais rápido possível.

— A água está fervendo! — exclamei.

O professor, dessa vez, só respondeu com um gesto de raiva.

Então um terror incontrolável se apoderou de minha mente e não a largou mais. Eu sentia uma catástrofe iminente, que nem a mais audaciosa imaginação conseguiria conceber. Uma ideia, a princípio vaga, incerta, se transformava em certeza em minha mente. Eu a afastava, mas ela voltava com obstinação. Não ousava formulá-la. Contudo, algumas observações involuntárias determinaram minha convicção: à luz fraca e instável da tocha, observei movimentos desordenados nas camadas graníticas. Era evidente que um fenômeno iria se produzir, no qual a eletricidade teria um papel. Ainda aquele calor excessivo, a água fervente!... Decidi consultar a bússola.

Ela tinha enlouquecido!

XLIII

Sim, enlouquecido! A agulha saltava de um polo a outro com sacudidas bruscas, percorria todos os pontos do quadrante e girava, como se estivesse zonza.

Eu sabia que, segundo as teorias mais aceitas, a crosta mineral do globo nunca está em estado de repouso absoluto. As modificações trazidas pela decomposição das matérias internas, a agitação proveniente das grandes correntes líquidas, a ação do magnetismo, tudo tende a abalá-la incessantemente, sendo que nem mesmo os seres disseminados por sua superfície suspeitam de sua agitação. Então esse fenômeno não deveria ter me assustado tanto, ou pelo menos não teria incutido em minha mente uma ideia tão terrível.

Mas outros fatos, certos detalhes *sui generis*, não conseguiram me enganar por muito mais tempo. As explosões se multiplicavam com assustadora intensidade, que eu só conseguia comparar ao barulho de um grande número de carruagens correndo pelo pavimento. Era uma trovoada contínua.

Além disso, a bússola enlouquecida, sacudida pelos fenômenos elétricos, confirmava minha opinião. A crosta mineral ameaçava se romper e os maciços graníticos corriam o risco de se juntar, fazendo com que a fenda se preenchesse e nós, pobres átomos, fôssemos esmagados naquele formidável estreitamento.

– Tio, tio! – exclamei. – Estamos perdidos!

– Que medo é esse agora? – ele me respondeu, com uma calma surpreendente. – O que foi?

– O que foi? Olhe só essas paredes que se agitam, esse maciço que se desloca, esse calor tórrido, essa água que ferve, esses vapores se engrossando, essa agulha louca, todos os indícios de um terremoto!

Meu tio balançou levemente a cabeça.

– Um terremoto?

– Sim!

– Meu rapaz, acho que está enganado!

– O quê? Não reconhece esses sintomas?

– De um terremoto? Não! Espero mais do que isso!

– O que quer dizer?

– É uma erupção, Axel.

– Erupção! Estamos dentro da chaminé de um vulcão ativo?

– É o que penso – disse o professor sorrindo –, e é o que de melhor pode nos acontecer!

Melhor? Meu tio havia enlouquecido? O que significavam aquelas palavras? Por que aquela calma e aquele sorriso?

– Como assim? – exclamei. – Estamos presos em uma erupção? A fatalidade nos jogou no caminho de lavas incandescentes, rochas em brasa, águas ferventes, todas as matérias eruptivas! Vamos ser impelidos, expulsos, lançados, vomitados, arremessados pelos ares com pedaços de rochas, chuvas de cinza e escória, em um turbilhão de chamas! E é o que de melhor pode nos acontecer?

– Sim – respondeu o professor, olhando-me por cima dos óculos –, pois é a única chance que temos de voltar à superfície da Terra!

Passei rapidamente pelas mil ideias que cruzaram minha mente. Meu tio tinha razão, tinha toda razão, e nunca ele me pareceu tão audacioso ou convicto quanto naquele momento, em que ele esperava e calculava com calma as probabilidades de uma erupção.

Mas continuávamos subindo. A noite se passou nesse movimento ascendente. Os estrondos ao redor aumentavam. Eu me sentia quase sufocado, pensando que minha hora havia chegado. Mas a imaginação é algo tão estranho, que me entreguei a uma busca realmente infantil. Eu era vítima de meus pensamentos, sem domínio nenhum sobre eles!

Era evidente que estávamos sendo impelidos por uma pressão eruptiva. Sob a jangada, havia água fervente, e sob essas águas toda uma pasta de lava, um agregado de rochas que, no cume da cratera, se dispersariam em todos os sentidos. Estávamos então na chaminé de um vulcão. Não havia dúvida.

Só que dessa vez, em vez de um vulcão extinto como o Sneffels, tratava-se de um vulcão em plena atividade. Eu me perguntava então que montanha poderia ser aquela e em que parte do mundo seríamos expulsos.

Nas regiões setentrionais, quanto a isso não havia dúvida. Antes de enlouquecer, a bússola nunca havia variado em relação à direção. Desde o cabo Saknussemm, fomos levados diretamente para o norte por centenas de léguas. Ora, será que teríamos voltado então para a altura da Islândia? Seríamos arremessados pela cratera do Hecla ou dos sete outros vulcões da ilha? Em um raio de quinhentas léguas, a oeste, eu só via sob esse paralelo os vulcões pouco conhecidos da costa noroeste da América. No leste existia um único aos 80 graus de latitude, o Esk, na ilha de Jean Mayen, não longe do Spitzberg! Claro, não faltavam crateras, e elas eram espaçosas o bastante para vomitar um exército inteiro! Mas qual delas nos serviria de saída era o que eu tentava adivinhar.

Perto do amanhecer, o movimento de ascensão se acelerou. Se com a aproximação da superfície do globo o calor aumentava, em vez de diminuir, é porque ele era local e causado por uma influência vulcânica. Eu já não tinha mais nenhuma dúvida quanto ao nosso meio de locomoção. Uma força enorme, uma força de centenas de atmosferas, produzida por vapores acumulados no seio da Terra, nos empurrava irresistivelmente. Mas a quantos perigos ela nos expunha!

Reflexos avermelhados logo começaram a penetrar na galeria vertical que se alargava. Vi à direita e à esquerda corredores profundos parecidos com imensos túneis, de onde escapavam densos vapores e labaredas que lambiam as paredes crepitando.

– Olha, tio! – exclamei.

– Mas é claro! São chamas sulfurosas, nada mais natural em uma erupção.

– E se elas nos envolverem?

– Não vão nos envolver.

– E se nos sufocarmos?

– Não vamos nos sufocar. A galeria está se alargando e, se for necessário, abandonaremos a jangada para nos abrigar em algum vão.

– E a água? E a água que está subindo?

– Não tem mais água, Axel, mas uma espécie de pasta lávica que se eleva e nos carrega junto consigo até o orifício da cratera.

A coluna líquida havia de fato desaparecido, dando lugar a matérias eruptivas bastante densas, ainda que em ebulição. A temperatura se tornava insustentável, e um termômetro exposto a essa atmosfera teria marcado mais de 70 graus! Eu estava ensopado de suor. Sem a rapidez da subida, certamente teríamos nos sufocado.

No entanto, o professor não deu seguimento à sua proposta de abandonar a jangada, e ele fez bem. Aquelas poucas toras mal amarradas ofereciam uma superfície sólida, um ponto de apoio que nos teria feito falta.

Por volta das 8 horas da manhã, um novo incidente ocorreu pela primeira vez. O movimento ascendente parou de repente. A jangada se manteve absolutamente imóvel.

– O que aconteceu agora? – perguntei, abalado por aquela parada súbita, como se tivesse levado um choque.

– Uma pausa – respondeu meu tio.

– É a erupção se acalmando?

– Realmente espero que não.

Levantei-me e tentei olhar ao meu redor. Talvez a jangada, detida por uma saliência de rocha, estivesse oferecendo uma resistência momentânea à massa eruptiva. Nesse caso, era necessário soltá-la o mais rápido possível.

Mas não era nada disso. A coluna de cinzas, escórias e cascalho havia parado de subir.

– Será que a erupção está parando? – perguntei.

– Ah! – disse meu tio, contrariado. – Você está com medo, garoto. Mas fique tranquilo, esse momento de calma não deve se prolongar. Já dura cinco minutos, e em breve voltaremos a subir para o orifício da cratera.

O professor, enquanto falava isso, não parava de consultar seu cronômetro, e parecia ter razão novamente em seus prognósticos. A jangada logo retomou um movimento rápido e desordenado que durou cerca de dois minutos, e parou novamente.

– Bem – disse meu tio, observando a hora –, daqui a dez minutos ele voltará a subir.

– Dez minutos?

– Sim. Estamos lidando com um vulcão intermitente. Ele permite que respiremos junto com ele.

Dito e feito. No minuto previsto, partimos novamente com extrema rapidez. Tivemos de nos agarrar às toras para não sermos arremessados para fora da jangada. Depois, o impulso parou.

Desde então, venho refletindo sobre esse singular fenômeno sem encontrar uma explicação satisfatória. No entanto, parece-me evidente que não estávamos na chaminé principal do vulcão, mas sim em um duto acessório, que sofria um efeito indireto.

Por quantas vezes essa manobra se repetiu, não sei dizer. Tudo o que posso afirmar é que a cada retomada de movimento, éramos lançados com uma força crescente, como se carregados por um verdadeiro projétil. Durante os momentos de pausa, sufocávamos. Nos de projeção, o ar escaldante cortava a respiração. Pensei por um instante na volúpia que seria me encontrar subitamente nas regiões hiperbóreas, com um frio de 30 graus abaixo de zero. Minha imaginação exaltada passeava pelas planícies de neve das regiões árticas, e eu ansiava pelo momento em que rolaria pelos tapetes gelados do polo! Pouco a pouco, aliás, minha cabeça se perdeu, abalada por aqueles reiterados choques. Sem os braços de Hans, por mais de uma vez eu teria batido a cabeça contra a parede de granito.

Por isso não guardei nenhuma lembrança precisa do que aconteceu nas horas seguintes. Tenho uma impressão confusa que envolve explosões contínuas, uma agitação do maciço e a jangada pega em um movimento giratório sobre ondas de lava, em meio a uma chuva de cinzas, envolta em chamas crepitantes. Um furacão que parecia produzido por um imenso ventilador atiçava os fogos subterrâneos. Por uma última vez, a figura de Hans me apareceu em um reflexo de incêndio, e só consegui sentir aquele pavor sinistro que sofrem os condenados amarrados à bola de um canhão, no momento em que o tiro é dado e espalha seus membros pelos ares.

XLIV

Quando voltei a abrir os olhos, senti a mão vigorosa do guia apertando minha cintura. Com a outra mão, ele segurava meu tio. Não me feri com gravidade, mas estava arrasado por um cansaço geral. Eu me vi deitado sobre a vertente de uma montanha, próximo de um abismo no qual qualquer mínimo movimento teria me jogado. Hans me havia salvo da morte, enquanto eu rolava sobre os flancos da cratera.

– Onde estamos? – perguntou meu tio, que me pareceu bastante irritado por estar de volta à superfície.

O caçador deu de ombros, como sinal de quem não sabia.

– Na Islândia? – perguntei.
– *Nej* – respondeu Hans.
– Como não? – exclamou o professor.
– Hans está enganado – eu disse, levantando-me.

Após as inúmeras surpresas dessa viagem, um imprevisto ainda nos aguardava. Eu esperava ver um cone coberto de neves eternas, em meio a áridos desertos das regiões setentrionais, sob os pálidos raios de um céu polar, para além das latitudes mais elevadas. Ao contrário de todas essas previsões, meu tio, o islandês e eu nos vimos estendidos no meio da encosta de uma montanha calcinada por um Sol escaldante que nos devorava com suas labaredas.

Não queria acreditar nos meus olhos. Mas o calor que cozinhava meu corpo não permitia nenhuma dúvida. Tínhamos saído seminus da cratera, e o astro-rei, a quem não pedíamos nada há dois meses, nos cobria de farta luz e calor, lançando uma esplêndida e abundante irradiação.

Quando meus olhos se reacostumaram à claridade, eu os empreguei para retificar os erros de minha imaginação. Eu queria no mínimo estar na Spitzberg, e não estava com humor para dar o braço a torcer tão facilmente.

O professor foi o primeiro a falar:

– De fato, aqui não parece a Islândia.

– Talvez a ilha de Jan Mayen? – arrisquei.

– Também não, garoto. Este não é um vulcão do Norte, com colinas de granito e calota de neve.

– Mas...

– Olhe, Axel, olhe!

Acima de nossas cabeças, a 500 pés no máximo, abria-se a cratera de um vulcão pelo qual escapava, de quinze em quinze minutos, com uma forte explosão, uma alta coluna de chamas, misturada a pedras-pomes, cinzas e lava. Eu sentia as convulsões da montanha que respirava como uma baleia, ejetando de vez em quando fogo e ar por suas enormes narinas. Abaixo, em uma descida bastante íngreme, as camadas de matérias eruptivas se estendiam a uma profundidade de 700 a 800 pés, o que não dava ao vulcão uma altura de 300 toesas. Sua base desaparecia em um verdadeiro buquê de árvores verdes, entre as quais eu distinguia oliveiras, figueiras e vinhas carregadas de cachos vermelhos.

Não exatamente o aspecto de uma região ártica, era necessário admitir.

Quando a vista ia além desse espaço verdejante, ela se perdia rapidamente nas águas de um mar magnífico ou de um lago, que fazia dessa terra encantada uma ilha com poucas léguas de largura. A leste, passando algumas casas, via-se um pequeno porto, no qual navios de um formato singular balançavam junto a ondas azuladas. Mais além, grupos de ilhotas saíam da planície líquida, tão numerosas que pareciam um grande formigueiro. A oeste, praias distantes arredondavam-se no horizonte. Em algumas, perfilavam-se montanhas azuis de harmoniosa conformação. Em outras, mais ao longe, aparecia um cone extremamente elevado em cujo topo se agitava um penacho de fumaça. Ao norte, uma imensa extensão de água cintilava sob os raios solares, despontando aqui e ali a extremidade de um mastro ou a convexidade de uma vela inflada pelo vento.

O inesperado do espetáculo centuplicava a beleza daquelas maravilhas.

– Onde estamos? Onde estamos? – eu repetia a meia-voz.

Hans fechava os olhos com indiferença, e meu tio olhava sem entender.

– Seja lá qual for essa montanha – ele disse por fim –, está um tanto calor. As explosões não param, e não teria valido a pena sair de uma erupção para receber uma pedra na cabeça. Vamos descer, e então saberemos com o que estamos lidando. Além disso, estou morto de fome e sede.

Definitivamente o professor não era um espírito contemplativo. Quanto a mim, não fossem as necessidades e o cansaço, eu ficaria naquele lugar por muitas horas ainda, mas precisei seguir meus companheiros.

O talude do vulcão era bastante íngreme. Deslizávamos em verdadeiros atoleiros de cinzas, evitando os riachos de lava que se estendiam como serpentes de fogo. Enquanto descia, eu tagarelava, pois minha imaginação estava cheia demais para não se desfazer em palavras.

— Estamos na Ásia — exclamei —, na costa da Índia, nas ilhas da Malásia, em plena Oceania! Atravessamos metade do globo para chegar aos antípodas da Europa.

— Mas e a bússola? — respondeu meu tio.

— Pois é, a bússola! — disse eu com constrangimento. — Segundo ela, caminhamos sempre para o Norte.

— Quer dizer que ela mentiu?

— Mentiu?

— A menos que aqui seja o polo norte!

— O polo? Não, mas...

Havia ali um fato inexplicável. Eu não sabia o que pensar.

Mas estávamos nos aproximando daquele verde que dava gosto de olhar. A fome me atormentava e a sede também. Felizmente, depois de duas horas de caminhada encontramos um belo campo totalmente coberto de oliveiras, pés de romã e vinhas que pareciam ser públicos. Aliás, em nosso estado de penúria, seria bom que ninguém nos visse tão de perto. Que alegria foi encostar aqueles saborosos frutos nos lábios e morder cachos inteiros de uvas vermelhas! Perto dali, na grama, à deliciosa sombra das árvores, descobri uma fonte de água fresca, onde mergulhamos com volúpia o rosto e as mãos.

Enquanto nos deleitávamos com o descanso, apareceu uma criança entre duas oliveiras cerradas.

— Ah, um habitante desta bela região! — exclamei.

Era um pobre coitado, maltrapilho, raquítico, que parecia se assustar com nossa aparência. De fato, seminus e de barba desgrenhada, nosso aspecto era terrível e, a menos que aquela fosse uma região de ladrões, não havia como não assustar seus habitantes.

No momento em que o menino ia fugir, Hans correu atrás dele e o trouxe de volta, apesar dos gritos e pontapés.

Meu tio fez o melhor que pôde para tranquilizá-lo e perguntou em bom alemão:

– Qual o nome desta montanha, amiguinho?

A criança não respondeu.

– Bem – disse meu tio –, então Alemanha não é.

E repetiu a pergunta em inglês.

O menino também não respondeu. Fiquei intrigado.

– Será que ele é mudo? – exclamou o professor, que, muito orgulhoso de seu poliglotismo, repetiu a pergunta em francês.

O menino continuou em silêncio.

– Tentemos o italiano, então – continuou meu tio: – *Dove noi siamo?*

– Sim! Onde estamos? – repeti com impaciência.

Nada de a criança responder.

– Ah, não vai falar? – exclamou meu tio, que começou a ficar com raiva, e sacudiu o menino pelas orelhas. – *Come si noma, questa isola?*

– Stromboli – respondeu o pequeno pastor, que escapou das mãos de Hans e correu para a planície por entre as oliveiras.

Como não pensamos nele! O Stromboli! Que efeito esse nome inesperado produzia em minha imaginação! Estávamos em pleno Mediterrâneo, no meio do arquipélago eólico da mitológica memória, na antiga Strongyle, onde Éolo mantinha ventos e tempestades acorrentados. E aquelas montanhas azuis arredondadas a leste eram as montanhas da Calábria! E aquele vulcão no horizonte, ao sul, era o Etna! O implacável Etna!

– Stromboli! É o Stromboli! – repeti.

Meu tio me acompanhava com gestos e palavras. Parecíamos cantar em coro!

Ah, mas que viagem! Que viagem maravilhosa! Entramos por um vulcão e saímos por outro, sendo que esse outro ficava a mais de mil e duzentas léguas do Sneffels, dessa árida região da Islândia nos confins do mundo! O acaso dessa expedição nos transportou para uma das regiões mais harmoniosas da Terra! Trocamos as neves eternas pelo verde infinito, deixamos a neblina cinza das zonas geladas e fomos parar sob o céu azul da Sicília!

Após uma deliciosa refeição composta de frutas e água fresca, pegamos a estrada novamente rumo ao porto de Stromboli. Não nos pareceu prudente contar como havíamos chegado à ilha, pois o espírito supersticioso dos italianos nos teria visto como demônios saídos das profundezas dos infernos. Então tivemos de nos resignar a passar por simples náufragos. Menos glorioso, mas mais seguro.

No caminho, fui ouvindo meu tio murmurar:

– Mas e a bússola? A bússola que marcava o Norte! Como explicar?

– Francamente! – eu disse, com um grande ar de desdém. – Não precisa explicar, é mais fácil!

– Era só o que me faltava! Um professor do Johannaeum que não consegue encontrar a razão de um fenômeno cósmico, que vergonha!

E ao falar assim, meu tio, seminu e com a bolsa de couro na cintura, ajeitando os óculos sobre o nariz, voltou a ser o terrível professor de mineralogia.

Uma hora depois de deixar o bosque de oliveiras, chegamos ao porto de San Vincenzo, onde Hans pedia o pagamento de sua décima terceira semana de serviço, que lhe foi pago com efusivos apertos de mão.

Naquele instante, embora não demonstrasse uma emoção natural como nós, ele ao menos se permitiu um gesto extraordinário de expansão. Com a ponta dos dedos, ele pressionou ligeiramente nossas mãos e abriu um sorriso.

XLV

E assim concluo uma narrativa na qual se recusarão a acreditar até aqueles mais habituados a não se espantarem com nada. Mas já estou preparado para a incredulidade humana.

Fomos recebidos pelos pescadores de Stromboli com a expressão que se reserva aos náufragos. Eles nos deram roupas e alimentos. Após quarenta e oito horas de espera, no dia 31 de agosto, um pequeno speronara nos levou a Messina, onde nos recuperamos de todo o cansaço com alguns dias de repouso.

Na sexta-feira, 4 de setembro, embarcamos no Volturno, um dos navios do serviço de correio imperial da França, e três dias mais tarde aportávamos em Marselha, com uma única preocupação na cabeça: nossa maldita bússola. Aquele fato inexplicável me assombrava. Na noite de 9 de setembro, chegamos a Hamburgo.

A surpresa de Marthe e a alegria de Graüben, nem tento descrever.

– Agora que você é um herói, Axel – disse-me minha querida noiva –, não precisa mais me deixar!

Olhei para ela, que chorava sorrindo.

Imaginem só se a volta do professor Lidenbrock não foi uma sensação em Hamburgo! Graças à indiscrição de Marthe, a notícia de sua partida para o centro da Terra se espalhou pelo mundo inteiro. Não quiseram acreditar e, ao revê-lo, continuaram não acreditando.

No entanto, a presença de Hans e diversas informações vindas da Islândia foram aos poucos mudando a opinião pública.

Então meu tio se tornou uma grande figura, e eu, sobrinho de uma grande figura, o que já é alguma coisa. Hamburgo deu uma festa em nossa homenagem. O Johannaeum organizou uma sessão pública na qual o professor narrou sua expedição e só omitiu os fatos relativos à bússola. No mesmo dia, ele deixou nos arquivos da prefeitura o documento de Saknussemm e lamentou profundamente que as circunstâncias, mais fortes que sua vontade, não tivessem lhe permitido seguir as pegadas do viajante islandês até o centro da Terra. Foi modesto em sua glória e sua reputação cresceu ainda mais.

Tantas homenagens certamente lhe atrairiam inveja. Foi o que aconteceu, e como suas teorias, embasadas em fatos comprovados, contradiziam as teorias científicas sobre a questão do fogo central, ele travou notáveis discussões, pela escrita e pela fala, com cientistas de todos os países.

Quanto a mim, não consegui admitir sua teoria do resfriamento. Apesar do que vi, acredito e continuarei acreditando no calor central. Mas reconheço que certas circunstâncias ainda mal definidas podem modificar essa lei sob a ação de fenômenos naturais.

No momento em que essas questões pulsavam, meu tio passou por uma grande tristeza. Hans, apesar das solicitações, havia partido de Hamburgo. O homem a quem devíamos tudo não quis deixar que pagássemos nossa dívida. Foi tomado pelas saudades da Islândia.

– *Färval* – disse ele um dia, e com essa simples palavra de despedida, partiu feliz para Reykjavik.

Ficamos tremendamente apegados ao nosso valente caçador de êideres. Sua ausência não fará com que seja esquecido por aqueles cuja vida ele salvou, e eu certamente não quero morrer sem revê-lo uma última vez.

Para concluir, devo dizer ainda que esta "Viagem ao centro da Terra" foi uma enorme sensação no mundo inteiro. Foi impressa e traduzida em todas as línguas. Os jornais mais prestigiosos disputaram seus principais episódios, que foram comentados, discutidos, atacados, apoiados com igual convicção entre os crentes e os incrédulos. Coisa rara! Meu tio desfrutava em vida toda a glória que havia conquistado, e até mesmo o sr. Barnum lhe propôs "exibi-lo" a um preço altíssimo nos Estados da União.

Mas um incômodo, diria mesmo um tormento, se insinuava em meio a essa glória. Um fato permanecia sem explicação: a bússola. Ora, para um cientista, um fenômeno inexplicado como esse se torna um suplício para a inteligência. Mas muito bem! Os céus reservavam a meu tio a mais completa felicidade.

Um dia, enquanto arrumava uma coleção de minerais em seu gabinete, avistei aquela famosa bússola e me pus a observá-la.

Fazia seis meses que ela estava lá, em seu canto, sem suspeitar das inquietações que causava.

De repente, a surpresa! Dei um grito. O professor veio correndo.

– O que foi? – ele perguntou.
– Essa bússola!...
– O que tem ela?
– A agulha está apontando para o Sul e não para o Norte!
– Como assim?
– Veja! Os polos estão invertidos.

— Invertidos!

Meu tio olhou, comparou e deu um pulo que fez a casa tremer.

Eu e ele tivemos um lampejo ao mesmo tempo!

— Quer dizer — ele exclamou, assim que conseguiu voltar a falar —, que depois de chegarmos ao cabo Saknussemm, a agulha dessa maldita bússola marcava o Sul em vez do Norte?

— Evidentemente.

— Então está explicado o nosso erro. Mas que fenômeno pode ter causado essa inversão dos polos?

— O mais simples possível.

— Explique, meu rapaz.

— Durante a tempestade no mar Lidenbrock, aquela bola de fogo, que imantava o ferro da jangada, simplesmente desorientou nossa bússola!

— Ah! — exclamou o professor, soltando uma gargalhada. — Então foi uma peça que a eletricidade nos pregou?

A partir desse dia, meu tio foi o mais feliz dos cientistas, e eu, o mais feliz dos homens, pois minha bela virlandesa abdicou de sua posição de pupila e assumiu seu lugar na casa da Königstrasse como sobrinha e esposa. Desnecessário dizer que seu tio era o ilustre Otto Lidenbrock, membro correspondente de todas as sociedades científicas, geográficas e mineralógicas dos cinco cantos do mundo.

Impressão e acabamento
Gráfica Oceano